344

QUAND SE LÈVE LE JOUR

Mary Jane Clark est productrice au bureau new-yorkais de la chaîne d'information CBS News. Parallèlement à sa carrière, elle écrit des romans à suspense ; tous sont de grands succès de librairie.

Paru dans Le Livre de Poche :

CACHE-TOI SI TU PEUX

DANSE POUR MOI

MORTS EN COULISSES

NUL NE SAURA

NULLE PART OÙ ALLER

PUIS-JE VOUS DIRE UN SECRET ?

SI PRÈS DE VOUS

VOUS NE DEVINEREZ JAMAIS !

MARY JANE CLARK

Quand se lève le jour

TRADUIT DE L'ANGLAIS (ÉTATS-UNIS) PAR MATHIEU PÉRIERS

L'ARCHIPEL

Titre original :

WHEN DAY BREAKS
Publié par Saint Martin's Press, New York, 2007.

© Mary Jane Clark, 2007.
© L'Archipel, 2010, pour la traduction française.
ISBN : 978-2-253-15853-0 – 1re publication LGF

# JEUDI 17 MAI

Prologue

— Elle, c'est un véritable amour! s'exclama l'employé du refuge canin en désignant le basset qui les observait d'un regard triste depuis sa cage. Elle est vraiment adorable, même si elle ne parvient toujours pas à comprendre ce qui lui arrive. Son dernier propriétaire était âgé et, à sa mort, aucun de ses descendants n'a voulu la recueillir.

— En fait, je cherche un animal un peu plus imposant.

— Alors, je pourrais peut-être vous proposer celui-ci. Il est superbe, un croisement de colley et de berger allemand.

Le chien était allongé dans son enclos, la tête posée sur ses deux pattes avant. Quand le jeune homme s'approcha, le chien se leva, frétilla de la queue et vint aussitôt presser son museau contre le grillage.

— Et lui, pourquoi est-il ici? demanda le visiteur.

— Son maître se plaignait qu'il perdait trop de poils. Non mais, vous vous rendez compte! Abandonner une pauvre bête sous prétexte qu'on a la flemme de le brosser une fois par jour. Mais où va-t-on? Il n'y a pas plus loyal et intelligent que lui!

— Et celui-là ?

Le jeune homme se tourna vers la cage que lui montrait son visiteur, hébergeant un danois.

— Ah! Notre gentil géant. Lui, il ne va pas être commode de lui trouver une nouvelle famille. Dès qu'on lui aura ouvert la porte, il va tout dévaster sur son passage…

— Vous avez une idée de son poids ?

— Oui, attendez, je vais vous dire ça tout de suite.

— Cinquante-deux kilos, lui répondit l'employé après avoir consulté son listing.

— Est-ce qu'il est difficile ?

— Oh, non ! Bien au contraire, c'est un amour. Il est joueur et très affectueux. Son propriétaire l'avait très bien dressé. Quel dommage qu'il ait dû déménager à l'autre bout du pays sans pouvoir l'emmener avec lui.

Le chien lécha la main du jeune homme.

— Et comment s'appelle-t-il ?

— Marco.

— Comme Marco Polo, le navigateur ?

— Oui, peut-être. Je ne sais pas… Y a-t-il autre chose que vous aimeriez connaître à son sujet ?

— Est-ce qu'il aime se baigner ?

— Oh, je pense ! répondit-il, un brin surpris. En général, les danois aiment bien l'eau.

— Alors, il est pour moi.

— Vraiment? Vous avez bien réfléchi? Les danois ont besoin d'un grand terrain pour jouer et s'ébattre. Et ils ont régulièrement besoin de longues promenades.

— Ne vous inquiétez pas. Ça ne sera vraiment pas un problème.

— Alors, dans ce cas…

Après avoir rempli les papiers et encaissé en liquide la somme correspondant à l'adoption, l'employé du chenil tendit à son visiteur une feuille de papier.

— Vous trouverez là toute une série de conseils ainsi que des recommandations pour son alimentation.

— Merci, c'est bien aimable, lui répondit le nouveau propriétaire du chien.

Une fois dans la rue, le maître froissa en boule la liste et la jeta dans la première poubelle venue.

*

Plus la voiture s'éloignait de Manhattan, plus les arbres bordant la route, couverts de feuilles vert tendre, déployaient leur splendeur. En ce printemps exceptionnellement chaud, une douce brise parcourait l'habitacle du véhicule. Le chien, le nez à la fenêtre, humait le grand air avec délice. Au volant, son nouveau propriétaire arborait une casquette de base-ball et des lunettes de soleil achetées peu de temps auparavant dans un drugstore.

La voiture filait sur l'Hutchinson River Parkway. Dans quelques heures, les embouteillages seraient légion mais, pour le moment, le trafic était quasi inexistant. Il ne mettrait donc qu'une soixantaine de minutes pour rallier la résidence secondaire de Constance Young, ce qui lui laisserait tout le temps de se livrer à sa petite expérience avant de regagner New York en toute tranquillité.

Après avoir quitté l'Interstate 684 en direction de Bedford, la voiture s'enfonça dans la campagne. La route était désormais bordée de fermes, de jolis cottages aux jardins fleuris et de champs dans lesquels s'ébattaient des chevaux.

Le succès avait bien des avantages. L'un d'eux était incontestablement de posséder une propriété dans un coin comme celui-ci, où régnaient le calme et la tranquillité. Constance devait se sentir en paix et en sécurité quand elle venait y passer ses week-ends.

Après un virage, la voiture enjamba un petit pont de pierre et gravit une colline. À son sommet se trouvait une barrière en bois. Celle-ci n'étant pas fermée à clé, l'auto emprunta une allée recouverte de graviers qui menait à une maison de plusieurs étages cachée derrière des arbres centenaires. Dès que le moteur fut coupé, le chien piaffa d'impatience. Le conducteur descendit du véhicule et en fit le tour pour libérer l'animal. À peine la portière ouverte, le danois se rua dans le jardin et courut jusqu'à un buisson derrière lequel il se soulagea.

— Bon chien, Marco, bon chien, l'encouragea son nouveau maître.

Le danois remua la queue et le regarda sortir du coffre de la voiture une bobine de câble électrique orange et un boîtier rectangulaire.

— Allez, viens, suis-moi.

Marco obéit. Il trottina sur le sentier qui longeait la maison et menait à une piscine, située en contrebas. Il observa son nouveau maître entrer dans un cabanon mais perdit tout intérêt pour lui quand ce dernier brancha le câble à une prise murale avant de commencer à le dérouler. L'attention du chien fut bien vite accaparée par un écureuil gris qui sautait de branche en branche. Il se précipita vers lui en aboyant et s'enfonça dans les bois.

— Reviens ici, Marco. Reviens ici, tout de suite.

Quand il réapparut, quelques minutes plus tard, il était hors d'haleine et couvert de boue.

— Marco, regarde-toi ! Qu'as-tu fait pour te mettre dans un état pareil ?

Le danois sentit le mécontentement dans la voix de son nouveau maître.

— Viens par ici. Va te laver. Allez, saute dans l'eau.

Le chien observa l'index tendu vers la piscine mais n'esquissa pas le moindre mouvement.

— Allez, plonge ! Va à l'eau, l'encouragea son propriétaire.

Pour inciter le chien à sauter, il lança une balle en caoutchouc au milieu de la piscine. Sans hésiter, Marco plongea. La tête hors de l'eau, il nagea en direction de la balle. Quand il l'atteignit, il l'emprisonna entre ses mâchoires et fit demi-tour pour la redonner à son maître. C'est alors qu'il le vit jeter autre chose dans la piscine, un objet relativement volumineux et brillant relié au câble orange.

Dès que le grille-pain toucha la surface de l'eau, une violente décharge électrique secoua le chien. Son cœur arrêta aussitôt de battre, sa tête s'enfonça sous l'eau.

Excellent ! Le plan devrait fonctionner à la perfection...

VENDREDI 18 MAI

1

Comme chaque matin, c'était la course. Il fallait avaler le petit déjeuner en quatrième vitesse, veiller à ce que les dents soient bien brossées, les cheveux peignés et attachés, les chaussures lacées, le gilet correctement boutonné…

Eliza prit le cartable de sa fille et referma la porte d'entrée.

— Y a-t-il quelque chose que tu aurais oublié de me montrer ? lui demanda-t-elle en la poussant vers le garage.

L'absence de réponse de Janie incita Eliza à ouvrir le cartable pour y jeter un coup d'œil. Elle en sortit un feuillet de couleur jaune.

— Ah, oui ! s'exclama la fillette. Il faut que tu remplisses ce formulaire, c'est pour le goûter.

Eliza parcourut le texte du dépliant. Le goûter pour fêter la fin de l'année scolaire des élèves du cours préparatoire aurait lieu dans quelques semaines.

— Ça a l'air formidable, ma chérie, dit Eliza en prenant un stylo dans son sac. On devrait peut-être demander à Kay Kay et Poppy s'ils veulent nous accompagner…

Janie secoua la tête d'un air solennel.

— Non, maman. Mme Ansley a dit pas de grands-parents ou d'amis, seulement les parents et les enfants.

Merci, Mme Ansley, pensa Eliza. Merci beaucoup !

— Je suis certaine que, si on le lui demande, Mme Ansley acceptera que nous venions avec Poppy, Kay Kay et peut-être même avec Mme Garcia, répondit Eliza.

Janie secoua de nouveau la tête.

— Non, non. Ce n'est même pas la peine. Mme Ansley a dit que la salle ne pouvait contenir beaucoup de monde et qu'elle ne ferait pas déception.

— *Exception*, la reprit Eliza. Qu'elle ne ferait pas d'exception…

— Oui, c'est ce que j'ai dit : pas d'exception.

Agacée par cette décision, mais peu désireuse d'en débattre avec Mme Ansley, Eliza remplit le formulaire, qu'elle signa et remit dans le cartable de Janie.

Un enfant, un adulte. Ils n'étaient que deux, dans la famille Blake, à avoir le droit d'assister au goûter de fin d'année.

*

Eliza se dépêcha de regagner la maison après avoir déposé Janie à l'école. Elle se servit une nouvelle tasse de café et alluma le téléviseur de la cuisine, juste au moment où le visage de Constance Young apparaissait à l'écran. Cette dernière avait le visage grave, des larmes embuaient son regard d'un bleu éclatant.

— Je n'arrive pas à exprimer ce que représentent ces années passées en votre compagnie, combien elles sont importantes à mes yeux. Chaque matin, nous nous retrouvions ensemble pour cette émission d'information. Chaque matin, nous découvrions ensemble les nouvelles, nous élargissions notre connaissance du monde. Nous avons ensemble appris sur de nombreux sujets. Nous avons aussi partagé bien des rires, indispensables pour supporter la dure réalité qu'impose souvent l'actualité…

Eliza, qui écoutait attentivement sa consœur, ne put s'empêcher de l'admirer. Constance portait un tailleur vert remarquablement bien coupé, et l'éclairage du studio mettait en valeur tant son teint éclatant que sa chevelure blonde. Eliza se demanda si elle ne devrait pas toucher deux mots au réalisateur de « Key Evening Headlines », l'émission qu'elle-même présentait, pour que les lumières du plateau soient modifiées. En attendant de lui en parler, elle irait déjà trouver Doris, la maquilleuse, pour que celle-ci lui trouve une solution miracle. Les dernières émissions qu'Eliza avait visionnées après coup ne laissaient pas de place au doute : elle avait l'air fatigué. En témoignaient les cernes noirs qui assombrissaient le dessous de ses yeux.

Quitter la présentation de « Key to America » pour celle de « Key Evening Headlines » avait représenté une forme de consécration professionnelle pour Eliza, qui devenait ainsi l'une des rares journalistes femmes à présenter les informations de fin de journée sur une chaîne nationale. Mais cette promotion avait aussi ravi la mère qu'elle était, l'assujettissant à des horaires moins draconiens. Elle n'était plus obligée de se lever à 4 heures. Chaque matin, elle pouvait désormais partager son petit déjeuner avec Janie, puis l'accompagner à l'école avant de filer au travail. Ce qui, à la longue, devait ressembler à une corvée pour bon nombre de mères était pour elle un moment privilégié, qu'elle savourait pleinement. Eliza aurait pourtant pu demander à son chauffeur de conduire Janie à l'école, mais elle tenait à passer un maximum de temps avec sa fille. D'autant que son poste actuel n'était pas de tout repos. Il nécessitait même plus de travail et de déplacements que le précédent. En revanche, si Eliza prenait désormais chaque matin son petit déjeuner avec Janie, elle ne dînait jamais avec elle pendant la semaine. En fait, elle estimait que la journée avait été bonne quand elle rentrait suffisamment tôt pour pouvoir embrasser sa fille avant que celle-ci aille se coucher.

Constance Young avait remplacé Eliza Blake à la présentation de « Key to America », et aujourd'hui Constance quittait l'émission d'information matinale la plus suivie du pays. Non pour un poste prestigieux au sein de Key News, mais pour partir chez un concurrent. Le mois prochain, elle présenterait un programme similaire sur une autre chaîne. Aujourd'hui était son dernier jour, et Eliza ne voulait pas manquer ses adieux.

— Les nouvelles quotidiennes ne sont pas toujours gaies. Mais les annoncer en sachant que nous sommes, au même moment, plusieurs millions à les partager rend l'exercice moins périlleux. Et n'oublions pas que la connaissance assure le pouvoir, d'où la nécessité d'être correctement informé pour mieux affronter les difficultés quotidiennes, pour être mieux préparé à nous occuper de nos proches, en un mot pour être de meilleurs citoyens…

Après avoir marqué une courte pause pour essuyer une larme qui se formait au coin de l'œil, Constance afficha un sourire, que l'on sentait crispé, et reprit courageusement :

— Il y a tant de personnes que je voudrais remercier. Hélas, je n'aurais pas le temps de toutes les citer, mais je tiens particulièrement à exprimer mon immense gratitude envers Harry. Nous avons vécu tant de bons moments ensemble sur ce plateau. Harry, tu ne peux pas savoir à quel point tu vas me manquer.

Le réalisateur effectua un zoom arrière, et les deux présentateurs vedette de « Key to America » apparurent côte à côte à l'écran. Constance se pencha vers Harry Granger et l'embrassa sur la joue.

— Bien évidemment, je souhaite bonne chance à ma remplaçante. Vous connaissez déjà tous Lauren Adams. Elle fait depuis longtemps partie de Key News. Elle était jusqu'à présent notre chroniqueuse mode, je suis certaine qu'elle fera une présentatrice formidable.

Constance donnait l'impression d'être réellement convaincue par ce qu'elle disait.

— « Key to America » est une grande famille. Il y a évidemment ceux que vous voyez à l'antenne chaque matin. Mais il y a aussi – et peut-être même surtout – tous ceux que vous ne voyez pas, et qui s'activent en coulisse pour nous permettre de briller. Et il y a vous, chers téléspectateurs. Sans vous, « Key to America » n'existerait pas. Et, grâce à vous, l'émission durera longtemps encore. Mon départ n'est donc qu'un micro-événement qui ne va pas déstabiliser « Key to America ». Longue vie à « Key to America » !

Eliza esquissa un sourire en reposant sa tasse sur le comptoir de la cuisine. Si elle ne connaissait pas aussi bien Constance, et si elle n'avait pas été témoin de ses agissements au cours de l'année précédente, elle aurait vraiment cru en la sincérité de la présentatrice vedette.

2

— J'ai vraiment besoin de conserver ce boulot, murmura B.J. D'Elia.
— Et moi donc, lui répondit Annabelle Murphy.
— Je vais donc sourire à m'en faire mal aux mâchoires.

Le cameraman et la productrice attendaient au fond du studio le début des festivités. À cinq minutes de la fin de l'émission, un énorme gâteau fut apporté sur le plateau. Linus Nazareth, le producteur exécutif de « Key to America », quitta la régie et rejoignit tous les membres de l'équipe venus entourer Constance.

Le champagne fut débouché et Harry Granger leva sa coupe.

— À Constance, dit-il. Merci de m'avoir obligé chaque matin à donner le meilleur de moi-même. Merci… Et bonne chance pour ton nouveau poste, poursuivit-il après s'être éclairci la gorge. Ça me fait bizarre de penser que dans quelques jours nous allons être concurrents. Toujours est-il que je me garderai bien de donner tes coordonnées à quiconque…

— Tu crois vraiment qu'il existe une seule personne au monde qui ne sache pas où joindre Constance à partir du mois prochain…, lança quelqu'un dans l'assemblée, provoquant le rire de chacun.

B.J. se pencha vers Annabelle et lui murmura à l'oreille :

— Je pense que Harry doit être soulagé d'être enfin débarrassé d'elle. En tout cas, moi je le suis.

— Je ne sais pas, lui répondit Annabelle à voix basse. Mais, quoi qu'il en soit, ne te réjouis pas trop vite. Lauren Adams est tout sauf une tendre.

— Ça ne pourra pas être pire qu'avec Constance. Pour un cameraman, elle est le pire des cauchemars. Toujours un détail qui cloche. Elle prétend n'être jamais bien mise en valeur, ou alors c'est la lumière qui ne lui convient pas. En fait, c'est une véritable garce.

Annabelle grimaça.

— Oh, pardon, Annabelle. J'oubliais que vous êtes amies, toutes les deux.

— Que nous l'étions, B.J. Nous l'étions, mais Constance n'est plus celle que je connaissais. Elle a changé.

Dès que le générique de fin retentit et que la publicité fut lancée, à l'abri désormais du regard des téléspectateurs, les sourires de façade tombèrent. Bien vite, Annabelle, B.J. et tous ceux qui avaient été priés de venir sur le plateau s'éclipsèrent.

3

Stuart Whitaker jouait machinalement avec la monture de ses lunettes de vue tandis qu'il regardait l'écran. Il était désespéré. Constance était vêtue de vert. La couleur de l'infidélité et de la trahison. Il en était certain, elle savait qu'il regarderait son émission d'adieu. Avait-elle voulu lui adresser un message ? Mais le pire était qu'elle portait autour du cou l'amulette en forme de licorne. Là, devant des millions de téléspectateurs.

À quoi pensait-elle ? Avait-elle juré sa perte ?

Stuart se leva de son fauteuil et alla se poster devant une fenêtre, les mains nouées à l'arrière de son crâne lisse. Son regard se porta sur le Chrysler Building et les immeubles avoisinants. Un homme fortuné comme lui aurait très bien pu habiter à une adresse plus prestigieuse, mais Stuart préférait ce quartier historique de Manhattan. Son côté « vieux monde », comme il aimait à dire, lui convenait à la perfection. Il s'y sentait à l'abri de la fureur de la ville. Mais ce qu'il appréciait par-dessus tout était l'architecture de son immeuble, datant de la dynastie des Tudor. Gargouilles, dragons et autres créatures mythiques ornaient le toit, tandis que le hall d'entrée, recouvert de tapisseries, possédait son lot de vitraux.

Les immeubles voisins étaient eux aussi de magnifiques bâtisses anciennes et le quartier possédait bon nombre de jardins privatifs où il pouvait aller marcher et méditer, ou simplement s'asseoir et lire en paix.

Malgré cela, Constance n'avait pas succombé au charme indéniable du lieu. Elle n'était venue qu'une fois dans son appartement. Il avait lui-même soigneusement préparé le dîner, selon l'idée qu'il se faisait d'un repas médiéval raffiné : un brochet accompagné de carottes et de panais, suivi de pommes et de poires cuites au four. Il lui avait expliqué qu'au Moyen Âge les gens pensaient que le poisson possédait des vertus purificatrices – explication qu'il avait étayée en lui citant un extrait de la Genèse. Là encore, il n'avait pas réussi à convaincre Constance.

— Je suis bien heureuse de ne pas être née à cette époque, lui avait-elle répondu en repoussant son assiette. Je suis navrée, Stuart, je sais que vous vous êtes donné beaucoup de mal mais cette nourriture n'est vraiment pas faite pour moi.

Stuart se souvint lui avoir pris la main afin d'y déposer un chaste baiser.

— Ne vous en voulez pas, très chère.

Complètement subjugué, à l'époque, il pouvait tout lui pardonner. Il était tombé sous son charme à l'instant même où il avait croisé son regard, à l'automne précédent, au cours d'un dîner de bienfaisance dont elle était la maîtresse de cérémonie. Il l'avait ensuite vénérée quasi religieusement pendant des semaines, se faisant un devoir de ne manquer aucune de ses apparitions télévisées. Jusqu'au jour où il trouva enfin le courage de l'appeler.

Contrairement à ce qu'il avait craint, il ne fut guère compliqué de la joindre. Il appela Key News, laissa ses coordonnées à son assistant et, à peine quelques heures plus tard, Constance le rappelait. Bien plus tard seulement, il comprit pourquoi ce fut si aisé…

Pendant les mois qui suivirent, Stuart Whitaker ne redescendit pas de son petit nuage. Il aurait certes aimé partager de plus nombreux moments avec Constance, mais il lui était reconnaissant des instants qu'elle lui accordait. Ils avaient dîné aux chandelles dans quelques-uns des plus fins restaurants de la ville. Il lui avait tenu la main lors de sorties au théâtre ou de promenades en calèche dans Central Park. Mais ce que Stuart préférait, et de loin, était lui transmettre sa passion pour l'art médiéval et son architecture. Il gardait un souvenir ému de l'après-midi qu'ils avaient passé ensemble aux Cloisters.

Constance s'était montrée une élève appliquée. Et brillante. Elle avait été fascinée d'apprendre que le musée avait été construit à partir de pierres de monastères et de chapelles acquises en France, dont chaque statue, chaque vitrail avaient été transportés de ce côté-ci de l'Atlantique. Elle avait été impressionnée par les sept tapisseries suspendues dans une des galeries, qui montraient une chasse à la licorne, et avide de connaître la symbolique de cet animal mythique à une corne. Elle avait également été impressionnée par les herbes qui poussaient dans les jardins des Cloisters, certaines cultivées pour leurs qualités culinaires, d'autres pour leurs vertus thérapeutiques, d'autres encore pour leurs pouvoirs magiques. Les tombes en pierre abritées dans la chapelle l'avaient aussi fortement intéressée, chacune sculptée à l'effigie du chevalier ou du seigneur qui reposait à l'intérieur.

C'est après avoir vu ces tombes que Stuart lui expliqua les fondements de l'amour courtois.

— L'idée est la suivante : un chevalier décide de dédier sa vie à l'amour d'une noble dame. Toutes ses actions ont dès lors pour but de magnifier sa belle, d'où la raison pour laquelle il entreprend de nombreux actes de bravoure, pour se montrer digne de son amour.

Y avait-il acte plus héroïque que de se procurer l'amulette à la licorne, que le roi Arthur avait offert à la reine Guenièvre ?

Subtiliser la licorne d'ivoire à la corne d'or n'avait de toute évidence pas été un geste suffisamment héroïque aux yeux de Constance, qui ne lui avait pas accordé son amour... Il avait pourtant risqué sa réputation en commettant ce vol qui allait à l'encontre de ses principes, dans l'unique but de la conquérir. Mais Constance ne lui accordait plus ses faveurs.

Il lui avait demandé de ne porter cette amulette que lorsqu'ils seraient seuls, en tête à tête. Elle avait promis qu'il en serait toujours ainsi. Constance, en rompant sa promesse, venait de lui briser le cœur.

4

Eliza roulait sur le West Side Highway, laissant l'Hudson dans son dos. Elle essayait de se concentrer sur la journée à venir, mais son esprit était accaparé par le pique-nique de l'école.

D'après ce qu'elle croyait savoir, Janie était la seule élève de sa classe à ne plus avoir de père. Certes, plusieurs de ces enfants de six ans avaient des parents divorcés, mais au moins leur père était-il toujours en vie, ce qui n'était pas le cas du papa de Janie.

Quand elle se penchait sur sa vie et sa réussite professionnelle, Eliza ne pouvait que s'estimer chanceuse. Elle avait un travail passionnant – de surcroît fort bien rémunéré – et une fille adorable. Pourtant, le départ prématuré de John avait laissé un vide qu'elle ne pourrait jamais combler. Eliza avait perdu l'homme qu'elle aimait et Janie n'avait pas eu la chance de connaître son père.

Malgré cette épreuve, Eliza avait décidé d'élever sa fille de manière aussi normale que possible et, pour le moment, elle trouvait qu'elle s'en sortait plutôt bien. Évidemment, plus sa fille grandirait et plus nombreuses seraient les manifestations auxquelles devraient se plier les parents – spectacles de fin d'année, rencontres sportives, anniversaires... Et Janie prendrait alors cruellement conscience de l'absence de son père.

La voiture tourna dans la 57e Rue. L'attention d'Eliza fut accaparée par la foule des journalistes qui faisaient le pied de grue devant le siège de Key News.

— Que se passe-t-il aujourd'hui ? lui demanda son chauffeur. On attend la visite du Président, ou un autre événement de ce genre ?

— Au moins aussi important ! l'informa Eliza depuis la banquette arrière. C'est le dernier jour de Constance Young.

— Ah, oui, c'est vrai. J'en ai entendu parler à la radio ce matin. Dites, c'est vrai qu'elle va gagner vingt millions de dollars par an avec ce nouveau job ?

— La somme est sans doute exagérée, mais n'ayez aucune inquiétude pour elle, vous pouvez être certain que son salaire sera plus que confortable.

— Je savais bien que j'avais pas choisi le bon boulot, maugréa le chauffeur avant de descendre pour aller ouvrir la portière d'Eliza.

Eliza commençait tout juste à extraire ses longues jambes du véhicule que les premiers reporters fondaient déjà sur elle.

— Est-ce que vous regrettez le départ de Constance Young ? lui demanda l'un d'eux en lui fichant un micro devant la bouche.

— Constance a été une figure marquante de Key News, répondit-elle du tac au tac. Nous allons tous bien évidemment remarquer son absence.

— Constance Young abandonne le navire, croyez-vous que l'audience désertera, elle aussi ?

— Ça, c'est la question piège par excellence, non ? Qui peut y répondre à l'heure actuelle ? conclut-elle avant de pénétrer dans le hall de la chaîne.

*

Dans l'ascenseur qui la menait vers son bureau, Eliza consulta sa montre. Il ne lui restait que quinze minutes avant le début de la conférence de rédaction de « Key Evening Headlines ». À peine le temps de faire le point avec son assistante sur les derniers préparatifs du déjeuner et de filer choisir une tenue.

Paige Tintle était au téléphone quand Eliza entra dans le petit bureau de son assistante, qui jouxtait le sien.

— Non ! Jaunes, maugréa Paige. Nous nous étions mis d'accord pour qu'il y ait un petit bouquet de tulipes jaunes sur chaque table. Les tulipes jaunes sont les fleurs préférées de Mlle Young.

Eliza observa son assistante qui secouait la tête et levait les yeux au ciel. Paige lâcha un soupir de mécontentement en écoutant la réponse de son interlocuteur.

— Oui, je sais que les invités arrivent dans deux heures... Bon, puisque vous ne nous laissez pas le choix, va pour des tulipes roses, conclut-elle avant de raccrocher.

— Ne t'inquiète pas Paige, je suis sûre que tout sera parfait, l'encouragea Eliza, qui consultait la petite pile de messages posée sur le bureau de son assistante.

— C'est juste agaçant, j'ai tellement envie que tout se déroule comme prévu.

— Il n'y aura pas de problème, Paige. Barbetta est un restaurant plus que centenaire. Ils ont l'habitude, et puis c'est vraiment le lieu idéal pour ce déjeuner d'adieu. J'espère que, dans ce cadre idyllique, personne n'aura envie de faire du mauvais esprit.

*

Dans le dressing, situé non loin de son bureau, Eliza passait en revue les différents pantalons, robes, jupes et autres chemisiers mis à sa disposition. Son choix s'arrêta sur un tailleur Chanel de couleur rose, son préféré, même si elle ne le portait que rarement à l'antenne. Pour présenter « Key Evening Headlines », elle arborait des tenues plus strictes aux teintes moins voyantes, allant du gris au bleu marine en passant par le beige ou le marron.

Après avoir enfilé le tailleur, Eliza s'observa dans le miroir. Elle constata avec plaisir que le rose rehaussait son teint. Sa chevelure brune, qui lui tombait jusqu'aux épaules, semblait également plus soyeuse. Et même ses yeux bleus semblaient avoir un éclat nouveau. Un vrai miracle, ce tailleur !

Eliza finit de se préparer puis se rendit à « l'aquarium », cette pièce entièrement vitrée où producteurs et journalistes de « Key Evening Headlines » discutaient des sujets susceptibles d'être abordés le soir. Mais, quand elle entra dans cette salle où l'on décidait ce que les téléspectateurs verraient ou non, la conversation tournait uniquement autour de la dernière émission de Constance Young.

— Je pense sincèrement qu'elle est vraiment triste de partir, disait Range Bullock, le producteur exécutif de « Key Evening Headlines ». Ses larmes étaient bien réelles, en tout cas.

— Tu plaisantes ! Elle pleurait juste de joie en pensant à tout ce paquet de fric qu'elle va se faire, rétorqua un journaliste. Et, crois-moi, elle a bien calculé son coup et choisi le moment de son départ. En ce moment, les taux d'audience sont examinés à la loupe par les annonceurs. La moindre baisse du nombre de téléspectateurs entraîne une chute des revenus publicitaires. Je suis même certain qu'elle jubile déjà à l'idée du manque à gagner pour Key News que risque d'engendrer son départ.

— Si vous voulez mon avis, bon débarras ! lança quelqu'un d'autre. Et bon courage à ses futurs collègues.

— On voit bien que tu ne diriges pas l'information de la chaîne, lui rétorqua Range Bullock. Chaque année, « Key to America » génère plus de cinq cents millions de recettes publicitaires. Le départ de Constance peut nous être préjudiciable, et par là même renforcer la concurrence…

— Imagine la pression sur ses épaules. Qu'adviendra-t-il si elle ne parvient pas à redresser l'audience de sa nouvelle émission ?

— Laisse-moi pleurer sur son sort ! ironisa un journaliste. Sa fierté et son orgueil en prendront certaine-

31

ment un coup, mais son compte en banque bien garni la consolera très vite...

5

Faith mit les draps dans le lave-linge. Elle ajouta de la lessive, une dose d'eau de Javel et sélectionna le programme à la température la plus élevée. Une fois de plus, sa mère s'était oubliée au lit.

En fermant le couvercle de la machine, Faith sentit la nervosité la gagner. Bien qu'elle ait préparé la veille au soir les affaires des enfants et se soit levée de bonne heure pour se faire un shampoing, il avait fallu qu'elle donne un bain à sa mère. Et cette dernière avait mis un temps inhabituellement long à picorer son maigre petit déjeuner. Résultat des courses, il allait falloir qu'elle se dépêche pour s'habiller et attraper son train pour New York.

En remontant du sous-sol, elle entendit la sonnette de la porte d'entrée. Elle jeta un regard dans le miroir et peigna de la main ses cheveux encore humides. Elle aurait aimé avoir eu le temps de se faire une nouvelle coloration. Elle resserra la ceinture de son peignoir et alla ouvrir.

— Bonjour, madame Hansen, lui lança la jeune femme qui, après l'avoir observée, reprit : Oh, mais je suis peut-être en avance ?

— Non, Karen, tu es pile à l'heure. C'est moi qui cours après la montre ce matin, entre donc.

Faith tint la porte pour laisser entrer la jeune femme qui veillait sur sa mère. Karen avait plusieurs livres en main.

— J'espère que ça ne vous dérange pas, madame Hansen. Mais les examens de fin d'année approchent et, la plupart du temps, votre maman passe son temps à dormir quand je suis là.

— Aucun problème, Karen.

— Au fait, j'avais oublié de vous en parler mais, aujourd'hui, il faut que je sois partie à 15 heures. J'espère que ça ne posera pas de problème…

Merci de me prévenir au dernier moment et de me mettre devant le fait accompli ! pensa Faith. Vu l'heure, je n'ai évidemment pas le temps de trouver une solution de repli.

— Pour être honnête, ça ne m'arrange vraiment pas, pas aujourd'hui. Ce midi est organisé un déjeuner en l'honneur de ma sœur. Ça va être la course pour que je sois rentrée à 15 heures… Mais bon, je suppose que je n'ai pas le choix…

Karen lui adressa un timide sourire d'excuse.

— Je suis vraiment navrée, madame Hansen, mais j'ai rendez-vous avec mon conseiller d'orientation. C'est pour l'organisation du prochain semestre…

Faith était coincée. Elle ne pouvait laisser sa mère seule, sans surveillance. Il lui faudrait donc quitter la réception à 14 heures pour être de retour à temps, qu'elle le veuille ou non.

Ce qu'elle voulait, ce qu'elle désirait, personne ne semblait jamais s'en préoccuper. Todd et les enfants la considéraient comme faisant partie du décor. Hélas, elle n'était pas un cas isolé. Comme bon nombre de femmes, le travail qu'elle accomplissait pour s'occuper du foyer n'était pas remarqué. Todd trouvait normal de rentrer pour mettre les pieds sous la table, d'avoir une maison propre et des vêtements lavés et repassés, bien rangés dans son armoire.

Faith s'en était plus ou moins fait une raison. Bien qu'elle ait cruellement besoin d'un mari plus attentif à elle et à leurs enfants qu'aux prévisions météorologiques dont dépendaient ses parties de golf du week-end, c'est elle qui avait choisi de devenir mère au foyer, pour le bien de ses enfants. Et elle pensait toujours qu'elle avait pris la bonne décision. Elle n'avait pas en revanche choisi de s'occuper également de sa mère. Elle avait toujours cru, quand elle y repensait, que Constance et elle s'en chargeraient conjointement quand le moment serait venu.

À la mort de leur père, leur mère avait vécu seule quelques années dans la maison familiale, en banlieue de Washington. Mais, dix-huit mois auparavant, il était devenu évident que la vieille femme n'était plus autonome. La maison avait donc été vendue et leur mère était venue s'installer dans le New Jersey.

Pour rendre justice à Constance, cette dernière avait accepté d'abandonner la part qu'elle aurait dû toucher sur la vente de la maison pour couvrir les frais qu'engendreraient les soins et la garde de leur mère. Mais cette somme avait depuis longtemps fondu comme neige au soleil. En fait, Todd s'en était aussitôt servi pour effectuer des investissements – qui s'étaient révélés aussi extravagants qu'hasardeux. Et quand Faith était retournée voir Constance pour lui annoncer qu'ils avaient tout perdu, celle-ci n'avait rien voulu entendre.

Faith trouvait normal qu'une mère reste au sein de sa famille. D'autant qu'ils avaient la place de l'accueillir. Leur maison de style colonial était pourvue d'une quatrième chambre, au rez-de-chaussée, près de la cuisine. Une sorte de petit studio indépendant avec une salle de bains privative. « Idéal pour loger une nurse ou la bonne », leur avait dit la commerciale de l'agence immobilière qui leur avait fait visiter la maison. Depuis six ans qu'ils habitaient là, cette chambre n'avait jamais accueilli la moindre nurse. C'est Faith qui faisait office de bonne…

— Ma mère est dans sa chambre, elle dort probablement. Karen, sois gentille d'aller régulièrement vérifier que tout va bien et qu'elle ne manque de rien.

— Vous pouvez compter sur moi, madame Hansen.

Faith s'apprêtait à monter à l'étage, calculant le temps qu'il lui faudrait pour terminer de se préparer, quand elle entendit sa mère l'appeler.

— Faith, où es-tu ? Faith, viens me voir.

— J'arrive, maman, répondit-elle d'un ton résigné.

Faith pensa à Constance, qui avait certainement eu tout le loisir de prendre son temps pour choisir la tenue adéquate dans son immense garde-robe. Quant à son maquillage et à sa coiffure, nul doute qu'elle avait fait appel aux soins experts des meilleurs spécialistes. Comme toujours, elle serait radieuse et aurait l'air glamour et reposé, ainsi qu'on la voyait toujours à la télévision ou dans les magazines people. Tandis que Faith aurait l'air d'une mégère fatiguée et mal fagotée.

Constance n'avait pas à planifier ses journées en fonction de leur mère. Constance n'avait pas à l'accompagner chez le médecin. Elle n'avait pas à changer régulièrement ses draps souillés ni à lui donner ensuite un bain. Constance n'avait pas non plus de mari que cette intrusion dans leur vie agaçait au point qu'il préférait passer ses soirées à jouer au poker avec ses amis, au risque que leur couple en pâtisse.

Constance ne s'était jamais mariée, bien que Faith ait appris que sa sœur avait eu son lot de conquêtes masculines. Non que Constance se soit confiée à elle. Mais Faith pouvait suivre sa vie amoureuse dès qu'elle ouvrait un magazine. Constance avait une existence de rêve. Elle était adulée par des millions de personnes et avait des revenus colossaux. Combien la vie de Faith s'en trouverait modifiée si elle disposait d'une telle fortune…

Faith détestait se montrer jalouse, mais elle ne pouvait s'en empêcher. Plus les semaines s'écoulaient et plus sa mère déclinait, plus son mari se détachait d'elle. Et, comble de malchance, Faith prenait du poids, se sentant chaque jour davantage aigrie et prisonnière de cette vie qui était la sienne.

6

— Paige, peux-tu appeler Boyd, s'il te plaît? s'enquit Eliza à son retour de la conférence de rédaction. Demande-lui si Constance souhaite que nous allions au restaurant ensemble.

Une fois dans son bureau, Eliza se dirigea vers une large baie vitrée qui surplombait le studio de « Key Evening Headlines », en contrebas. Elle ne se lassait pas d'observer cette ruche en perpétuelle effervescence. Toutes ces personnes derrière leur ordinateur, reliées par Internet ou par téléphone à des centaines de correspondants de Key News à travers le monde, toujours aux aguets d'une information nouvelle, toutes concentrées sur leur tâche pour que l'émission soit la meilleure possible.

— Eliza ?

Perdue dans ses pensées, Eliza sursauta. Son assistante se tenait à l'entrée de son bureau.

— Boyd m'a répondu que Constance te remerciait mais qu'elle nous rejoindrait sur place.

— C'est noté. Merci, Paige.

Eliza s'assit à son bureau.

— Tu veux connaître le fond de ma pensée ? En fait, poursuivit Paige qui n'attendit pas l'assentiment d'Eliza, ce que je crois, c'est que Constance a envie d'arriver seule. Elle n'a pas envie de quelqu'un d'autre à ses côtés qui pourrait lui voler la vedette.

— Ça n'a aucune espèce d'importance, Paige. Après tout, c'est son jour, pas le mien...

Paige quitta la pièce en maugréant. Le regard d'Eliza se porta sur une photo de Janie, dans un cadre d'argent, posée sur son bureau. Il s'agissait d'une photo prise au jardin d'enfants, d'où son imperfection. Mais c'était précisément la raison pour laquelle Eliza la trouvait si attachante. Le col de son chemisier était retourné, une mèche rebelle s'était échappée de son serre-tête et Janie arborait un sourire troué après la perte d'une dent de lait. L'expression de la fillette aux yeux bleus pétillants, alors âgée de cinq ans et demi, lui rappelait tellement John...

Six ans, déjà, qu'elle était seule à s'occuper de Janie qui ne connaîtrait jamais le père à qui elle ressemblait tant. Le père qui, à n'en point douter, l'aurait couverte de son amour…

Alors, oui, au regard de tout cela, les manigances de Constance Young pour se mettre en valeur n'avaient vraiment aucune espèce d'importance.

7

Quoi qu'elle lui demande, Boyd Irons avait toujours l'impression que Constance s'adressait à un domestique quand elle lui demandait quelque chose. Et le fait qu'elle ne prononçait jamais le *d* final de son prénom renforçait l'idée qu'il n'était pour elle qu'un boy, qu'un larbin.

« Passe-moi Linus, Boy… Boy, va me chercher un café frappé… Boy, j'ai là une ordonnance, tu peux courir à la pharmacie ? »

En observant Constance prendre connaissance des nombreux messages qu'il avait pris pour elle depuis le début de la matinée, il eut une nouvelle fois l'impression qu'il était quantité négligeable à ses yeux. Comme toutes les personnes sans cœur, Constance n'avait aucune considération pour ceux qui travaillaient pour elle. Et elle se fichait pas mal de connaître les centres d'intérêt, les aspirations professionnelles, voire le prénom de ses collaborateurs, du moment qu'ils exécutaient ses ordres et filaient droit.

Boyd avait entendu dire que Constance ne s'était pas toujours comportée ainsi. Certains anciens prétendaient même qu'à ses débuts elle était charmante. Mais Boyd avait du mal à y croire. Depuis treize mois qu'il était son assistant, il n'avait cessé d'en baver.

— Boy, tu t'arrangeras pour arriver avant moi au restaurant et vérifier que tout est en ordre, lui dit-elle sans lever le nez.

— Il y a un *d* à la fin de mon prénom, marmonna-t-il.

— Qu'est-ce que tu dis ? lui demanda-t-elle d'un ton cassant tout en continuant d'éplucher les messages.

— Rien.

— Bon, une fois que tout le monde sera sur place, tu m'appelles et je viens.

— Tu ne penses pas qu'il serait préférable que tu sois là dès le début, pour accueillir tes invités ? lui suggéra-t-il en pensant se rendre utile.

— Si j'avais estimé que c'était une bonne idée, c'est ce que j'aurais fait ! lui répondit-elle, cinglante, avant de lui tourner le dos pour regagner son bureau.

Bien sûr, elle voulait tirer la couverture à elle, pensa Boyd, avoir la lumière des projecteurs braquée sur elle, et elle seule… En fait, Constance se moquait sans doute pas mal des personnes présentes en son honneur. En étant en retard, elle se ferait désirer, elle n'aurait pas à dire bonjour à tout le monde et resterait sur son piédestal.

Boyd aurait dû être heureux que Constance ne lui proposât pas de le suivre pour venir travailler à « Daybreak », l'émission qu'elle allait désormais présenter. Il aurait dû se sentir soulagé. Depuis un an, il dormait mal et venait chaque matin travailler à reculons, une boule au ventre. Son médecin lui avait diagnostiqué un début d'ulcère et, quand il se regardait dans la glace, il ne voyait que ses traits tirés et constatait qu'il avait moins de cheveux que douze mois auparavant. Constance était intransigeante, capricieuse, insensible, égocentrique... Elle le traitait comme un moins que rien et exigeait de lui un dévouement total, lui demandant parfois d'exécuter des tâches bien éloignées de ses attributions. Et, pourtant, Boyd s'était senti humilié et vexé qu'elle n'envisage même pas la possibilité qu'il la suive dans sa nouvelle aventure professionnelle.

Depuis un an, il travaillait douze heures par jour, sans compter les nombreux week-ends qu'il avait sacrifiés. Il avait même parfois annulé au dernier moment des vacances prévues de longue date pour lui être agréable – raison pour laquelle sa petite amie l'avait plaqué. Il faisait tout pour qu'elle soit satisfaite. Mais elle ne l'était jamais...

Le téléphone sonna et Boyd répondit. Il mit son correspondant en attente et appela Constance.

— Stuart Whitaker sur la ligne 2, Constance.

— Qu'est-ce qu'il me veut encore, grogna-t-elle. Il n'a toujours pas compris... Écoute, dis-lui que je suis en rendez-vous et que je le rappelle dès que j'ai un moment.

Pourquoi lui obéirais-je, cette fois? pensa Boyd. Après tout, dans quelques heures, je ne travaille plus pour elle.

— Il a déjà appelé une bonne dizaine de fois, Constance. J'en ai marre de lui raconter des bobards.

Et il raccrocha. Il regarda le téléphone. La petite lumière cessa de clignoter, signifiant que Constance avait pris l'appel. Il descendit alors dans le hall et se dirigea vers les toilettes.

B.J. D'Elia, debout devant le lavabo, se lavait les mains.

— Alors, bientôt fini ! sourit B.J. Je parie qu'elle va te manquer… lui dit-il, sarcastique.

— Sans aucun doute ! Jusqu'à la dernière minute elle m'en aura fait voir de toutes les couleurs.

Boyd examina son reflet dans la glace et secoua la tête.

— J'aurais eu droit à tout. J'allais chercher ses affaires au pressing, je lui prenais ses rendez-vous chez le médecin ou le coiffeur et, le week-end, quand madame n'était pas là, il fallait même que j'aille nourrir son chat et nettoyer sa foutue litière. C'en est à se demander pourquoi elle a un chat, vu le peu d'attention qu'elle lui porte…

Boyd se tourna vers B.J. et poursuivit sa diatribe.

— C'est moi qui fixais également ses rendez-vous galants et qui devais ensuite faire barrage au téléphone ou mentir quand elle voulait rompre. Je l'ai entendue se plaindre continuellement des personnes avec qui elle travaillait, des hommes avec qui elle sortait, de sa famille, et même de ses prétendus amis… Et moi qui étais toujours là pour essayer de lui épargner un maximum de tracas, de lui rendre la vie plus facile… Tiens, par exemple, je ne lui ai pas dit que j'avais reçu un appel de la société qui entretient la piscine de sa résidence secondaire. L'un des employés a trouvé un chien mort dans son jardin. Inutile de gâcher son dernier jour avec cette nouvelle.

— Assez peu ragoûtant, en effet.

— Je leur ai juste demandé de se débarrasser du cadavre, afin qu'elle n'en sache rien, comme d'habitude. Je me suis défoncé pour elle, et qu'est-ce que j'ai obtenu en retour ? Rien, pas le moindre remerciement. Tu ne peux pas savoir l'enfer que c'est de bosser avec elle au quotidien.

— Non, et j'en suis heureux ! lui répondit B.J. en prenant une serviette en papier pour s'essuyer les mains. Chaque fois que j'ai eu l'occasion de travailler avec elle, ça s'est mal terminé. Toujours à critiquer. Jamais contente.

— Et j'ai entendu dire que Lauren Adams n'était pas forcément un cadeau, elle non plus. Elle aussi traîne une réputation de diva. Tu parles, une ancienne reine de beauté devenue star de la télé… Et c'est moi qui vais me la coltiner… Elle va me mener une vie infernale. Qu'est-ce que j'ai bien pu faire dans une vie antérieure pour mériter ça ? se lamenta le jeune homme.

— Pourquoi ne démissionnes-tu pas ?

— Dès que je trouve un autre poste, je pars. Mais, en attendant, il faut bien que je paie mon loyer. Et puis c'est Key News… Depuis que je suis enfant, je rêve de travailler pour une grande chaîne d'information.

— Et tu n'es plus un enfant depuis quand ? Disons dix minutes…

— Arrête de me charrier, je ne suis plus un gamin.

— Tu as quoi ? Vingt-deux, vingt-trois ans ?

— Tu plaisantes, mec, j'en ai vingt-sept ! Il m'a fallu pas mal de temps pour décrocher ce job.

— Alors je dois te sembler bien vieux du haut de mes trente-quatre ans…

*

Constance se cala dans son fauteuil design, tête en arrière, et fixa le plafond.

— Comment avez-vous pu me faire ça, Constance ?

— Vous faire quoi, Stuart ? Expliquez-vous, je ne comprends rien.

— Vous m'aviez promis que vous ne porteriez jamais l'amulette en public. Vous m'aviez promis que vous ne mettriez la licorne que lorsque nous serions seuls, tous les deux.

— Stuart, enfin, ne soyez pas ridicule ! Il n'y aura jamais plus de tête-à-tête ! Alors, à vous entendre, et si tant est que je vous aie jamais fait cette promesse, il faudrait que je renonce à porter ce superbe bijou… C'est bien cela ?

— Écoutez, très chère, il faut que vous me rendiez cette amulette.

— Stuart, je n'aurais jamais imaginé pareille goujaterie de votre part !

— Vous vous méprenez. Ce n'est pas du tout ce que je voulais dire, mais il faut absolument que je récupère ce bijou. Quand nous avons passé cet après-midi aux Cloisters, vous êtes tombée en admiration devant cette licorne. Et j'ai aussitôt su que je devais vous l'offrir…

— Oui, et alors ? Où est le problème ? Vous en avez fait réaliser une copie, c'est bien ça ?

À l'autre bout du fil, Stuart resta muet.

— Ce n'est pas le cas ? le relança Constance.

Une fois de plus, son interlocuteur garda le silence.

— Stuart, ne me dites pas qu'il s'agit de la véritable amulette à la licorne que le roi Arthur offrit à Guenièvre ! Ne me dites pas que vous l'avez volée !

— Je ne considère pas tout à fait l'affaire sous cet angle, reprit Stuart, visiblement gêné. Je préfère y voir l'acte de bravoure d'un chevalier voulant prouver à l'élue de son cœur combien il l'aimait.

— Mais vous êtes complètement fou ! Cette pièce unique sera au centre de la prochaine exposition qui doit ouvrir prochainement aux Cloisters. Sa valeur est inestimable.

— Hélas, oui, je crains d'être devenu fou. Fou de vous, Constance. J'ai cinquante-deux ans mais, depuis que je vous ai rencontrée, je me comporte comme un adolescent. Je me réveille le matin en pensant à vous. Le soir, en me couchant, mes dernières pensées sont pour vous. Et il n'est pas un seul instant de la journée sans que vous soyez présente. D'autant qu'en ce moment, du fait de l'actualité, il n'est guère difficile de suivre vos moindres faits et gestes.

— Arrêtez, Stuart, vous me faites peur. Vous me donnez l'impression de m'épier.

— Oh, Constance, pardonnez-moi. Loin de moi l'idée de vous effrayer, très chère. Vous êtes la dame de mon cœur, je ne veux que votre bien-être et votre sécurité.

— Alors, si vous pensez vraiment ce que vous dites, arrêtez de m'appeler sans cesse, lui répondit-elle, exaspérée. Gardons le souvenir des bons moments et restons amis.

— Mais je ne demande que ça, Constance. Je serai à jamais votre chevalier servant.

— Écoutez, Stuart, vous êtes gentil, mais je vais devoir vous laisser. J'ai un rendez-vous important et encore pas mal de détails à régler avant ce soir.

— Vous allez à ce déjeuner organisé en votre honneur, Constance. Je l'ai lu dans la presse.

— On ne peut rien vous cacher.

— J'aurais aimé être invité.

Constance changea de position.

— Vous savez, Stuart, ce n'est pas moi qui me suis chargée de l'organisation. Et puis il s'agit avant tout d'un déjeuner professionnel. La plupart des convives sont des confrères, pas des amis.

— Je vous crois, Constance. Jamais vous ne me mentiriez. Mais laissez-moi cependant réitérer ma requête. Rendez-moi l'amulette, je vous en conjure.

Constance joua avec le bijou, accroché à son cou par un fin ruban en soie noire.

— Oh, Stuart, ne me demandez pas l'impossible. Je déteste l'idée de m'en séparer. Cette licorne est mon talisman. Je l'ai portée tout au long de mes négociations pour ce nouveau poste, et voyez comme elle m'a porté chance.

La voix de Stuart monta dans les aigus.

— Vous êtes en train de me dire que vous l'avez déjà portée en public avant ce matin…

— Et alors? Qui pourrait se douter de sa provenance?

— Je vous trouve bien naïve, très chère. Il y a forcément quelqu'un qui vous a vue ce matin et qui a reconnu l'amulette.

45

— Je suis sûre que vous vous inquiétez pour rien…

Mais un doute venait de s'immiscer dans le cerveau de Constance… Si quelqu'un reconnaissait effectivement l'amulette volée et venait la trouver, elle pourrait toujours affirmer qu'elle ignorait que ce bijou avait été dérobé dans un musée et révéler qui le lui avait offert. Stuart serait alors interrogé et, pour sa défense, mettrait en avant sa théorie pathétique de l'amour courtois… Mais la police ne comprendrait pas que Constance ne l'ait pas alertée alors qu'elle savait qu'il s'agissait d'un bijou volé. Et les médias s'empareraient aussitôt de l'affaire. Cette publicité fâcheuse aurait des conséquences désastreuses pour elle et ne serait pas du goût de ses nouveaux employeurs. Au prix où ils la payaient, ils ne pouvaient se permettre un scandale.

En revanche, il y avait peut-être un moyen de tourner l'affaire à son avantage. Elle continuerait de porter l'amulette en public jusqu'à ce que la police vienne la trouver. Elle jouerait alors les innocentes. Oui, le fortuné Stuart Whitaker lui a bien offert ce bijou. Mon Dieu, non, elle ignorait qu'il avait été volé. Elle croyait bien évidemment qu'il en avait fait exécuter une copie… Elle voyait déjà les gros titres des journaux : « Un homme commet un vol audacieux au nom de l'amour fou qu'il porte à Constance Young ! »

Ne serait-ce pas magnifique ? Une publicité comme celle-ci inciterait nombre de téléspectateurs à suivre sa nouvelle émission. Un plus pour l'audience, surtout au moment crucial de ses débuts.

Sa décision était prise, elle n'allait pas lui rendre l'amulette, qu'elle continuerait à porter ostensiblement en public.

— Constance, êtes-vous toujours là ?
— Oui, Stuart, mais il faut vraiment que je file. Je vous rappelle plus tard. Promis.

8

Eliza voulait arriver au Barbetta avant les premiers invités. Quand Paige et elle pénétrèrent dans le jardin situé à l'arrière du bâtiment en grès brun abritant le restaurant, elles furent accueillies par une note florale qui embaumait l'air. Le jardin, superbement entretenu, abritait de magnifiques massifs de magnolias et des arbres centenaires. Au centre, une fontaine ornée de chérubins en pierre laissait entendre son paisible ruissellement. Une douzaine de tables rondes de quatre couverts avaient été dressées. Sur chacune trônait un bouquet de tulipes roses. Difficile d'imaginer qu'on se trouvait en plein centre-ville.

— C'est magnifique, Paige. Tu t'es vraiment bien débrouillée, la complimenta Eliza. Et quelle chance qu'il fasse si beau. Il aurait vraiment été dommage de rester confinés à l'intérieur.

Annabelle Murphy et B.J. D'Elia furent les premiers à faire leur entrée. Eliza se dirigea vers eux pour les accueillir. Tandis qu'ils bavardaient, Eliza surveillait d'un œil l'entrée du jardin, que les invités ne se pressaient pas de franchir.

— Mais que font-ils donc ? demanda-t-elle légèrement anxieuse en consultant sa montre. J'espère qu'ils vont tous venir.

— Oh, ne t'inquiète pas, la rassura Annabelle. Tout le monde sera là. Je pense juste que personne n'est trop pressé. Si tu veux mon avis, les gens viennent plus parce que c'est toi qui organises ce déjeuner que pour fêter Constance…

B.J. prit une coupe de champagne sur le plateau d'un serveur qui passait.

— Après tout, c'est vendredi, et je n'ai pas à repasser au bureau cet après-midi. Alors trinquons ! Au départ de Constance, la meilleure des nouvelles qui soit !

— La ferme, B.J. ! lui lança Annabelle en le fusillant du regard tandis qu'Eliza se dirigeait vers l'entrée du jardin pour accueillir une femme qui semblait hésiter.

*

Eliza fut frappée par la ressemblance entre les deux femmes, même si la sœur de Constance était moins longiligne et paraissait plus âgée.

— Vous devez être Faith Hansen ? Soyez la bienvenue, je suis Eliza Blake.

Tandis qu'elles se saluaient, Eliza remarqua la peau rêche de ses mains – celles d'une femme qui effectue elle-même ses tâches ménagères ou ne prend pas le soin de s'appliquer régulièrement une crème hydratante, pensa-t-elle. Elles commencèrent à discuter, et d'emblée Eliza la trouva sympathique.

— Combien d'années vous séparent ? lui demanda-t-elle.

— Constance a trois ans de plus que moi, répondit Faith. Je sais, c'est difficile à imaginer. On croirait que c'est moi l'aînée, et de loin…

Déjà, Eliza regrettait sa question. Ça ne devait pas être tous les jours faciles d'être la sœur de la célèbre et si glamour Constance Young. Non, vraiment pas facile... Aussi pesa-t-elle avec soin sa réponse.

— Oh, vous savez, on a toutes l'air plus vieilles que Constance, répondit-elle avec tact. Votre sœur, on a l'impression que le temps n'a pas de prise sur elle...

Puis elle changea de sujet et interrogea Faith sur sa vie.

— Je suis mère au foyer, lui répondit-elle. J'ai deux garçons, sept et huit ans. Je suis bien occupée.

— Ça, je veux bien le croire, j'ai moi-même une petite fille de six ans.

— Oui, je sais, j'ai lu un article dans *Good Housekeepings*. Comment faites-vous pour tout mener de front ? Vous devez vous faire aider, je suppose.

— Oui, heureusement. J'ai la chance de pouvoir compter sur une femme de ménage formidable, de très gentilles baby-sitters, sans oublier le coup de pouce des voisins. Mais, surtout, il y a les grands-parents de Janie, qui vivent près de chez nous et s'occupent énormément d'elle. Ils l'adorent, et c'est réciproque.

— Comme j'aimerais que mes enfants connaissent cela. Malheureusement, ils n'ont plus que ma mère, mais elle n'est vraiment pas en forme. Certains jours, elle ne les reconnaît même pas.

— Oh, ça doit être terrible, compatit Eliza. Et où vit-elle ?

— Chez moi.

— Dans ces conditions, c'est sûr que vous ne devez vraiment pas chômer.

Faith acquiesça. Ses yeux s'embuèrent.

— Je suis désolée. Je ne voulais vraiment pas vous faire de peine. Je sais combien il est difficile de voir quelqu'un qu'on aime décliner.

— Ne soyez pas désolée, Eliza. C'est moi qui suis ridicule, lui répondit Faith en se tamponnant le coin des yeux.

— Vous n'êtes pas ridicule, croyez-moi, affirma Eliza en se demandant quelle aide Constance lui apportait.

*

Peu à peu, le jardin se remplissait. La plupart des invités faisant partie de Key News, Eliza alla de groupe en groupe pour leur présenter Faith. Constance, qui savait forcément qu'elle ne connaîtrait personne, aurait au moins pu faire l'effort d'être là pour qu'elle se sente moins perdue, pensa Eliza.

Linus Nazareth, le producteur exécutif de « Key to America » et sa nouvelle présentatrice vedette, Lauren Adams, firent enfin leur apparition, bras dessus bras dessous.

— Regarde, ils ne se cachent même plus, murmura Annabelle à B.J.

— C'est son jour de gloire, à elle aussi, ironisa B.J.

— Remarque, il est difficile de blâmer Linus, poursuivit Annabelle. Elle est superbe et, avec cette nouvelle coupe de cheveux, la ressemblance est frappante avec Audrey Hepburn.

— Oui, c'est ce que tout le monde prétend. Mais, moi, je ne trouve pas.

Annabelle observa Lauren qui prenait un verre sur un plateau.

— Qu'est-ce que je ne donnerais pas pour avoir une silhouette comme la sienne ! s'exclama-t-elle.

— J'aime les femmes minces, mais là c'est de la maigreur, elle n'a que la peau sur les os, aucune rondeur…

— Linus, lui, a l'air de s'en contenter, répondit-elle en regardant le couple souriant qu'ils formaient. Je ne l'ai jamais vu aussi heureux.

*

Assis au bar, à l'intérieur du restaurant, Stuart Whitaker sirotait un verre de vin en ruminant de sombres pensées. Il ne parvenait toujours pas à croire que Constance n'avait pas tenu sa promesse ; ce qu'il considérait, lui, comme une trahison. Plus que tout, il était inquiet. Pour le moment, personne au musée ne s'était aperçu de la disparition de l'amulette, mais la situation ne durerait pas éternellement. Au téléphone, Constance avait refusé de lui restituer le bijou. Il espérait qu'un tête-à-tête la ferait changer d'avis, raison pour laquelle il avait décidé de venir lui parler.

Un jeune homme s'assit à quelques mètres de lui et sortit un téléphone de sa poche.

— C'est bon, Constance. Tout le monde est là. Il ne manque plus que toi. Tu peux venir.

Le jeune homme posa son téléphone et fit un geste en direction du barman pour attirer son attention.

— Un autre bloody mary, s'il vous plaît.

Stuart l'observa un instant puis se dirigea vers lui.

— Veuillez m'excuser, mais ne seriez-vous pas Boyd par hasard ?

— Est-ce qu'on se connaît ? lui répondit-il d'un ton peu amène.

— Pardon, je ne me suis pas présenté. Je suis Stuart Whitaker et je vous ai entendu parler à une certaine Constance. Or, je sais, pour lui avoir parlé à plusieurs reprises au téléphone, que son assistant se prénomme Boyd. J'en ai donc déduit que vous pourriez être ce Boyd…

Boyd sembla se radoucir et son visage afficha même un sourire.

— Oh, monsieur Whitaker, ravi de faire votre connaissance, lui dit-il en lui serrant la main.

— Le plaisir est partagé, Boyd.

Stuart s'assit sur le tabouret à côté du jeune homme.

— Vous savez qu'un déjeuner est donné ce midi en son honneur…, commença Boyd, visiblement gêné.

— J'en suis conscient, mon garçon. Et loin de moi l'idée de déclencher une scène, le rassura-t-il. J'ai juste besoin de lui parler en privé quelques minutes.

— Je ne suis pas sûr que le moment soit bien choisi, monsieur Whitaker.

— Le moment n'est jamais le bon ! lâcha-t-il, résigné. Vous avez sans doute compris que Constance ne souhaitait plus me voir…

Boyd baissa le regard et resta silencieux.

— Eh oui, il va falloir que je m'y fasse, poursuivit Whitaker.

— Est-ce que je peux vous aider ? lui proposa spontanément Boyd.

Stuart avala une gorgée de vin.

— Vous avez toujours été très gentil et très poli avec moi, sachez que je vous en sais gré.

— Mais c'est la moindre des choses, monsieur Whitaker.

— Vous seriez surpris, mon garçon, par le nombre de personnes qui ne connaissent pas les bonnes manières.

— Hélas, non, lui répondit Boyd. Des personnes comme ça, j'en côtoie tous les jours…

— C'est horrifiant, n'est-ce pas ?

— Oh, oui.

— Des personnes qui ont si peu de considération pour les sentiments de leurs proches…

— Vous pensez à Constance ?

— Une fois de plus, soyez rassuré, je ne suis pas là pour commettre un esclandre. En aucune manière, je ne veux gâcher cette fête ni contrarier Constance.

— Je vous crois sur parole, lui répondit Boyd en voyant l'expression d'honnêteté affichée sur son visage.

— À la réflexion, reprit Stuart, vous pourriez peut-être me rendre un fier service, Boyd…

— Si c'est dans mes cordes, pourquoi pas. De quoi s'agit-il ?

— En fait, c'est extrêmement délicat, hésita Stuart.

— Dites toujours.

— J'ai confié un objet à Constance, et il faut absolument que je le récupère.

Boyd regarda Stuart, attendant que ce dernier précise sa pensée.

— Voilà, il s'agit de l'amulette à licorne qu'elle porte depuis peu.

— Et pourquoi ne pas simplement lui demander qu'elle vous la rende ? suggéra Boyd.
— Je le lui ai demandé...
— Et elle a refusé, c'est bien cela ?
— Vous avez parfaitement compris la situation.

Stuart Whitaker posa ses deux coudes sur le bar et posa son menton sur ses poings fermés.

— Si vous acceptiez mon offre et que vous me rapportiez l'amulette, je saurai me montrer généreux, Boyd. Très généreux...

Trente secondes s'écoulèrent. Boyd ne cessait de fixer l'entrée du restaurant, craignant à tout moment de voir Constance apparaître.

— C'est d'accord, monsieur Whitaker, je vais vous aider.

Celui-ci tourna son visage vers celui de Boyd.

— Vous feriez cela pour moi, mon garçon ? lui demanda-t-il, presque surpris.

— Oui, monsieur. Disons que je compatis...

*

Le trottoir, devant le Barbetta, grouillait de journalistes et de paparazzi, qui tous guettaient l'arrivée de Constance. Dès qu'elle descendit de voiture, elle fut assaillie par les flashs, les caméras et les micros tendus vers elle.

— Est-ce que Key News va vous manquer, Constance ?

— Pensez-vous que Lauren Adams a la carrure pour vous succéder ?

— Est-ce que vous pouvez nous confirmer que votre nouveau salaire est bien celui annoncé par la presse ?

— Qu'éprouve-t-on, Constance Young, quand on a brisé la vie d'un homme ?

Constance se tourna vers l'homme qui venait de lui poser cette dernière question. Il se tenait sur les marches menant au restaurant. Son air lui rappelait vaguement quelqu'un. Il avait le visage long et émacié, les cheveux noirs en bataille. Il portait une veste en velours côtelé défraîchie et un pantalon chiffonné. À l'inverse des journalistes présents, il ne tenait ni micro ni bloc-notes.

— Je vous ai posé une question, Constance Young. Que ressent-on après avoir brisé la vie d'un homme ?

Constance le toisa un instant puis passa devant lui pour s'engouffrer dans le restaurant. Quand elle fut entrée dans le bâtiment en grès gris, l'un des reporters s'approcha de l'homme.

— Eh, mais je vous reconnais. Vous êtes Jason Vaughan, n'est-ce pas ?

— J'étais Jason Vaughan, lui répondit-il avant de lui tourner le dos.

9

Dès que tout le monde fut installé autour des tables du jardin, Eliza prit la parole et porta le premier toast.

— À Constance, dit-elle en levant son verre. Aujourd'hui, nous rendons hommage à tes succès au sein de Key News et te souhaitons la même réussite pour la suite de ta carrière professionnelle. Constance, tu es belle et talentueuse, et tu n'auras laissé personne indifférent, ici. Nous allons tous ressentir ton absence.

— Voilà qui est envoyé avec tact, murmura Annabelle à B.J. tandis que les convives levaient leur verre.

B.J. avala une gorgée avant de reposer sa coupe sur la table.

— Ah ça, oui ! Tout ce qu'elle a dit est exact, mais elle a bien choisi ses mots. C'est sûr qu'elle n'a laissé personne indifférent : elle nous menait à tous une vie d'enfer. Quant à son absence, oh oui ! on va la ressentir comme une... libération.

*

Une fois les entrées servies, ce fut au tour de Linus Nazareth de lever son imposante stature pour prononcer quelques mots, Lauren Adams se tenant à côté de lui.

— Pour être honnête, je ne peux pas dire que ton départ m'enchante. Ta présence dans l'équipe a dopé l'Audimat. En fait, je ne digère toujours pas le fait que tu nous quittes...

Son entrée en matière déclencha des rires dans l'assistance, certains francs, d'autres un peu plus crispés.

— Mais, poursuivit Linus, je tiens à être fair-play et reconnais que tu mérites ton succès. À part moi, bien sûr, je n'ai jamais rencontré quelqu'un d'aussi acharné au travail. Bien sûr, nous sommes tous conscients qu'en te perdant pour une chaîne concurrente la compétition va être rude. Mais, fais-nous confiance, on aime ça. Lauren et moi, on ne va pas te laisser nous bouffer tout cru ! Bon, trêve de discours, passons aux cadeaux.

Constance ouvrit son premier paquet, qui contenait un plateau en argent sur lequel avaient été gravés son nom, celui de la chaîne, ainsi que les dates de son arrivée et de son départ de Key News.

— Sans doute un peu cérémonieux, mais il fallait marquer le coup. Et en plus, ça pourra te servir, commenta Linus. Mais voilà qui devrait te faire plus plaisir, ajouta-t-il en lui tendant un paquet bien plus volumineux.

Celui-ci abritait un peignoir de bain frappé au logo de Key News et deux draps de bain signés Hermès.

— Une seule de ces serviettes me permettrait de payer la cantine des jumeaux pendant un mois, marmonna Annabelle.

— Le meilleur, rien que le meilleur pour Constance Young, railla B.J. Tout le monde sait qu'elle adore nager. Tu ne voudrais quand même pas qu'elle essuie ensuite son corps délicat avec une serviette de médiocre qualité...

*

Eliza avait organisé le déjeuner, mais elle ne pouvait se permettre de rester jusqu'à la fin. Avant de regagner le siège de Key News, elle s'arrêta à la table de Constance.

— Constance, je ne te dis pas adieu car je suis sûre que nous allons très bientôt et très souvent nous revoir.

— Oh, Eliza, merci pour ce déjeuner, lui dit-elle après s'être levée pour l'embrasser. Merci de t'être occupée de tout. Je suis vraiment touchée.

— C'était la moindre des choses, Constance, lui répondit-elle. Et comment comptes-tu occuper ton temps libre avant tes débuts à « Daybreak » ?

— Pour commencer, je vais aller me reposer quelques jours à la campagne. Je file tout à l'heure rejoindre ma résidence secondaire. Je ne sais pas encore combien de temps je vais y rester, mais j'en reviendrai en pleine forme…

— Très bonne idée, lui répondit Eliza en lui donnant une accolade. Oh, mais que t'est-il arrivé ? lui demanda-t-elle en apercevant des marques rouges sur son cou. Ton chat t'a griffée ?

— Oh, non, je me suis juste égratignée en enlevant mon pull, dit-elle en portant la main à sa gorge. J'avais oublié que je portais cette amulette. J'ai mis un peu de fond de teint dessus, mais il a dû s'estomper.

En regardant de plus près, Eliza remarqua cinq éraflures, provoquées par les quatre pointes de la couronne en or, la plus profonde visiblement causée par la corne en ivoire de l'animal.

— Tu ne devrais sans doute pas mettre de maquillage dessus et les laisser à l'air libre.

— Oh, c'est bien mon intention ! s'exclama la jeune femme. Plus de maquillage au cours des jours à venir. La liberté !

Eliza se pencha vers la sœur de Constance et lui serra la main.

— J'ai été ravie de faire votre connaissance, Faith, lui dit-elle avec sincérité.

— Moi aussi, Eliza, lui répondit cette dernière en se levant. Et surtout merci de m'avoir conviée. J'ai été très touchée par votre invitation.

Tandis que les deux sœurs regardaient Eliza s'éloigner, Faith se répandit en louanges sur la présentatrice de « Key Evening Headlines ».

— Eliza Blake est une femme charmante. Et quelle simplicité ! On sent vraiment qu'elle ne se force pas à être aimable. Et puis, quelle gentillesse d'avoir organisé pour toi ce déjeuner d'adieu...

Constance jeta un regard de mépris à sa sœur.

— Ne te méprends pas, Faith, lui lança-t-elle. Si Eliza a tout pris en main c'est que c'était dans *son* intérêt. Et ce n'est pas parce qu'elle est souriante à l'écran qu'elle est *gentille* dans la vie...

— Oh ! Constance. Comment peux-tu dire ça ? C'est vraiment injuste de ta part.

— Je suis seulement lucide, et honnête...

— Honnête ! s'emporta Faith en sentant tout son corps se tendre. Mais que connais-tu à l'honnêteté ? Il existe chaque jour des personnes qui agissent dans l'intérêt de leurs prochains sans faire la une des médias. Des personnes qui agissent par charité, par amour... Mais que connais-tu de tout cela ?

Constance adressa un sourire radieux à tous ceux qui pouvaient l'observer et, sans presque remuer les lèvres, murmura à voix basse :

— Quand vas-tu enfin te décider à grandir, Faith ? Et, surtout, à ouvrir les yeux ? On ne vit pas dans le monde magique des Bisounours...

— Oh, crois-moi, il y a longtemps que j'ai perdu mes illusions. Et mon optimisme à tout crin... S'occuper chaque instant de maman m'a vite fait redescendre sur terre. Je sais qu'on est loin de vivre dans un monde idéal.

— Et voilà! Il faut que tu remettes le sujet sur le tapis. Qu'est-ce que tu veux que je te dise, Faith? Si tu m'avais écoutée, nous aurions placé maman dans une institution spécialisée et nous n'aurions pas aujourd'hui cette conversation...

— Après tout ce que maman a fait pour nous, tu aurais voulu qu'elle finisse ses jours loin des siens, dans une maison de retraite impersonnelle? Pour moi, c'était tout simplement impossible.

— D'accord, Faith, tu as sans doute raison. Mais c'est *ton* choix, pas le mien!

— Je le sais bien, mais ça n'empêche pas que tu pourrais quand même nous apporter ton aide de temps en temps. Bien sûr, je ne parle pas d'une aide financière. Todd n'aurait pas dû dilapider l'argent de la maison, nous sommes d'accord. Mais un coup de téléphone, une visite? Depuis combien de temps n'es-tu pas venue la voir?

Faith laissa passer un instant avant de reprendre :

— Regarde-toi, tu possèdes tout ce qu'une femme peut espérer avoir. Ce collier, par exemple... Moi, je suis déjà heureuse quand je peux m'offrir une paire de gants en caoutchouc pour essuyer les salissures de maman...

— Arrête, tu vas me faire pleurer! l'interrompit Constance d'un ton glacial. Et ce n'est pas la peine d'essayer de gâcher cette fête, car c'était bien ton intention, n'est-ce pas?

Faith demeura silencieuse.

— Eh bien, crois-moi, je ne vais pas t'en laisser l'occasion…

— Arrêtons de nous quereller, veux-tu ? reprit sa sœur. Mais pourquoi ne prendrais-tu pas maman chez toi quelques jours de temps en temps ? Au cours des dernières années, combien de fois est-elle venue te voir ? Une, pas plus…

Constance soupira.

— Tu ne comprends vraiment rien à ce que je ressens, Faith. Je suis sous pression permanente. Toi, tu vis dans ton petit cocon tranquille de femme au foyer, sans stress, sans…

— Oui, et dire que, moi, je suis diplômée de l'université…

Constance lança un regard glacial à sa sœur.

— Je ne vais pas tenir compte de cette dernière remarque, lui lança-t-elle, parce que je sais que tu es en colère. Mais ces derniers mois ont vraiment été compliqués pour moi, et j'ai besoin de calme et de repos avant d'attaquer mon nouveau job.

— Comment peux-tu te regarder en face, Constance ?

— Ne t'en fais pas pour moi, lui rétorqua-t-elle. Je n'ai aucun problème de conscience. Je dors même comme un nouveau-né.

Et elle lui tourna le dos.

Faith regardait sa sœur s'éloigner quand elle entendit une sonnerie provenant de son sac. Elle en sortit son téléphone portable et décrocha.

— Madame Hansen ? C'est Karen.

— Qu'y a-t-il ? Un problème ?

— Non, rassurez-vous, tout va bien. Votre mère se repose. Je voulais juste vous prévenir que mon conseiller d'orientation vient à l'instant de me laisser un message. Il est obligé d'annuler notre rendez-vous. Je peux donc rester plus longtemps. Inutile que vous vous dépêchiez.

En raccrochant, Faith se demanda comment elle allait occuper ce temps libre inespéré.

10

Le soleil commençait à décliner quand Constance atteignit sa résidence secondaire. Elle s'arrêta devant la barrière en bois qui barrait l'entrée de sa propriété et descendit de voiture pour l'ouvrir sans le moindre effort, celle-ci n'étant pas destinée à empêcher une intrusion mais plus à indiquer qu'il s'agissait d'une voie privée. La véritable protection résidait dans le système d'alarme ultrasophistiqué qu'elle avait fait installer dans la maison.

Tandis qu'elle empruntait l'allée recouverte de graviers, Constance se félicita, comme chaque fois du reste, de posséder un tel endroit. L'architecte avait fait des merveilles. La maison, pourtant de facture moderne, s'intégrait à merveille dans le paysage. Au rez-de-chaussée, de très nombreuses baies vitrées permettaient de profiter de la nature et laissaient entrer la lumière dans l'immense pièce à vivre. À l'étage se trouvaient deux chambres, celle des invités et celle, plus spacieuse, de Constance.

Constance gravit l'escalier et déposa ses paquets sur son lit. Elle enleva son tailleur et enfila aussitôt un maillot de bain une pièce de couleur noire. Puis elle passa son nouveau peignoir et prit une des deux serviettes qu'on venait de lui offrir. Ainsi parée, elle redescendit et se servit un whisky accompagné d'eau gazeuse.

Assise au bord de la piscine, Constance regardait le ciel s'assombrir tout en sirotant son verre. Une à une, les lumières s'allumèrent dans la maison. Elle attendit que la piscine s'éclaire à son tour, mais rien ne se produisit. Elle retourna à l'intérieur et consulta le panneau électrique. Comme il fallait s'y attendre, les plombs avaient encore sauté. Elle réenclencha la manette.

De nouveau dehors, elle constata que l'air avait fraîchi. Elle espéra que l'interruption momentanée d'alimentation n'avait pas eu d'incidence sur le système de chauffage car, quelle que soit la température de la piscine, elle était bien décidée à se baigner. Elle mit un orteil dans l'eau et le ressortit, rassurée. Un peu plus froide que ce qu'elle aurait espéré, mais rien de dramatique. Le généreux soleil des derniers jours avait pallié le dysfonctionnement électrique. Et, une fois qu'elle serait à l'eau, le bain serait un régal.

Constance ôta son peignoir, qu'elle posa à côté de la serviette, sur une chaise longue. Alors qu'elle s'apprêtait à se nouer les cheveux, elle constata qu'elle avait oublié d'enlever l'amulette. Elle détacha le collier et le posa sur une table basse. Puis elle se dirigea vers l'échelle et descendit dans l'eau.

Quelques minutes plus tard, Constance nageait le crawl avec application, inconsciente du danger qui la menaçait.

Depuis le cabanon, quelqu'un l'observait.

Quand elle eut terminé ses longueurs, elle se mit sur le dos et fit la planche. Les oreilles immergées, elle n'entendait rien, sinon le bourdonnement de l'eau. Une fois détendue, elle posa les pieds au sol et se dirigea vers les marches pour quitter la piscine. Tandis qu'elle progressait vers la sortie, elle sentit une présence.

Constance se figea quand elle vit un objet relié à un câble orange voler vers elle. En un instant, elle eut conscience de ce qui allait se produire.

Quand le grille-pain toucha la surface de l'eau, elle sentit une décharge secouer tout son corps.

La dernière image qu'elle eut fut celle du visage de son assassin.

11

L'éclairage de la piscine se mit à vaciller avant de finalement s'éteindre, définitivement. Le disjoncteur avait de nouveau sauté, mais inutile d'aller le réarmer. La lumière des différents lampadaires alentour était suffisante pour achever le travail. L'assassin débrancha la prise. Puis il tira le grille-pain hors de l'eau avant d'enrouler le câble.

Pendant ce temps, Constance flottait sur le ventre, inerte, les bras ballants, sans vie. Bientôt, elle coulerait.

Hier, le plus pénible avait été d'extraire le cadavre du chien de la piscine, puis de le hisser sur le rebord avant de le traîner dans un coin du jardin, derrière un fourré. Il était en effet hors de question de le laisser ainsi à la vue de tous. Aujourd'hui, rien de tel. Au contraire, Constance resterait là, jusqu'à ce qu'on la découvre…

L'assassin crut percevoir un bruit. Mais sans doute était-il dû à la brise qui agitait les feuillages. Un regard circulaire lui confirma que tout semblait tranquille. Il aperçut cependant un reflet vert qui brillait dans l'obscurité. En approchant, l'assassin vit le bijou en ivoire, dont l'œil d'émeraude réfléchissait la lumière.

Il glissa la licorne porte-bonheur de Constance dans sa poche, espérant qu'elle lui porterait également chance…

SAMEDI 19 MAI

12

Le samedi était toujours une journée de forte affluence aux Cloisters. Situé au nord de l'île de Manhattan, sur une petite colline surplombant l'Hudson, le musée attirait chaque week-end de printemps de nombreux visiteurs. Adultes et enfants allaient de cloître en cloître, admirant les vieilles pierres, parcouraient les salles à la découverte des collections d'art médiéval, tapisseries et autres objets de culte en or et en ivoire. Certains suivaient attentivement les explications d'un guide, s'imprégnant de ce qu'avait dû être la vie de ces moines et chevaliers du Moyen Âge. D'autres, au contraire, profitaient de la radieuse journée et de la quiétude du lieu pour prendre du bon temps sur les pelouses.

Aujourd'hui, Rowena Quincy devait animer une visite guidée ayant pour thème les sept tapisseries figurant la chasse à la licorne, parmi les plus belles pièces du musée. C'est sans appréhension aucune qu'elle se rendait à son travail. Elle connaissait si bien son sujet qu'elle n'aurait pas besoin de notes. Dans le bus qui la menait aux Cloisters, elle déplia le *New York Times*, sauta les pages du début et alla directement à celles qui l'intéressaient le plus, consacrées aux arts et aux spectacles.

Son regard fut aussitôt attiré par une photo surmontée d'un gros titre : « Constance Young, d'une émission matinale à une autre. » L'article précisait que la veille la journaliste avait présenté sa dernière émission à Key News, mais que les téléspectateurs la retrouveraient bien vite sur une chaîne concurrente. Il était également fait mention du déjeuner qui avait été donné en son honneur non loin du siège de Key News. Du reste, la photo avait été prise avant qu'elle entre dans le restaurant.

À n'en point douter, Constance Young était photogénique. Pourtant Rowena, qui avait eu la chance de la rencontrer, la trouvait plus séduisante encore à la ville qu'en photo ou à la télévision. Rowena s'en était rendu compte le jour où Stuart Whitaker lui avait demandé d'organiser une visite privée du musée, juste pour lui et la présentatrice de « Key to America ». Rowena avait été bluffée par la beauté et le naturel de la jeune femme quand elle les avait accueillis.

Sur la photo, les cheveux de Constance brillaient, ses yeux étincelaient et son tailleur vert lui allait à ravir. Rowena se pencha pour observer le bijou qu'elle portait autour du cou.

Non ! Impossible !

13

Les petites filles en uniforme rouge et blanc étaient rassemblées dans un coin du terrain, attendant leur tour. Eliza vit Janie se détacher du groupe.

— Attention, Janie. Souviens-toi qu'il ne faut pas jeter ta batte n'importe où.

La semaine dernière, en effet, la fillette avait été si contente de réussir à frapper la balle qu'elle en avait lancé sa batte de joie – laquelle avait atterri sur le genou d'une de ses petites camarades.

Janie tourna la tête vers sa mère et Eliza s'en voulut aussitôt. Elle aurait mieux fait de l'encourager plutôt que de lui adresser cet avertissement. Mais la fillette semblait imperturbable. Elle se dirigea vers le support sur lequel reposait une balle et s'appliqua à lever la batte, ainsi que son entraîneur le lui avait appris.

— Elle se débrouille plutôt bien.

Eliza, ayant reconnu la voix de sa voisine, se retourna, le sourire aux lèvres. Michelle Hvizdak tenait la main de son petit garçon de quatre ans.

— Bonjour, Michelle. Comment vas-tu ? Et le genou de Hanna ?

— Eliza ! Son genou va bien. Et il allait déjà bien quand tu me l'as demandé la dernière fois... Alors arrête de t'excuser, veux-tu ? Ce n'était vraiment pas grave. Et puis regarde-la. Crois-tu qu'elle ressente encore une quelconque douleur ?

Au moment même, les cheveux châtains de la fillette volaient au vent tandis qu'elle exécutait une roue. Rassurée, Eliza se pencha vers le fils de Michelle.

— Et toi, mon bonhomme, comment ça va aujourd'hui ? lui demanda-t-elle en se penchant vers lui.

Le visage de Sullivan s'éclaira, mais il demeura muet.

— Qu'est-ce que je ne donnerais pas pour avoir des cils comme les tiens ! s'exclama Eliza.

En se redressant, elle constata qu'il avait le même sweat-shirt et les mêmes chaussures que la semaine passée, et que celle d'avant, et que celle d'avant encore… Et Eliza se doutait que Sullivan devait également le porter chaque jour de la semaine. Michelle lui avait expliqué que le garçon insistait toujours pour porter ses affaires préférées, en particulier ce sweat-shirt à l'effigie des Power Rangers. De toute évidence, Michelle devait passer ses soirées à faire des lessives pour que Sullivan ait une tenue propre chaque matin…

Des acclamations s'élevèrent du groupe d'enfants. Eliza tourna la tête à temps pour voir Janie se mettre à courir. Elle avait donc réussi à renvoyer la balle et se dirigeait à présent vers la première base. Eliza sourit et se mit à encourager sa fille quand elle sentit son BlackBerry vibrer dans sa poche.

Son sourire s'estompa quand elle lut le message : « Urgent. Rappeler Range Bullock dès que possible. »

*

Eliza s'éloigna quelque peu de l'aire de jeu, à la recherche d'un endroit tranquille d'où appeler Range. Urgent ? Cela ne laissait rien présager de bon. Jamais Eliza n'avait reçu du producteur exécutif de « Key Evening Headlines » un coup de fil le week-end pour que ce dernier lui parle du temps qu'il faisait –

à moins bien sûr qu'il n'y ait eu une tempête ou un ouragan quelque part…

— Range, c'est moi. Qu'y a-t-il?

— Eh bien, ce n'est vraiment pas facile à annoncer.

Eliza se prépara mentalement à une mauvaise nouvelle, Range n'étant pas du genre à prendre des gants ou à tergiverser.

— Qu'y a-t-il? Dis-moi…

— Constance Young est morte, lâcha-t-il enfin.

— Oh, mon Dieu! Mais, mais… c'est impossible, articula-t-elle avec difficulté, comme à la recherche d'air.

— Hélas, si.

— Que lui est-il arrivé?

— On ne sait pas encore. C'est sa femme de ménage qui l'a trouvée ce matin. Dans sa piscine.

— Constance se serait noyée?

— Ça en a tout l'air. Maintenant, je suppose qu'il va y avoir une autopsie pour déterminer les causes exactes de son décès… Toujours est-il que nous t'attendons. Nous avons prévu une émission spéciale ce soir, et c'est toi qui la présentes. Tout le monde est déjà sur le pont à Key News pour couvrir cette affaire.

Nous exerçons vraiment une drôle de profession, pensa Eliza. Le pragmatisme avant tout. Un avion pouvait s'écraser, une bombe exploser dans un bus de ramassage scolaire, un ami ou une collègue mourir, ils n'avaient pas le temps de s'apitoyer. L'information devait primer. Seulement après viendraient la tristesse et les larmes.

— Oui, répondit-elle en tâchant de reprendre ses esprits. Oui, j'arrive. Mais tu sais que je n'aime pas prendre la place d'un autre. Pourquoi moi et pas le présentateur habituel ?

— Le problème est réglé, il est en vacances. Ce soir, nous avions prévu de tester Mack McBride. Mais, vu le contexte, nous avons changé notre fusil d'épaule.

Eliza se raidit. Elle n'avait plus eu de nouvelles de Mack depuis leur rupture, il y avait plusieurs mois de cela. Mais, rien qu'en entendant son nom son pouls s'accéléra.

— Je ne savais pas que Mack voulait devenir présentateur, répondit-elle simplement, refoulant toutes les questions qu'elle aurait eu envie de lui poser : Depuis quand Mack est-il de retour ? Pourquoi a-t-il quitté Londres ? Où est-il ?

— Ils ont *tous* envie de devenir présentateur, ironisa Range. Mais peu importe… Que fais-tu en ce moment ?

— Je suis avec Janie, à son entraînement de baseball.

— Fais au plus vite, je t'attends. Et viens me voir dès que tu es là.

— Je me dépêche, Range, lui répondit-elle avant d'ajouter : Tu sais, plus j'y pense et plus je trouve étrange que Constance se soit noyée. Ça me paraît même impossible. C'était une excellente nageuse…

14

Le bruit des sabots de son cheval résonnait comme une douce musique aux oreilles de Lauren. Après avoir demandé à sa monture d'accélérer la cadence, elle sentit l'ivresse la gagner. L'air était doux, qui lui caressait le visage, le soleil généreux et, surtout, elle, Lauren Adams, était la nouvelle présentatrice de « Key to America ». Dès lundi, elle serait aux côtés de Harry Granger dans le studio pour coanimer l'émission d'information matinale la plus regardée du pays. Chaque matin, des millions de téléspectateurs la verraient. Et l'aimeraient, espéra-t-elle. Afin que la belle aventure dure de longues semaines, des mois, des années entières...

Linus avait eu raison d'insister pour qu'elle effectue cette longue balade à cheval. Lauren se sentait à présent détendue et en pleine forme. Le mois écoulé avait été chargé, et nerveusement épuisant. Elle avait enchaîné les interviews et les séances photo, les réunions avec les journalistes et les équipes techniques. Elle avait également eu droit à quelques injections de Botox et passé un nombre incalculable d'heures à effectuer des essais de coiffure et de maquillage. Cet après-midi, une dernière répétition était prévue afin que tout soit bien calé lundi matin. Ensuite, il lui faudrait choisir sa tenue. Elle hésitait toujours entre deux vestes, l'une bleu marine, l'autre rouge. Elle avait en revanche arrêté sa décision sur une jupe couleur crème qui mettait ses jambes et sa silhouette en valeur.

Elle descendit de cheval, flatta l'encolure de sa monture et tendit les rênes à un garçon d'écurie. Puis elle ôta sa bombe et se dirigea vers sa voiture. Elle sortit de son sac une bouteille d'eau minérale et un paquet de chewing-gum. Après avoir bu une longue gorgée, elle consulta son BlackBerry. Linus avait cherché à la joindre à cinq reprises.

— Lauren ! Où étais-tu fourrée ? Je n'ai pas arrêté de t'appeler, rugit-il, un air de reproche dans la voix.

— Oui, j'ai vu, et c'est bien pour ça que je te rappelle, lui répondit-elle en avalant un chewing-gum.

— Dois-je te répéter que tu n'es plus une simple chroniqueuse et que, dorénavant, tu dois être joignable à n'importe quel moment ?

— OK, Linus. Tu viens de marquer un point, j'en conviens, dit-elle en levant les yeux au ciel. Maintenant, si tu me disais ce qui se passe…

— Où es-tu ?

— Au centre équestre, je viens juste de rendre mon cheval. Je m'apprêtais à rentrer chez moi prendre une douche mais je peux venir directement à Key News, si tu as besoin de moi.

— Non, là où tu es, tu n'es pas très loin de la maison de campagne de Constance. Je veux que tu files chez elle. Tu te souviens comment on y va ?

— Elle avait donné cette fête l'été dernier. Je pense pouvoir retrouver le chemin sans trop de problèmes. Mais pourquoi veux-tu que j'aille là-bas ?

— Chérie, ce n'est sans doute pas pour toi la meilleure façon de démarrer ce nouveau job, mais je vais te le dire : Constance est morte.

— Quoi ?

— On l'a retrouvée au fond de sa piscine.

— Qu'est-ce que tu me chantes ? Les noyés ne coulent pas, ils flottent !

— Au début, oui. Mais après un certain temps... Passons. Je suis sérieux, baby, Constance est bel et bien morte.

— Ne m'appelle pas baby, tu sais bien que j'ai horreur de ça, lui répondit-elle, agressive.

Linus fut un instant tenté de lui dire qu'elle n'avait pas à lui parler sur ce ton dans le cadre de leur relation professionnelle. Mais, comme il ne s'était pas montré forcément très professionnel en l'appelant ainsi, il n'avait pas envie que la conversation s'envenime. Inutile qu'elle s'énerve et lui en tienne rigueur. Il avait besoin qu'elle soit dans les meilleures dispositions, uniquement concentrée sur son travail.

— D'accord, concéda-t-il. Je ne t'appellerai plus jamais « baby ». Mais le fait est que Constance est morte, et qu'il faut que tu te rendes sur place sans plus tarder.

*

Des voitures de police, gyrophares allumés, stationnaient devant la résidence secondaire de Constance Young. Quand Lauren se gara, les autorités avaient déjà déployé des bandelettes de plastique jaune pour interdire l'accès de la propriété à d'éventuels curieux. Lauren passa en dessous et emprunta l'allée d'un pas décidé. Le gravier crissait sous ses semelles.

— Madame, c'est une scène de crime. Je vais vous demander d'évacuer le périmètre.

Un jeune officier lui barrait le chemin.

— Je suis Lauren Adams, de Key News, dit-elle en lui tendant sa carte de presse, un mince sourire aux lèvres.

— Heureux de l'apprendre ! lui répondit-il. Il n'en demeure pas moins que vous devez quitter les lieux.

— Vous n'êtes pas sans savoir que nous sommes chez Constance Young. Jusqu'à hier encore, elle travaillait pour Key News. Et je suis certaine qu'elle aurait souhaité que nous puissions être le premier média à avoir accès...

— Demi-tour !

— J'exige de parler à votre supérieur, lui lança Lauren en le regardant de haut.

— Pour qu'il vous répète ce que je viens de vous dire ? Maintenant, soyez gentille, quittez cette propriété, madame.

À regret, Lauren s'exécuta. En redescendant l'allée, elle vit un camion de CBS, suivi de près par un de CNN, se garer sur le bord de la route. Bientôt la bataille ferait rage entre les différentes chaînes pour se disputer les meilleurs emplacements. Pour le moment, Lauren était l'unique représentante de Key News. Elle se sentait seule et perdue au milieu de cette meute qui commençait à s'agiter de toute part pour déployer son matériel.

De retour à sa voiture, elle appela Linus pour le tenir au courant.

— Écoute, Lauren, Annabelle Murphy et B.J. D'Elia sont en route. Ils seront là d'une minute à l'autre. Sois patiente.

Lauren farfouilla dans la boîte à gants de sa voiture, à la recherche d'un paquet de cigarettes oublié. N'en trouvant pas, elle se rabattit sur un nouveau chewing-gum pour calmer sa nervosité et son impatience de voir ses collègues arriver.

— Ah, vous voilà enfin ! Vous en avez mis du temps…, leur lança-t-elle en guise de bienvenue.

— Nous avons fait aussi vite que possible, lui répondit Annabelle.

— Bon, et qu'est-ce qu'on fait maintenant ? s'enquit Lauren. Les flics ne veulent pas nous laisser entrer…

Annabelle allait lui répondre quand elle aperçut une femme entre deux âges qui descendait l'allée. Elle avait le teint bistre, les yeux gonflés et les cheveux en bataille. Ils se dirigèrent aussitôt vers elle.

— Nous aimerions vous poser quelques questions, l'aborda Lauren.

La femme regarda la journaliste d'un air apeuré.

— Je n'ai rien à vous dire. Je n'ai pas envie d'avoir d'ennuis, leur répondit-elle d'une voix tremblante. Je sais trop bien le sort qu'on réserve aux témoins…

— Mais nous sommes de Key News, répliqua Lauren pour la rassurer. Nous étions des amis de Constance.

— Vraiment ? demanda-t-elle, incrédule.

— Oui, vraiment. Regardez, lui dit Lauren en s'empressant de lui montrer sa carte. Nous travaillons tous pour « Key to America »…

La femme s'essuya le nez avec le mouchoir bouchonné qu'elle tenait à la main. B.J. fouilla dans l'une de ses poches et en sortit un paquet de Kleenex.

— Tenez, lui dit-il en le lui tendant.

— Merci, c'est gentil, le remercia-t-elle en reniflant.

— Nous n'en avons pas pour longtemps, lui promit Annabelle. Juste quelques questions et nous vous laissons tranquille.

La femme les scruta tour à tour avec appréhension, donnant l'impression d'avoir envie de fuir.

— D'accord, finit-elle par articuler. Allez-y.

B.J. fixa un micro sur son col.

— Quels sont vos liens avec Constance Young? lui demanda aussitôt Lauren.

— Je l'aide à entretenir la maison.

— Comment vous appelez-vous?

— Ursula. Ursula Baies.

— Et que s'est-il passé, Ursula?

— Eh bien, ce matin, je suis venue de bonne heure, comme chaque matin. Je savais que Mlle Young était là, mais je me doutais qu'elle dormait encore. Alors je suis allée à la cuisine et j'ai préparé son petit déjeuner. Pendant que le café coulait, je suis allée dehors et j'ai rapporté le verre qui traînait près de la piscine pour le mettre dans le lave-vaisselle...

De nouveau, ses yeux s'embuèrent.

— Et ensuite?

— Eh bien, ensuite je suis ressortie pour récupérer le peignoir et la serviette que j'avais vus sur une chaise longue. Et c'est en me penchant pour les ramasser que j'ai aperçu cette masse sombre au fond de la piscine... Au début, je n'ai pas... Mais... bien vite j'ai su... que c'était Mlle Young... dans son maillot de bain noir...

Ursula Baies baissa la tête et se mit à pleurer à chaudes larmes.

Annabelle nota dans son calepin l'heure de la découverte macabre.

— Et, ensuite, qu'avez-vous fait ? s'enquit Lauren.

— J'ai appelé la police, lui répondit Ursula d'une voix tremblante.

— Vous n'avez pas essayé de lui porter secours ? De la sortir de la piscine ?

— Mais à quoi bon ? Il n'y avait plus rien à faire...

— Comment pouvez-vous en être si sûre ?

— Sûre de quoi ? lui demanda Ursula, qui avait retrouvé un peu de sa vigueur.

— Mais qu'elle était bien morte !

Ursula lui lança un regard incrédule avant d'arracher le micro.

— Je vous ai dit tout ce que je savais !

Et elle se dépêcha de s'éloigner en les observant par-dessus son épaule.

15

Dès qu'elle arriva au siège de Key News, Eliza se rendit directement à l'aquarium, où Range Bullock, entouré de producteurs et de journalistes, préparait l'émission.

— L'un des temps forts sera l'intervention de Lauren Adams depuis la résidence secondaire de Constance.

— Qui est le producteur ? s'enquit Eliza.

— Linus a envoyé sur place Annabelle Murphy. Elle et Lauren ont déjà réussi à obtenir une interview de la femme de ménage qui a découvert le corps. Bon Dieu, poursuivit-il en secouant la tête, je ne parviens vraiment pas à me faire à l'idée qu'elle est morte...

— Moi non plus, Range.

Ce dernier prit une longue inspiration avant de poursuivre :

— Bon, reprenons. J'ai demandé à Lauren et Annabelle de rassembler un maximum d'informations. De fouiner, d'être aux aguets...

— Et quoi d'autre ?

— Nous essayons d'obtenir un commentaire officiel des autorités et sommes à la recherche d'un expert médical qui expliquerait ce qu'il advient quand une personne se noie.

— N'est-il pas prématuré d'interroger un médecin ? demanda Eliza. Après tout, nous ne sommes pas certains que Constance se soit noyée.

— C'est vrai, admit Range. Nous ne sommes sûrs de rien...

— Je suis encore sous le choc, poursuivit Eliza. C'est... c'est seulement impensable. Hier encore, nous étions ensemble. Elle était resplendissante, au sommet de sa forme et de sa carrière. Et aujourd'hui...

— On ne sait jamais ce que l'avenir nous réserve, répondit-il, fataliste. Tiens, ça me fait penser qu'il faudrait peut-être que je rédige mon testament... À ce propos, crois-tu que Constance en ait laissé un ? Après tout, elle n'avait que trente-six ans, et sans doute bien d'autres préoccupations.

— Je n'en serais pas surprise, répondit Eliza. Constance n'était pas le genre de personne à s'en remettre au hasard. Et puis elle avait un beau patrimoine.

— Qui hérite, d'après toi ?

— Sa sœur cadette, sans doute. Elle s'appelle Faith, j'ai fait sa connaissance hier. Elle m'a semblé très différente de Constance.

— Eh bien, voilà aujourd'hui une personne qui n'a plus de souci à se faire !

— Je ne pense vraiment pas que ce soit le genre de pensées que l'on ait quand on vient de perdre un proche. Mais passons. Pour en revenir à l'émission de ce soir, que prévoit-on ? Constance est morte, mais on ne sait pas comment. La seule certitude est qu'on l'a retrouvée dans sa piscine. Peut-être devrions-nous prévoir une courte intervention, en fin d'émission, sur les règles de sécurité à respecter, tant à la mer que dans son jardin. Après tout, l'été approche. On pourrait évoquer les dangers de la baignade, donner des chiffres, le nombre de noyés, les accidents les plus fréquents, comment les éviter…

— Oui, bonne idée, un sujet pratique sur la prévention, utile pour nos téléspectateurs, acquiesça Range. Est-ce que tu vois un inconvénient si je le confie à Mack McBride ?

— Aucun, répondit Eliza.

— Parfait. Et comme ça, au moins, il participera. Il avait l'air tellement dépité quand je lui ai annoncé que nous avions changé nos plans et qu'il ne présenterait pas l'émission.

— C'est compréhensible. Moi aussi j'aurais été déçue si l'on m'avait fait rentrer de Londres pour apprendre au dernier moment qu'on me mettait sur la touche.

— Ce sont les règles du jeu, Eliza. Tu es au top, pas lui. Il est normal qu'en ces circonstances exceptionnelles nous faisions appel à toi, poursuivit Range en consultant ses notes avant de reprendre le déroulé de « Key Evening Headlines ». Nous avons évidemment prévu une longue nécrologie, un hommage vibrant, retraçant sa vie, sa carrière... C'est toi qui le commenteras, ça te va ?

— Pas de problème, répondit-elle.

— Nous envisageons également un sujet sur l'incidence qu'ont les gens de télévision sur la vie de millions de personnes. Dans le cas de Constance, comment sa mort va affecter de très nombreux téléspectateurs. Ils avaient tous l'impression de la connaître, qu'elle faisait partie de leur vie. Nous aurons des réactions émanant des quatre coins du pays. Et je vais même demander à Margo Gonzalez qu'elle nous dégote un psychiatre capable d'expliquer le traumatisme que nos téléspectateurs vont éprouver.

— Interroger des personnes dans la rue me semble une bonne idée, lui répondit Eliza. Mais faire venir un psychiatre, parler de traumatisme, n'est-ce pas un peu exagéré ? Ne nous surestimes-tu pas ? Crois-tu vraiment que les téléspectateurs vont être affectés à ce point par la disparition de Constance ?

— Bien sûr qu'ils vont l'être. Bien plus que tu ne l'imagines. Pourquoi crois-tu que vous êtes aussi bien payés, vous les présentateurs ? Si les gens vous regardent, ce n'est pas uniquement pour être au courant de l'actualité, c'est aussi parce qu'ils vous font confiance, qu'ils vous aiment. Ils vous invitent chaque jour dans leur cuisine, dans leur salon, vous faites un peu partie de la famille... Alors oui, la mort de l'un d'eux les affecte...

*

La porte de la salle de maquillage était ouverte. Eliza entra, espérant y trouver Doris Brice. Cette dernière lui tournait le dos. Elle était en train de mettre de l'ordre dans ses brosses, pinceaux, produits cosmétiques variés et autres accessoires. Grande, vêtue d'une tunique léopard et d'un pantalon noir moulant, elle arborait une casquette de base-ball incrustée de paillettes dorées.

— Est-ce que tu en as ?

Doris leva la tête et vit dans le miroir serti d'ampoules le reflet d'Eliza, qui se tenait derrière elle. Elle sourit, sachant parfaitement à quoi la présentatrice faisait allusion. Elle ouvrit le premier tiroir de sa table de maquillage et en sortit un Butterfinger, qu'elle lui tendit.

Eliza déchira l'emballage orangé et mordit dans la barre chocolatée.

— J'en avais vraiment besoin, merci. Quelle journée !

Doris lui adressa un sourire compatissant.

— Oh oui ! C'est tout simplement terrible. Terrible. Sais-tu ce qui s'est passé ?

— Pour le moment, non. Personne ne sait si elle s'est noyée, si elle a eu un accident cardiaque, si elle s'est suicidée ou si on l'a assassinée... Nous en sommes réduits aux conjectures.

Elle prit place dans le fauteuil de maquillage, posa les bras sur les accoudoirs et observa son visage dans la glace : des yeux d'un bleu intense surmontés de sourcils parfaitement dessinés ; des lèvres qui contrastaient avec la pâleur de son teint ; et cette petite cicatrice sous le menton, vestige d'une chute alors qu'elle avait onze ans, heureusement invisible à l'écran.

— Arrête de toucher cette cicatrice, lui dit Doris.

Eliza avait ce tic dès lors qu'elle était soucieuse ou absorbée par ses pensées. Elle cessa de se gratter le menton et se rejeta en arrière dans le fauteuil.

— Et pour couronner le tout, Mack est de retour, lâcha-t-elle en fermant les yeux.

— Je suis déjà au courant, lui répondit-elle en serrant le bouchon d'un flacon de lait démaquillant. Le coyote est de retour en ville !

— C'est incroyable, tu sais toujours tout avant tout le monde.

— Ça fait longtemps que je travaille là, et beaucoup de personnes viennent me voir. Souvent, elles restent ici un bon petit moment, alors elles parlent, se confient... C'est aussi simple que ça.

— Oh, oui, je sais ! Tu as su avant moi que Mack avait couché avec cette femme, à Londres. Si je me souviens bien, c'est même toi qui me l'as appris...

Dons détourna le regard.

— Ce n'était pas par gaieté de cœur, crois-moi. J'ai même hésité un moment. Mais j'ai estimé préférable que tu l'apprennes rapidement, et par moi, plutôt que de laisser enfler la rumeur ou que tu sois l'objet de commérages. Et tu sais qu'ici les bruits de couloir peuvent être ravageurs…

— Tu as fait ce qu'il fallait, Doris, lui répondit-elle en prenant une bouchée de sa barre chocolatée.

— Et comment te sens-tu depuis que tu as appris son retour ?

— Soulagée qu'il ne reste que quelques jours, répondit Eliza. En fait, c'est assez étrange, je redoute de le croiser au détour d'un couloir et pourtant je meurs d'envie de le voir. J'aimerais le détester, mais je n'y arrive pas…

— Tu devrais être méfiante. Ma grand-mère adorait ce dicton : menteur un jour, menteur toujours !

Eliza se surprit à prendre la défense de Mack.

— Mack et moi avons partagé de très bons moments ensemble. J'adorais être avec lui, il est sensible et prévenant. Et la vie à ses côtés réservait toujours d'agréables surprises…

— Comme celle de le retrouver dans le lit d'une autre ! l'interrompit Doris.

— Je sais, mais ce n'était qu'un accident. L'histoire d'une nuit. Un soir de solitude et de tristesse dans un pays étranger, un verre de trop… Est-ce que ça suffit pour effacer tout ce que nous avons partagé ? Et tout ce qui nous reste à vivre ?

— Je vois que tu as déjà trouvé la réponse à ces questions, lui répondit Doris, comme à regret. Mais méfie-toi tout de même, et ne l'accueille pas les bras ouverts, ce n'est pas bon pour ta dignité. C'est lui qui a à se faire pardonner.

16

À 14 heures, plusieurs dizaines de visiteurs étaient massés dans une vaste salle des Cloisters, attentifs aux explications de leur guide.

— Ces tapisseries demeurent un mystère, expliquait Rowena Quincy aux personnes qui admiraient les sept immenses tentures représentant la chasse à la licorne. Nous ne savons pas qui les a commandées, ni pour quelle occasion elles ont été réalisés. Ce dont nous sommes certains, en revanche, c'est que ces riches tentures, brodées avec des fils de laine, de soie, d'or et d'argent, ont été tissées dans un atelier des Flandres à la toute fin du XVe siècle, ainsi que nous l'apprennent les vêtements des personnages.

Rowena marqua une pause et s'éclaircit la voix.

— Il n'existe aucune autre série d'œuvres d'art médiéval au monde qui présente avec une telle richesse de détails la chasse puis la mise à mort d'une licorne. L'histoire de cet animal légendaire ne possédant qu'une corne est assez confuse, et les explications varient selon les sources. Il semblerait que son origine remonte presque à la nuit des temps. On a en effet retrouvé des sculptures de licornes datant du VIIIe siècle av. J.-C. Quant à sa symbolique, elle a également évolué. À l'époque de l'Empire romain, la licorne était considérée comme une représentation du Christ, à qui on accordait alors des vertus de force et de pureté – la puissance et le bien. Mais alors que la licorne symbolisait l'amour, elle a aussi figuré le mal – la violence et la mort.

Avec application, Rowena alla de tapisserie en tapisserie, expliquant chaque détail. Sur l'une d'elles, on voyait l'animal dans un enclos, après sa capture. Son corps était celui d'un cheval au pelage blanc, avec une queue de lion, une barbiche de bouc et, surtout, cette longue corne droite et torsadée au milieu du front.

— Et la corne ? demanda un des visiteurs. Est-il vrai qu'on lui prête des pouvoirs mystiques ?

— C'est exact, répondit Rowena. Selon les légendes, elle possédait de nombreuses facultés curatives pour l'homme. Elle rendait l'eau potable, redonnait force aux impotents, permettait aux femmes infertiles d'enfanter. Elle permettait également de lutter contre la peste et bien d'autres fléaux.

Rowena laissa ensuite les visiteurs admirer une dernière fois les tentures, répondit à quelques questions individuelles, puis s'éclipsa. Après avoir parcouru un dédale de pièces et de couloirs, elle atteignit la grande salle, dans les réserves du musée, où étaient entreposées les pièces qui seraient montrées, dès la semaine prochaine dans le cadre de l'exposition consacrée au roi Arthur et au château de Camelot. Pour le moment, chacune reposait dans sa caisse numérotée avant d'être placée dans l'une des salles du musée.

L'amulette à la licorne, ce bijou en ivoire à la corne d'or, qu'Arthur, selon la légende, aurait offerte à Guenièvre, serait le point d'orgue de l'événement. Elle était présente en photo sur toutes les brochures, toutes les affiches et toutes les publicités annonçant depuis quelques semaines l'exposition. De nombreux produits dérivés à son effigie – cartes postales, mugs, assiettes, foulards… – avaient même été fabriqués, qui seraient bientôt en vente dans la boutique du musée. Mais, plus que tout, la direction des Cloisters comptait sur l'histoire d'amour qui fascinait depuis des siècles – ce fameux triangle amoureux entre Arthur, Guenièvre et Lancelot – pour déplacer une foule nombreuse.

À quelques jours à peine du vernissage, Rowena se rendit fébrilement vers l'endroit où reposait le joyau. Elle ouvrit le coffret censé abriter l'amulette mais, comme elle le redoutait, ce dernier était vide.

En regagnant son bureau, elle s'efforça de rester calme. Elle ne savait pas ce qu'il convenait de faire en premier. Devait-elle appeler la sécurité ou la police pour signaler la disparition du bijou ? Mais, si elle alertait la police, les médias s'empareraient de l'affaire, et les répercussions de ce scandale seraient terribles pour l'établissement, qui devait s'éviter toute contre-publicité. Prévenir alors la direction ? Et pourquoi pas Stuart Whitaker ? Il était membre du comité de surveillance, et l'un des plus généreux donateurs du musée. C'est Rowena en personne qui avait organisé la visite privée que M. Withaker avait effectuée en compagnie de Constance Young. Peut-être, après tout, y avait-il une explication rationnelle à ce mystère. L'amulette avait très bien pu être rangée ailleurs sans qu'elle le sache. Autant en avoir le cœur net avant de déclencher tout un branle-bas de combat.

Quand elle referma la porte de son petit bureau, Rowena avait pris sa décision. Elle décrocha son téléphone et composa le numéro de Stuart Whitaker, qu'elle conservait dans son calepin. La sonnerie retentit une bonne demi-douzaine de fois et Rowena s'apprêtait à raccrocher quand quelqu'un répondit enfin.

— Oui ?

— Bonjour, puis-je parler à M. Whitaker ? Je suis Rowena Quincy, du musée des Cloisters.

— C'est moi-même, lui répondit-il d'une voix qu'elle jugea distante.

— Nous nous sommes rencontrés il y a quelques semaines, quand vous m'aviez demandé l'autorisation d'effectuer une visite privée des salles auxquelles le public n'a jamais accès.

— Ah oui, effectivement, lui répondit-il après un long moment de silence, comme s'il lui avait fallu tout ce temps pour remettre un visage sur son nom. Oui, une très jolie promenade, merci. Un excellent moment.

— J'en suis heureuse. Dommage que vous n'ayez pas souhaité que je vous accompagne pour commenter nos collections.

— Vous savez sans doute, madame Quincy, que je n'ai guère besoin d'un guide. Je suis moi-même un très grand connaisseur de ce musée et de cette époque.

— Oh, bien sûr, monsieur Whitaker.

— La présence d'un gardien pour nous escorter dans les réserves était tout à fait suffisante, et je vous en remercie.

— Oh, encore une fois, c'était tout à fait naturel. Ce fut un réel plaisir.

Stuart attendit un instant qu'elle poursuive.

— En fait, reprit-elle, l'objet de mon appel est un peu délicat. Et je ne sais pas trop par où commencer...

— Par le début, peut-être ? l'encouragea-t-il.

— Eh bien, voilà. Quand vous êtes venu, vous étiez accompagné de Mlle Young. Il se trouve même que, depuis, Mlle Young a accepté d'être la maîtresse de cérémonie de notre vernissage de mercredi, avant l'ouverture au public, le lendemain...

— Oui ? Où voulez-vous en venir ?

— Eh bien, ce matin, dans le journal, reprit-elle gênée, j'ai vu une photo d'elle. Autour du cou, elle portait un bijou qui ressemblait comme deux gouttes d'eau à notre amulette à la licorne.

— Et alors ?

— Alors, je suis allée vérifier dans la réserve. Et l'amulette ne s'y trouve plus...

— Et qu'en concluez-vous ?

— Ce que j'en pense ? Rien. Enfin, je ne sais pas... Je voulais juste en discuter avec vous avant d'entreprendre quoi ce soit.

— Et que suggérez-vous de faire ?

— Mais... Mais, je n'en sais rien, monsieur Whitaker. Je voulais juste vous prévenir, au cas où...

— Au cas où quoi ? l'interrompit-il sèchement.

— Au cas où vous sauriez ce qui s'est passé.

— Qu'est-ce qui vous permet de croire que j'ai quelque chose à voir avec cette disparition ? lui demanda-t-il d'un ton cassant.

— Non, non, ce n'est pas du tout ce que j'insinuais, c'est juste que je ne voulais pas alerter la police s'il y avait eu une explication logique à cette disparition.

— Êtes-vous d'abord certaine que l'amulette que portait Constance Young était celle du musée ?

— Bien sûr que non. Elle était minuscule sur la photo. En revanche, ce qui ne fait aucun doute, c'est que l'amulette du musée n'est plus à sa place.

— Et vous sous-entendez que Mlle Young se l'est procurée de manière illicite...

— Oh, non, monsieur Whitaker. Croyez-moi, ce n'est pas du tout ce que je pense... J'essaie juste de comprendre...

— Prétendre qu'elle a dérobé ce bijou au cours de la visite est outrageant.

— Monsieur Whitaker, je vous en supplie, ne vous méprenez pas. Loin de moi l'idée d'accuser Mlle Young de vol.

— Je l'espère pour vous, madame Quincy. Car il n'y a rien de plus bas que de salir l'honneur d'un mort.

Rowena sursauta.

— Que voulez-vous dire ?

— Vous n'êtes pas au courant ? Allumez donc la télévision ou la radio. Et vous vous apercevrez bien vite qu'il vous faudra trouver un autre maître de cérémonie pour mercredi, dit-il avant de raccrocher.

17

Qu'est-ce qui serait le pire ? se demanda Faith. Que sa mère soit lucide au moment où elle lui apprendrait la terrible nouvelle, et qu'elle en ait le cœur brisé ? Ou qu'elle se trouve dans un état semi-végétatif et qu'elle ne comprenne pas ce qui était arrivé, que la mort de sa fille la laisse indifférente ?

Faith s'assit à la table de la cuisine, les mains sur les genoux. Son mari posa un mug de thé devant elle.

— Comment va-t-elle le prendre ? murmura Faith pour elle-même. Je vais avoir besoin de soutien au cours des heures à venir, dit-elle à son mari, qu'elle surprit en train de consulter sa montre. Oh, s'il te plaît, ne me dis pas que tu pars au golf, Todd. Pas aujourd'hui.

— Ta mère dort pour le moment. Que pouvons-nous faire de plus ? Tu ne veux quand même pas aller la réveiller pour lui apprendre le drame ?

— Non, bien sûr. Mais il faudra bien que je le lui dise dès qu'elle sera éveillée.

Faith avala une gorgée de thé brûlant. Todd alla s'adosser contre le comptoir et croisa les bras.

— Vu son état, soupira-t-il, je ne vois pas ce que ça change. Qu'on lui annonce la mort de Constance tout de suite ou dans quelques heures, où est la différence ?

— Ma sœur est morte, Todd, et tu ne penses qu'à toi. Ne pourrais-tu pas, pour une fois, annuler ta partie de golf et rester ici un samedi après-midi ?

— Ça me détend, et j'en ai besoin. Et puis, soyons honnêtes, nous n'entretenions aucune relation avec ta sœur. Elle était une parfaite inconnue.

Faith dévisagea son mari.

— Comment peux-tu dire ça ?

— Je ne fais qu'appeler un chat un chat !

— Non, tu es simplement en train de t'inventer un bon prétexte pour partir la conscience tranquille et me laisser seule, dit-elle avant de se lever.

Elle prit son mug et se dirigea vers la chambre de sa mère. Tandis qu'elle l'observait dormir, elle entendit la porte du garage s'ouvrir, puis se refermer. Faith eut une bouffée de colère en entendant la voiture s'éloigner.

De retour dans la cuisine, les larmes aux yeux, Faith ouvrit un paquet de cookies. Puis son esprit se mit à dériver vers la succession de Constance. Si jamais elle héritait, bien des problèmes seraient réglés.

18

Jason Vaughan était assis dans son canapé à regarder la télévision, guettant la moindre information nouvelle concernant la mort de Constance Young. Le présentateur de CNN n'avait rien de neuf à raconter. Il répétait sans cesse la même histoire, s'efforçant seulement de la raconter de manière différente. Constance avait été retrouvée morte par son employée de maison dans la résidence secondaire qu'elle possédait dans le comté de Westchester. Si les causes de son décès n'étaient pas encore connues, il semblait de plus en plus vraisemblable qu'il fallait écarter la thèse de l'accident. On en saurait plus dès que l'autopsie aurait été pratiquée.

Venait ensuite un montage, visiblement réalisé à la va-vite, retraçant la vie de la journaliste. Lui aussi était diffusé en boucle. Pour la troisième fois, Jason vit quelques photos de Constance enfant, puis adolescente, lors de son entrée à l'université, sur un podium après qu'elle eut remporté la couronne de Miss Virginie... Des vidéos montraient également ses premiers pas de reporter sur une petite chaîne locale, jusqu'à l'interview que lui avaient accordée le président des États-Unis et la *First Lady*. On suivait son irrésistible ascension en même temps que l'évolution de sa coiffure et de ses tenues vestimentaires. Les dernières images la montraient arrivant la veille au Barbetta dans son tailleur vert, peu de temps avant que Jason l'apostrophe.

Cette nécrologie la présentait évidemment comme une femme au grand cœur, ainsi que le prouvait cette séquence où on la voyait réconforter des victimes du cyclone Katrina. Mais nulle part il n'était fait mention du séisme qu'elle avait déclenché et qui avait anéanti sa vie. À lui, Jason Vaughan.

Le téléphone sonna et Jason allongea le bras pour se saisir de l'appareil, posé sur une table basse à côté d'une pile de factures non encore ouvertes.

— Bonjour, Jason, c'est Larry.

Larry Sargent ? Jason n'en croyait pas ses oreilles. Depuis quand son agent littéraire ne l'avait-il pas appelé un samedi ? Depuis quand ne l'avait-il tout simplement pas appelé ?

— Salut, Larry. Quoi de neuf ?

— Je suppose que tu as appris la nouvelle ?

— Au sujet de l'autre salope ?

— Un peu de respect pour les morts !

— Tu as raison.

— Mais bon, il faut reconnaître qu'elle nous rend un fier service, le timing est parfait. Ton livre sort mardi prochain. Quelle publicité on va avoir !

— Oh ! tu parles, on a obtenu une avance misérable et l'éditeur ne fait rien pour le promouvoir.

— Ne faisait rien. Il faut désormais en parler au passé. La mort de Constance Young a tout changé. Je te fiche mon billet que ton éditeur va tout faire pour que tu sois invité dans les plus grosses émissions. Et qu'il va y parvenir. Les ventes vont exploser. À toi le pactole !

— Je n'en sais trop rien, lui répondit Jason qui n'avait pas envie de se laisser griser.

— Tu plaisantes ou quoi ? Avant, ton témoignage n'était que le énième bouquin d'un loser désespéré, aujourd'hui il va devenir un best-seller.

— Merci, Larry, ton analyse me va droit au cœur…

— Arrête, tu sais très bien ce que je veux dire. Pourquoi, d'après toi, on n'a pas réussi à intéresser les grandes maisons d'édition ? Pourquoi on a dû signer avec un éditeur de second plan ? Tu me suis ? Mais, maintenant, la donne a changé. On a les cartes en main pour faire un carton. Ton livre révèle pourquoi Constance Young est morte !

— Pas tout à fait, Larry.

— Comment ça, pas tout à fait ?

— Enfin, Larry, tu le sais. Je n'explique pas comment elle est morte, je révèle seulement comment elle a ruiné ma vie.

— Oui, et tu donnes aussi deux ou trois autres exemples qui montrent quel genre de coups tordus elle était capable d'imaginer. Crois-moi, les médias et le public vont adorer. Il suffit juste d'une émission pour tout faire décoller.

Personne ne devrait se réjouir du malheur des autres. Pourtant, en raccrochant, Jason ne put qu'exulter. Constance Young avait brisé sa vie. Par une curieuse ironie du destin, sa mort allait lui permettre de retrouver honneur, respectabilité et aisance financière.

19

Toujours absorbée dans ses pensées concernant la mort de Constance, Eliza regagnait son bureau quand elle aperçut Mack McBride au détour d'un couloir. Elle sentit son cœur battre plus vite et espéra que le rouge qu'elle sentait lui monter aux joues ne se remarquerait pas.

Un instant, elle pensa pouvoir se glisser dans le premier bureau venu, comme si elle ne l'avait pas vu.

— Eliza.

Trop tard, songea-t-elle en affichant un sourire de circonstance. En le voyant approcher, elle constata que Londres lui avait plutôt bien réussi. Il semblait en pleine forme, aussi beau que par le passé. Eliza se tendit un peu quand il lui posa une main sur l'épaule et se pencha pour l'embrasser sur la joue. Aussitôt, elle perçut l'odeur agréable de son eau de toilette.

— Mack. Comment vas-tu ?

— Ça va, je n'ai pas à me plaindre. À part bien sûr qu'à peine arrivé j'apprends qu'on a décidé de me remplacer. Je m'apprêtais à m'asseoir dans le grand fauteuil pour un essai, et voilà que je me retrouve à arpenter les piscines du New Jersey pour préparer un reportage sur la sécurité ! conclut-il en souriant, ce qui eut pour effet de faire apparaître les ridules qu'il avait au coin des yeux.

— Désolée.

— Oh, pas tant que moi !

Eliza sentit cependant qu'il avait déjà digéré la déception.

— Quelle terrible nouvelle pour Constance, enchaîna Eliza. Quelle tristesse !

— De toi à moi, je n'ai jamais été un grand fan de Constance. Mais c'est toujours tragique quand quelqu'un d'aussi jeune nous quitte. Il y en a un, en revanche, que sa mort ne doit pas attrister. Je pense même qu'il doit s'en réjouir, si tu veux le fond de ma pensée.

— À qui penses-tu ?
— À Nazareth !
— Oh, tu exagères.
— Crois-tu ? Personne ne quitte « Key to America » sans que Linus l'ait décidé. Et Linus ne voulait pas que Constance parte.

Eliza le regarda avec scepticisme.

— Je ne serais pas si catégorique que toi. Regarde, quand j'ai quitté « Key to America » pour « Key Evening Headlines », il s'est montré plutôt beau joueur, et m'a même par la suite apporté son soutien à plusieurs reprises.

— Oui, mais toi tu ne partais pas à la concurrence. La différence est de taille. En plus, te concernant, je pense qu'il était flatté qu'une de « ses filles » prenne la succession de Bill Kendall après son suicide. J'ai même entendu dire à l'époque qu'il avait discrètement appuyé ta candidature auprès de la direction.

— J'avais eu écho de ces mêmes on-dit. Que serais-je devenue sans lui ? railla Eliza.

— Plaisante, si ça te chante, mais ça ne change rien au fait que je suis convaincu qu'il a pris le départ de Constance comme une trahison personnelle. Oh, bien sûr, il a confié le poste à sa petite amie. Mais il ne l'aurait jamais fait si Constance était restée.

— Tu as peut-être raison. Quoi qu'il en soit, les membres de l'équipe n'auront plus à supporter leurs perpétuelles engueulades. L'atmosphère de « Key to America » en sera bien plus légère.

— Je n'en mettrais pas ma main à couper...

— Et, donc, toi, ça va ? lui demanda-t-elle pour changer de sujet.

— On fait aller.

— Et la vie londonienne te plaît ?

— Oui, Londres est une ville très agréable. Mais je ne te cacherai pas qu'il me tarde de rentrer au pays. Vivement la fin de mon contrat.

— Et quand s'achève ta mission ?

— Il me reste encore six mois. Ensuite, je verrai bien où la vie me mènera.

Eliza l'observa d'un regard interrogateur.

— Tu n'envisages quand même pas de quitter Key News ?

Mack baissa le regard.

— J'ai eu pas mal de temps pour réfléchir, ces derniers temps, Eliza. À la vie, et à ce que j'en attends. Professionnellement, je verrai quelles opportunités s'offrent à moi. Mais d'un point de vue personnel, dit-il en la fixant droit dans les yeux, je sais exactement de quoi j'ai envie.

Eliza sentit son pouls s'accélérer. Elle ne se sentait pas prête pour une telle conversation. Pas maintenant. Une partie d'elle-même aurait voulu lui sauter au cou. L'autre ne demandait qu'à s'éloigner, ce qu'elle fit.

Elle regarda sa montre et prétexta une réunion urgente pour filer dans son bureau.

20

Tandis qu'en ce samedi après-midi les visiteurs flânaient d'une salle à l'autre, Rowena Quincy était assise à son bureau. Elle écoutait attentivement le chef de la sécurité des Cloisters interroger le gardien qui avait accompagné Constance Young et Stuart Whitaker lors de leur visite privée.

— Tu es donc toujours resté avec eux ?
— Oui.
— Tu ne les as pas quittés des yeux un seul instant ?
— Non, monsieur.
— Tu sais, Jerry, tôt ou tard la vérité finira bien par éclater. Sur des photos, on voit Constance Young portant autour du cou une amulette qui ressemble à s'y méprendre à celle qui doit être le clou de notre prochaine exposition. Aujourd'hui, cette femme est morte et l'amulette a disparu. Ne penses-tu pas que la police va venir enquêter ici ?
— Sans doute. Mais il n'y a pas de caméras de surveillance dans la salle où elle était entreposée…
— Et tu imagines que, parce qu'il n'y a pas de vidéo, personne ne va découvrir qui l'a prise ? Allons, Jerry, réfléchis deux minutes… C'est pourquoi, je te le répète, si tu sais quoi que ce soit, mieux vaut que tu me le dises tout de suite. Tu t'éviteras ainsi de sérieux problèmes.

Jerry se tortilla sur sa chaise, visiblement mal à l'aise.

— Si jamais j'apprends que tu m'as caché quoi que ce soit, non seulement tu seras viré mais, en plus, je ferai en sorte que plus jamais tu ne retrouves de poste dans la sécurité…
— Eh bien, en fait…, répondit Jerry, d'une voix mal assurée. Il se trouve qu'à un moment M. Whitaker

m'a glissé un billet de cent dollars dans la main en me demandant d'aller fumer une cigarette dehors, et de prendre tout mon temps. J'ai aussitôt pensé qu'il voulait passer un moment seul avec elle. Et, entre nous, qui n'aurait pas envie de rester seul avec une poupée pareille ? Et puis il a donné des millions au musée. Je me suis dit qu'il n'y avait aucun risque, qu'il était bien la dernière personne qui volerait un truc...

— Nous n'en sommes pas encore à accuser M. Whitaker de vol, l'interrompit Rowena. Il peut très bien s'agir de quelqu'un d'autre.

— Vous pensez alors que Constance Young aurait dérobé l'amulette ? lui demanda le chef de la sécurité. Ça me paraît peu probable...

— Je ne sais pas quoi penser, soupira Rowena. La seule certitude, c'est qu'il me faut appeler la police. Je n'aime pas ça à cause de la publicité, mais je n'ai pas le choix.

21

Un nombre incroyable de voitures, camions satellites et autres véhicules à l'effigie des grands médias new-yorkais étaient garés en file indienne le long de la route bordant la résidence secondaire de Constance Young. Plus la concurrence affluait, plus Lauren Adams devenait nerveuse.

— On n'a vraiment rien d'intéressant ! lâcha-t-elle en mâchant rageusement son chewing-gum. Juste trois mots de cette femme de ménage. Il nous en faut plus. On devrait être à l'intérieur, aux premières loges, et on est parqué avec les autres. C'est rageant ! Que fait-on, Annabelle ?

— Je n'en sais rien, lui répondit Annabelle. Pour le moment, on a un peu les mains liées. Tant que la police ne nous laisse pas entrer, on n'a guère d'autre solution que d'attendre.

— Exactement le genre d'attitude défaitiste que j'adore ! Si tu n'as rien de mieux à proposer, on est encore plus mal barrés que je l'imaginais, fulmina-t-elle.

B.J., qui suivait l'échange, fut sur le point d'intervenir. Mais un discret signe de tête d'Annabelle l'en dissuada. Après tout, il savait qu'elle avait les moyens de tenir tête à Lauren, avec calme, tact et diplomatie. Autant de qualités pour lesquelles elle était appréciée de l'ensemble des journalistes, et dont il était lui-même dépourvu. S'être un jour mis à dos Constance Young lui avait d'ailleurs valu bien des déboires. Il s'en était fallu d'un rien qu'il ne soit licencié. Heureusement, les syndicats avaient contré les manœuvres de Constance pour le sacquer.

D'après lui, Lauren Adams était de la même espèce. Une vipère capable de cracher son venin sur quiconque se mettait en travers de son chemin. Aussi B.J. décida-t-il de ne pas lui faire part de la conversation qu'il avait eue avec Boyd Irons dans les toilettes de Key News. Il venait en effet de se souvenir qu'un chien mort avait été retrouvé sur la propriété de Constance la veille. Peut-être n'était-ce qu'une coïncidence, mais savait-on jamais ? Toujours est-il qu'à cause de son comportement il décida de ne rien dire à Lauren. Il se concentrerait sur sa mission : les images.

Il s'approcha des deux femmes et, à voix suffisamment basse pour ne pas être entendu par des confrères, leur dit :

— Je vais essayer d'aller me faufiler par-derrière pour filmer la piscine.

— Enfin quelqu'un qui prend des initiatives ! approuva Lauren en le regardant s'éloigner.

*

Attentif à ne pas se faire remarquer, B.J. s'éloigna à travers champs. Bien vite, il fut dissimulé des regards indiscrets par une rangée d'arbres touffus. Il progressait lentement, tant la terre était grasse, et regretta de ne pas avoir mis ses habituelles chaussures de chantier. Mais il s'attendait à filmer la luxueuse maison de Constance, pas à courir les bois.

Alors qu'il approchait des limites de la propriété, il entendit des voix. Sans doute les policiers à la recherche d'indices, pensa-t-il. Il se rapprocha. Un haut mur, derrière lequel dépassaient des cimes d'arbres, l'empêchait de voir quoi que ce soit. Pour obtenir des images de la piscine, il lui faudrait l'escalader, ce qui ne serait sans doute pas une mince affaire. Les voix se firent plus distinctes et il évita tout mouvement qui aurait pu signaler sa présence.

— Il y a du nouveau.

— Ah bon ! Et quoi ?

— On est supposés retrouver une licorne.
— Une quoi ?
— Tu sais, cet animal qui ressemble à un cheval, avec une corne au milieu du front. Enfin, pas le véritable animal mais un collier en ivoire en forme de licorne.
— Et pourquoi ça ?
— Il se trouve que c'est une pièce rare. Un bijou médiéval qui a été volé dans un musée. Et figure-toi que la dernière personne qui le portait n'était autre que Constance Young.
— Comment se l'est-elle procuré ?
— Comment veux-tu que je le sache, gros malin. Peut-être qu'elle l'a acheté, peut-être qu'on lui a offert, ou peut-être qu'elle l'a volé et que c'est pour ça qu'on l'a tuée.

Une fois que les policiers se furent éloignés, B.J. défit la ceinture de son pantalon. Il l'accrocha autour de la poignée de sa caméra et la passa autour de son cou. Ainsi paré, il essaya d'escalader le mur. Mais il était trop haut et B.J. faillit s'étrangler. Après trois tentatives infructueuses, il déclara forfait et rebroussa chemin.

*

Lauren faisait les cent pas devant le camion satellite. Quand elle aperçut B.J., qui revenait essoufflé, elle se précipita vers lui.
— Alors, tu as réussi à filmer la piscine ?
— Impossible, le mur était bien trop haut, mais j'ai sur…

— Il n'y a pas de « mais » qui tienne, le coupa-t-elle sèchement. Le résultat est là, tu as échoué. Je n'ai pas de temps à perdre à écouter tes explications, il faut que je finisse de préparer mon intervention.

Et elle tourna les talons en direction du camion.

Encore une information, qu'il ne partagerait pas avec elle. Au moins cette fois aurait-il essayé de lui en parler.

Quelle sombre idiote ! pensa-t-il.

22

Plus l'heure approchait, plus Lauren se montrait désagréable. Elle n'arrêtait pas de se plaindre et accusait Annabelle de ne lui être d'aucune utilité. Aussi cette dernière fut-elle soulagée d'entendre son téléphone sonner, ce qui lui permit d'échapper à l'atmosphère de plus en plus confinée du camion.

— Annabelle, bonjour, c'est Eliza. Comment ça se passe sur place ?

— On fait avec les moyens du bord.

— C'est-à-dire que vous n'avez pas grand-chose ?

— Ne t'inquiète pas, on a quand même quelques vues de la maison. Et on a aussi interviewé sa femme de ménage ainsi que quelques voisins.

— Est-ce que l'un d'eux a remarqué quoi que ce soit ?

— Non, hélas. Les maisons sont assez espacées les unes des autres dans le coin, et personne n'a rien vu ni entendu d'inhabituel.

— Et du côté de la police ?

— Calme plat. Mais un premier point presse est prévu dans une demi-heure. J'espère qu'on nous laissera ensuite filmer la piscine car, pour le moment, impossible d'entrer. J'ai même demandé à Boyd Irons d'appeler la sœur de Constance pour essayer d'intercéder en notre faveur auprès des autorités.

— Quelle idée ! Comme si ça allait les faire changer d'avis...

— Toi et moi sommes bien d'accord. Mais, que veux-tu, Lauren est tellement sur les nerfs qu'elle a insisté pour qu'on essaie quand même.

— Oui, je vois le tableau... Sans doute pas la mission la plus simple qui t'ait été confiée.

— Oh, ça va, je fais avec. Je sais qu'elle est sous pression.

— Alors, bon courage. Au fait, Annabelle, je voulais te dire...

— Oui ?

— Je suis navrée pour Constance, je sais que vous étiez très proches.

— C'est gentil de ta part, ça me touche. Mais notre amitié n'était qu'un lointain souvenir. À une époque, c'est vrai, nous étions les meilleures amies du monde. Nous avions commencé ensemble à Key News, poursuivit-elle avant de marquer une pause. Je me disais toujours qu'avec le temps nos différends s'aplaniraient. Désormais, c'est trop tard...

23

Dans le taxi qui le conduisait vers le sud de Central Park, Boyd écoutait le flash de 17 heures. La mort de Constance occupait la majeure partie du journal, mais il n'apprit rien de plus qu'il ne savait déjà. Il était présent, ce matin, quand Linus Nazareth avait appelé la sœur de Constance pour la prévenir. Sur le moment, il s'était dit qu'il n'aurait pas aimé être à la place du producteur exécutif et qu'il n'aurait pas su trouver les mots justes pour annoncer à Faith Hansen la terrible nouvelle.

Le taxi s'arrêta au pied de l'immeuble et Boyd régla sa course. Le concierge, qui le reconnut, le salua poliment. En lui rendant son bonjour, Boyd se demanda s'il était déjà au courant. Tandis que l'ascenseur le menait au quinzième étage, Boyd fouilla dans sa poche à la recherche de la clé. Aucun bruit dans l'appartement hormis le tic-tac régulier de la pendule placée sur le manteau de la cheminée.

— Kimba, où es-tu ?

Il resta dans l'entrée un instant, appela de nouveau le chat, mais ce dernier resta invisible. Boyd se rendit alors dans la cuisine, mit de la nourriture dans sa gamelle et de l'eau fraîche dans son bol. Puis il traversa de nouveau le salon pour aller changer sa litière. Combien de fois était-il venu s'occuper de Kimba ? Combien de fois avait-il comparé ce somptueux appartement à la vue plongeant sur Central Park à son minuscule studio, pourtant hors de prix ? Combien de fois s'était-il dit que Constance ne méritait pas d'habiter là ? Elle en avait les moyens, mais, selon lui, elle ne le *méritait* pas...

Boyd se lava ensuite les mains puis alla dans la chambre de Constance. Il s'assit sur une méridienne qui occupait un angle de la pièce et joua un instant avec son téléphone avant d'en consulter le répertoire. Comme beaucoup d'autres, il avait enregistré le numéro de Faith Hansen au cas où Constance aurait eu besoin de la joindre, mais il ne s'en était guère servi. C'est à reculons qu'il pressa la touche pour lancer l'appel.

La sœur de Constance décrocha après la troisième sonnerie.

— Madame Hansen, bonjour, Boyd Irons à l'appareil, l'assistant de Constance. Je ne sais pas si vous vous souvenez de moi.

— Boyd, oui, bien sûr, nous nous sommes vus hier... Mon Dieu, c'était hier, j'ai l'impression que ça fait une éternité...

— Croyez bien que je suis navré, madame Hansen. Je suis sincèrement triste de ce qui est arrivé à Constance.

— Merci, Boyd. Merci... Mais que puis-je faire pour vous ?

— En fait, reprit-il un peu gêné, je vous appelais pour savoir si je pouvais me rendre utile...

— C'est gentil de votre part, mais je ne vois pas trop... Oh, si ! Ça m'éviterait de perdre du temps dans les transports. Pourriez-vous aller chez Constance et choisir sa dernière tenue ? Et puis, vous savez sans doute mieux que moi quels vêtements elle aimait porter...

— Oui, avec plaisir… Enfin, « plaisir » n'est pas le mot juste, bredouilla-t-il.

Déjà, il se demandait quelle robe il choisirait. La bleue, griffée Oscar de la Renta ? La jaune pâle de chez Ralph Lauren ? L'Armani de couleur noire ? Il avait plusieurs amies à Greenwich Village qui se damneraient pour une telle garde-robe.

— Ça tombe bien, reprit-il, il se trouve que je suis actuellement chez Constance. J'étais venu nourrir son chat.

— Ah, tiens, je ne savais pas qu'elle avait un chat, lâcha Faith.

Deux sœurs vraiment très proches ! pensa Boyd.

— À ce propos, il va falloir que quelqu'un s'en occupe. Je pensais le ramener chez moi mais, bien sûr, si vous le voulez, je peux très bien venir vous l'apporter.

— Oh, non merci ! s'exclama-t-elle. Je ne suis pas très animaux et j'ai déjà suffisamment à faire à la maison. Gardez-le, si cela vous fait plaisir.

— Très bien. Je voulais aussi vous demander, madame Hansen, parce que tout le monde va me poser la question. À quelle date auront lieu les funérailles ?

— Tant que la police n'a pas pratiqué l'autopsie, je n'en sais rien. Mais ça ne devrait pas trop tarder, m'ont-ils dit. Je vous tiendrai au courant.

Faith marqua une courte pause.

— Boyd, reprit-elle. Il y a un autre service que vous pourriez me rendre. Pourriez-vous établir une liste des personnes à convier à la cérémonie ? Vous connaissez ses amis mieux que moi.

— D'accord, je m'en charge.

— D'après vous, faut-il également inviter ses collègues et ses relations de travail ?

Si l'on n'invite que ses proches, l'église sera vide ! pensa Boyd.

— Je crois qu'elle l'aurait souhaité, lui répondit-il. Sa vie professionnelle revêtait tellement d'importance à ses yeux.

— Ça, je ne vous le fais pas dire ! soupira Faith.

— Bon, résuma Boyd. Je vous fais porter une robe et je m'occupe de la liste. Y a-t-il un autre service que je puisse vous rendre ?

— Eh bien, oui, lui répondit Faith après une courte hésitation. Il me faudrait les coordonnées de son avocat. Il faut absolument que je sache si elle a laissé un testament.

— Bien sûr, je vous demande un instant, le temps de chercher le numéro dans mon téléphone.

Non seulement Boyd savait que Constance en avait rédigé un, mais il en connaissait aussi les détails. Au cours de ses nombreuses visites, il avait eu tout le loisir de fouiller dans les affaires personnelles de la journaliste. Quand la pauvre femme apprendra ce que sa sœur lui a légué, elle aura une attaque, pensa le jeune homme. Mais le lui révéler n'entrait pas dans ses attributions, aussi se contenta-t-il de lui donner le numéro de l'avocat.

— Il y a une chose que je voudrais vous demander, madame Hansen, reprit Boyd. Ça me gêne un peu, mais….

— Oui, de quoi s'agit-il ?

— Eh bien, voilà. Une équipe de Key News se trouve près de chez Constance, mais la police refuse de les laisser entrer sur le lieu du drame. Alors on s'est dit que, si vous les appeliez, ils accepteraient peut-être de se montrer plus souples.

— Je suis navrée, Boyd, mais je n'ai vraiment pas envie de me mêler de tout ça. J'espère que vous ne m'en voulez pas ?

— Bien sûr que non, je vous comprends. Mais il fallait que je vous pose la question. On m'avait demandé de vous appeler.

Boyd avait à peine refermé son téléphone que Kimba sauta sur ses genoux. Une larme roula sur sa joue tandis qu'il caressait le pelage gris du chat. Jamais il n'aurait imaginé que la disparition de Constance l'affecterait à ce point. La veille, il avait été soulagé de ne plus avoir à travailler avec elle. Aujourd'hui, assis dans sa chambre, il était dévasté à l'idée qu'il ne la reverrait plus jamais.

24

Après avoir envoyé le reportage au siège de Key News, B.J. sortit du camion satellite et marcha quelques instants le long de la route avant de trouver un coin isolé.

— Eliza Blake, de la part de B.J. D'Elia.

Il attendit un instant, pensant tomber sur l'assistante d'Eliza, mais ce fut la présentatrice en personne qui prit la communication.

— B.J., que puis-je pour toi ? lui demanda-t-elle.

Le cameraman lui parla de la conversation qu'il avait surprise un peu plus tôt, et également de ce chien mort découvert la veille dans le jardin de Constance.

— Intéressant, commenta-t-elle. On va passer quelques coups de fil et voir ce qu'on peut en tirer.

— Pour le chien, est-ce que je préviens la police ? demanda B.J.

— Non, laissons-les en dehors de tout ça. Si on arrive à vérifier l'information, ils l'apprendront comme tout le monde, en regardant le journal ce soir !

*

Boyd Irons donna le numéro de la société qui entretenait la piscine de Constance. Et, rapidement, un journaliste réussit à joindre l'employé qui avait découvert le chien alors qu'il vidait le contenu de son épuisette derrière un fourré.

— Oui, on m'a bien demandé de me débarrasser du cadavre. Et, croyez-moi, ça n'a pas été une partie de plaisir de l'amener à la décharge. Un danois, ça pèse son poids...

*

Dès le début de « Key Evening Headlines », Eliza Blake lança le reportage que Lauren Adams avait enregistré l'après-midi même dans le comté de Westchester. Cette dernière retraçait le peu que l'on savait. Puis l'on vit la femme de ménage raconter sa découverte, des voisins sous le choc exprimer leur incrédulité et, enfin, un représentant de la police dire que l'enquête suivait son cours. Le reportage se terminait par une vue montrant la foule des journalistes massés devant chez Constance, mais aucune image de la piscine ne put être diffusée.

Retour au direct. Lauren se tenait debout, micro à la main. En arrière-plan, derrière des arbres, on apercevait la maison de Constance.

— De très nombreuses questions demeurent ce soir sans réponse, Eliza. De source policière, nous avons cependant appris que l'autopsie aurait lieu lundi matin, à la première heure.

— Une dernière question, Lauren, enchaîna Eliza, assise derrière son bureau de présentatrice dans le studio new-yorkais. Hier, un chien mort a été retrouvé dans le jardin de Constance Young. Qu'en pensez-vous ?

Ne sachant que répondre, Lauren fixa la caméra, interdite. Un silence s'établit. Eliza comprit aussitôt que Lauren n'était pas au courant de ce à quoi elle faisait allusion. Aussi enchaîna-t-elle rapidement :

— Comme vous le savez, c'est un employé chargé de l'entretien de sa piscine qui a retrouvé le cadavre d'un danois à quelques mètres de celle-ci. Ce n'est peut-être qu'une coïncidence, mais pensez-vous que la police va enquêter de ce côté ?

L'embarras de Lauren était perceptible.

— Oui, je pense, bien sûr.

— Je vous remercie, Lauren, conclut Eliza. À très bientôt. Et n'hésitez surtout pas à nous interrompre s'il y a du nouveau avant la fin de l'émission.

*

Dès qu'elle fut certaine de ne plus être à l'antenne, Lauren arracha son oreillette et se rua vers son téléphone portable.

— Range, explique-moi! fulmina-t-elle. Je viens de passer pour une conne!

— De quoi veux-tu parler? lui demanda le producteur exécutif de l'émission, adoptant un ton résolument calme.

— Mais de cette histoire de chien mort! Pourquoi personne ne m'a-t-il prévenue?

— Nous pensions tous que tu étais au courant, vu que tu étais sur place. Tu ne parles donc pas avec les membres de ton équipe?

— Comment ça? Qu'est-ce qu'ils ont à voir là-dedans? demanda-t-elle, suspicieuse.

— B.J. D'Elia a appelé Eliza pour l'informer. Boyd a confirmé et nous avons joint l'employé.

— Mon assistant et mon cameraman me tirent dans le dos... Génial!

25

À 18 h 57, pendant une coupure publicitaire, une femme de taille moyenne, aux cheveux roux, vint prendre place à côté d'Eliza.

— Antenne dans dix secondes, lança quelqu'un en régie.

Un assistant se dépêcha de quitter le plateau après avoir équipé la nouvelle venue d'un discret micro.

— Cinq, quatre, trois, deux…

— Ce soir, attaqua Eliza en regardant l'œil de la caméra, nous avons partagé avec vous toutes les informations disponibles concernant la mort prématurée de Constance Young. Dans les jours à venir, nous en apprendrons plus sur les tenants et aboutissants de cette tragédie, et nous vous tiendrons évidemment informés. À Key News, le choc a été rude. Nous avons perdu une amie et une collègue que nous connaissions depuis longtemps, une journaliste que nous estimions tous. Mais, ce soir, nous ne sommes pas les seuls. Vous êtes nombreux à travers tout le pays à éprouver un sentiment de profonde tristesse. Pourquoi ? C'est la raison pour laquelle j'ai demandé à Margo Gonzalez, notre consultante, de venir nous rejoindre sur ce plateau.

Eliza se tourna vers la psychiatre. La caméra suivit son mouvement de tête et le visage du docteur Gonzalez apparut en gros plan.

— Merci, Eliza. Vous avez raison, sa mort nous a tous ébranlés, enchaîna Margo. Le phénomène est relativement simple à expliquer. D'un côté, Constance interviewait les grands de ce monde et côtoyait les politiques, les acteurs, les sportifs… Suivre ces célébrités faisait d'elle, aux yeux du grand public, une célébrité à part entière. De l'autre, au fil des émissions, on la voyait toujours proche des enfants, des personnes en détresse ou des animaux, ce qui la rendait très humaine, très simple.

— Et pensez-vous que les gens, bien qu'ils ne l'aient jamais rencontrée, avaient l'impression de la connaître ? la relança Eliza.

— Oui, c'est une évidence. Grâce aux journaux et aux magazines, on savait tout ou presque de sa vie, ce qu'elle faisait, qui elle rencontrait… De nombreux articles lui ont été consacrés, qui racontaient sa vie, évoquaient son enfance, ses hobbies… Combien de photos de Constance avez-vous vues dans la presse ?

— Oh, impossible de le dire, elles sont bien trop nombreuses…

— Vous voyez, Eliza, reprit Margo Gonzalez. Elle faisait partie de nos vies. J'irai même plus loin. Vu qu'elle travaillait à la télévision, Constance faisait partie de notre quotidien. Chaque matin, quand se levait le jour, elle était là, un peu comme le soleil. Une présence rassurante. Alors, il est normal que sa disparition laisse un grand vide et affecte profondément bon nombre d'entre nous, même ceux qui ne l'avaient jamais rencontrée.

26

Dès que l'émission fut terminée, Lauren sauta dans sa BMW et regagna New York. De leur côté, Annabelle et B.J. retournèrent ensemble à Manhattan, spéculant sur ce qui les attendait au siège de Key News. Malgré l'heure tardive, Linus Nazareth leur avait expressément demandé de venir le voir avant de rentrer chez eux.

— On est dans la mouise jusqu'au cou, B.J., soupira Annabelle en se calant dans son fauteuil, les yeux fermés.

— Je risque en effet d'avoir des problèmes, Annabelle, mais pas toi. Tu ne savais rien au sujet du chien et de l'amulette. Et tu ne savais pas que j'avais appelé Eliza.

— En tant que producteur, lui répondit-elle, j'aurais dû être au courant. C'était de ma responsabilité.

— Ne t'en fais pas, je vais tout prendre sur moi, lui dit-il. Je ne risque rien, j'ai le soutien des syndicats. Jamais il ne pourra me virer de Key News. Au pire, je ne travaillerai plus jamais pour lui. Et alors ?

Annabelle resta silencieuse. Habiter à quatre en plein cœur de New York avait un coût, et ce n'était pas le salaire de pompier de Mike, bien moins élevé que le sien, qui pouvait faire vivre la famille. Elle ne pouvait se permettre de perdre son travail.

Annabelle avait plus d'une fois songé à changer de chaîne. Mais, outre qu'elle était profondément attachée à Key News, elle se disait que l'herbe ne serait pas nécessairement plus verte ailleurs. Aujourd'hui, elle espérait que Linus Nazareth ne l'obligerait pas à partir.

*

La porte du bureau était ouverte.

— Ah ! s'exclama Linus assis derrière son bureau encombré. Notre fameux duo ! Entrez, je vous en prie, fermez la porte derrière vous et asseyez-vous.

Comme à son habitude, le producteur exécutif de « Key to America » jouait avec un ballon de football américain.

— Ça fait plus de trente ans que je bosse dans ce milieu. Et des trucs incroyables, croyez-moi, j'en ai vu. Mais un sabotage comme celui de ce soir, jamais ! Qu'une équipe baise la journaliste pour qui elle travaille en lui dissimulant des informations, c'est inadmissible ! Je sais que là, exceptionnellement, on intervenait dans « Key Evening Headlines ». Mais vous auriez dû prévenir Lauren en priorité. Vous bossez pour moi, pour « Key to America » !

— D'abord, intervint B.J., Annabelle n'y est pour rien. Ensuite, j'ai essayé de prévenir Lauren de la conversation que j'avais surprise, mais elle n'a pas voulu m'écouter.

— Ce n'est pas ainsi qu'elle m'a présenté les choses...

— C'est pourtant comme ça que ça s'est passé, lui répondit B.J. d'un ton calme.

— Tu prétends que Lauren a menti ? le menaça-t-il en haussant le ton.

— Je dis simplement qu'au moment où je m'apprêtais à lui en parler elle m'a envoyé bouler.

Linus se tourna alors vers Annabelle.

— Et toi, qu'as-tu à me dire ?

Avant qu'Annabelle ne puisse répondre, B.J. intervint.

— Linus, je viens de te dire qu'Annabelle n'a rien à voir avec tout ça. Si quelqu'un est fautif, c'est moi. Elle ne savait pas que j'allais appeler Eliza, et elle savait encore moins ce que j'allais lui dire.

— Mais merde, c'est son job d'être au courant de tout ! éructa Linus, rouge de colère. Alors, qu'as-tu à me dire ? lui demanda-t-il après s'être tourné vers elle.

Annabelle le regarda droit dans les yeux. Avant de lui répondre, elle prit une longue inspiration, consciente qu'elle risquait de saborder sa carrière.

— Ce que j'ai à te dire est simple : depuis que je suis à Key News, j'ai toujours donné le meilleur de moi-même. Bien sûr, j'ai besoin de cet emploi et de mon salaire. Mais tu es un tyran et travailler pour toi relève du cauchemar. Aujourd'hui, j'en ai plus que marre de tes manières grossières…

Annabelle se leva et quitta la pièce sous le regard incrédule des deux hommes.

27

D'après les informations de « Key Evening Headlines », il ne faisait guère de doute que la police essaierait de savoir d'où venait le chien. S'il n'avait pas été aussi lourd, il aurait été hissé dans le coffre de la voiture avant d'être abandonné sur le bord de la route, quelques dizaines de kilomètres plus loin. C'est ce qui était initialement prévu. Mais il était bien trop lourd et l'extraire de la piscine, puis traîner son corps dégoulinant derrière des buissons avait été la seule solution possible.

L'employé du refuge canin ferait peut-être le rapprochement dans les jours à venir. Et, si tel était le cas, les chances étaient élevées qu'il appelle alors la police. L'identité et l'adresse données étaient évidemment fausses. Toutes les précautions semblaient avoir été prises pour ne pas laisser de trace.

Mais on n'est jamais trop prudent…

28

Les enfants avaient pris leur bain et étaient déjà en pyjama quand Annabelle arriva chez elle, à Greenwich Village. À peine entrée dans l'appartement, elle fut assaillie par Thomas, qui enroula ses petits bras autour de sa taille.

— Maman est là! cria-t-il à l'attention de sa sœur.

Tara se précipita, un immense sourire aux lèvres.

— Je suis contente que tu sois rentrée, lui dit la fillette.

— Moi aussi. Vous m'avez manqué, lui répondit-elle en les embrassant tous deux. Où est papa?

— Sous sa douche.

— Et comment s'est déroulée votre journée avec Mme Nuzzo? s'enquit Annabelle. Vous vous êtes bien amusés?

— Oui, répondit Thomas. On a même eu des pancakes à midi.

— Des pancakes? Pour le déjeuner? Ça alors, vous avez été gâtés!

Parmi les nombreuses qualités qu'elle leur trouvait, Annabelle appréciait leur caractère facile. Ils l'accueillaient avec chaleur, alors qu'ils auraient été en droit de se montrer rancuniers. Aujourd'hui, elle aurait en effet dû les accompagner à leur leçon hebdomadaire d'équitation – un cadeau de ses parents. Mais, à la dernière minute, Key News avait appelé et elle avait dû les confier à la garde de Mme Nuzzo. Ils avaient même pris la nouvelle avec philosophie, sans crise ni larmes. Peut-être étaient-ils tout simplement heureux d'avoir retrouvé une famille unie après la longue dépression qu'avait traversée Mike ? Que leur père soit de nouveau présent, à jouer avec eux et à leur lire des histoires, le soir avant de s'endormir, était sans doute plus important à leurs yeux qu'une leçon d'équitation annulée à la dernière minute ?

— J'ai une surprise pour vous, leur dit-elle.

— Des gâteaux de chez Magnolia ! s'exclama Thomas en reconnaissant le carton de la boulangerie.

Annabelle ouvrit le carton qui contenait trois parts de quatre-quarts recouvertes d'un glaçage à la vanille de couleurs pastel.

— Je veux le vert ! dit Thomas.

— Et moi le rose, piaffa Tara.

— D'accord, d'accord, leur dit Annabelle. Mais je ne veux pas que vous mettiez de miettes partout. Vous mangez au-dessus d'une assiette.

Tandis que les jumeaux se précipitaient dans la cuisine, Annabelle traversa l'appartement. Mike se tenait debout, près de leur lit, une serviette nouée autour de la taille. À l'aide d'une autre, il se séchait les cheveux.

— N'ai-je pas entendu Thomas prononcer le doux nom de Magnolia ? lui demanda-t-il en souriant.

— Ne t'inquiète pas, tu n'as pas été oublié, je t'ai rapporté un cookie au chocolat.

— Je me rappelais bien qu'il y avait une raison pour laquelle je t'avais épousée, lui souffla-t-il en l'embrassant dans le cou.

— Bon, autant t'annoncer la nouvelle tout de suite…

— Que se passe-t-il ? lui demanda-t-il, un brin inquiet.

— Je quitte mon job.

Mike s'assit sur le bord du lit.

— Tu peux me la refaire, s'il te plaît ?

— Je n'en pouvais tout simplement plus de Nazareth, répondit-elle en s'asseyant près de lui. Il s'est montré odieux, insultant, et je lui ai dit ses quatre vérités. Mais, bon, maintenant que c'est sorti, je ne sais pas comment on va faire pour s'en sortir…

Mike se pencha vers elle et la prit par les épaules.

— Attends, chérie, j'aimerais comprendre. Il est toujours comme ça. Alors qu'est-il arrivé aujourd'hui pour que tu explores ?

Puis il l'écouta lui raconter sa journée dans les moindres détails.

— Tu veux mon avis ? lui demanda-t-il après l'avoir embrassée. Je pense que ce n'est pas Lauren ou Linus qui te préoccupent. D'ordinaire, tu parviens à faire abstraction de tout ça. D'après moi, c'est la mort de Constance qui t'a bouleversée.

— Oui, tu as sans doute raison. Je suis encore sous le choc, murmura-t-elle en laissant échapper une larme. Même si nous n'étions plus proches, et que ces derniers temps elle n'hésitait pas à me mettre des bâtons dans les roues, je n'oublie pas que Constance a été ma meilleure amie, à une époque, et que c'est grâce à elle que j'ai retrouvé mon poste après la naissance des jumeaux. Si elle n'avait pas insisté auprès de Linus, jamais il ne m'aurait reprise. Mais il ne pouvait rien refuser à sa présentatrice vedette…

Et, à cette époque, pensa-t-elle, juste après les attentats du 11 Septembre, alors que tu étais en pleine dépression, Dieu sait que j'en avais rudement besoin de ce travail.

— Je comprends, chérie, lui dit-il en la serrant dans ses bras.

Puis il se dégagea et alla vers la penderie, où il prit un T-shirt blanc, qu'il enfila. Conscient qu'Annabelle le regardait, il réprima un sourire.

— Je sais très bien à quoi tu penses, lui dit-il, mais il faut bien que l'un de nous deux aille travailler et fasse rentrer l'argent du ménage à présent.

Annabelle lui lança un oreiller.

— Arrête de plaisanter, Mike. Ce n'est pas drôle. Comment allons-nous nous en sortir sans mon salaire ?

Dès que quelqu'un décrocha, des aboiements et autres jappements résonnèrent en bruit de fond.

— Bonjour, je suis la personne qui est venue mardi adopter un danois.

— Marco! Oui, je m'en souviens, c'est moi qui étais là. Comment va-t-il?

— En fait, pas très bien. C'est la raison de mon appel. Il ne mange rien, il refuse de jouer et passe son temps à dormir. Là, il est allongé à mes pieds.

— Avez-vous appelé un vétérinaire?

— Oui, bien sûr. Mais, il n'a rien trouvé. Physiquement, il me dit que Marco va bien. Il pense en fait qu'il se sent seul et qu'il s'ennuie. Du coup, je me suis dit qu'il lui fallait un compagnon. Et je pensais venir vous voir pour adopter un autre chien.

— Excellente idée! Vous avez vu, ce n'est pas le choix qui manque. Là, nous sommes fermés, vous avez de la chance de m'avoir trouvé à cette heure si tardive, mais passez donc en début de semaine, lui répondit Vinny. On choisira ensemble la perle rare.

— Est-ce que, par hasard, vous seriez ouverts demain?

— Non, mais venez lundi matin.

— Malheureusement, il va m'être impossible de trouver un moment de libre la semaine prochaine. Est-ce qu'exceptionnellement je ne pourrais pas venir demain matin? Ça ne devrait pas prendre beaucoup de temps. Vous saurez me conseiller le compagnon idéal pour Marco. Je n'ai pas envie qu'il reste plus longtemps dans cet état-là.

— C'est d'accord, concéda le jeune homme en jetant un regard aux cages pleines. Soyez là à 9 heures.

DIMANCHE 20 MAI

30

Eliza dormait encore quand Janie entra doucement dans sa chambre. Un moment, elle resta sans bouger à observer sa mère. Puis, constatant qu'elle n'arrivait pas à la réveiller par la seule force de sa pensée, la fillette changea de tactique. Elle approcha son visage aussi près qu'elle le put de celui d'Eliza, mais sans le toucher. Ce fut le souffle de sa fille qui eut raison du sommeil de la jeune femme.

— Je ne t'ai pas réveillée, hein ? Je n'ai pas fait de bruit…

— Non, tu ne m'as pas réveillée, ma chérie, lui répondit Eliza en lui souriant. Allez, viens me rejoindre.

Janie sauta sur le lit.

— Il faut que tu te lèves, maman. Aujourd'hui, on va chez Hannah et Sullivan pour le petit déjeuner. Tu te rappelles ?

— Mais bien sûr, trésor, lui répondit Eliza, qui avait complètement oublié l'invitation de sa voisine. Viens me faire un câlin.

Janie vint se blottir contre elle.

— Bon, il ne va pas falloir qu'on traîne si l'on veut aller à la messe avant, dit Eliza après avoir regardé son réveil.

Pourtant, elle n'esquissa pas le moindre geste pour se lever.

— Moi, j'adore les pancakes de Mme Hizdak, dit la fillette.

— On prononce « Vizdak », chérie, la reprit-elle.

— Mais pas du tout, j'ai bien vu, leur nom commence par un *h*, alors on dit « Hizdak ».

— Oui, leur nom de famille s'écrit H-V-I-Z-D-A-K. Mais le h du début est un h muet, il faut donc prononcer le *v*, « Vizdak ».

La petite fille demeura perplexe.

— Je sais que ça peut sembler déroutant, mais c'est comme ça. Il y a des noms qui ne se prononcent pas de la manière dont on les écrit. « Hvizdak » est l'un d'eux.

— J'ai faim, maman.

— Alors allons prendre un encas.

Dans la cuisine, Eliza mit la cafetière en route et découpa un melon en tranches. Si elle appréciait la compagnie de Mme Garcia, dont l'aide lui était indispensable, Eliza n'en attendait pas moins avec impatience des journées comme celle-là, où elle se retrouvait seule avec Janie. Mme Garcia était partie chez sa fille fêter l'anniversaire de son petit-fils, et Eliza avait bien l'intention d'en profiter pour s'occuper exclusivement de sa fille.

Tandis que le café coulait, Eliza alluma le poste de télévision. Sur CNN, le présentateur évoquait la mort de Constance Young. Puis apparut en gros plan une photo de l'amulette à la licorne. Le journaliste annonça alors que la police avait confirmé qu'un bijou semblable à celui que portait Constance avait bien disparu des collections des Cloisters.

Que s'est-il passé? se demanda Eliza. Comment Constance a-t-elle obtenu ce bijou? L'a-t-elle volé? Est-ce à cause de cette amulette qu'elle a été tuée?

Eliza prit son téléphone et appuya sur la touche d'un numéro préenregistré.

— Range? C'est Eliza. J'espère que je ne te réveille pas?

— Tu plaisantes? Ça fait déjà quelques heures que je suis debout. Là, je suis en route pour Key News.

— B.J. avait bien entendu, reprit Eliza en se versant un mug de café. Tu ne crois pas qu'on aurait dû parler de cette amulette à la licorne dès hier? On a loupé un scoop...

— Ça ne sert à rien d'avoir des regrets, Eliza. On n'avait pas encore la confirmation officielle. Et puis, *a posteriori*, je me dis qu'on a évité un autre cataclysme... Linus est entré dans une fureur noire après l'émission. Il est venu me voir et m'a copieusement insulté. Il nous reprochait de ne pas avoir prévenu Lauren, de l'avoir fait passer pour une sombre crétine... Et il ne s'agissait que du chien, alors imagine que tu lui aies posé une question sur l'amulette... Linus aurait disjoncté!

— J'imagine très bien la scène... Mais je m'interroge, poursuivit Eliza. Pourquoi B.J. a-t-il décidé de m'appeler au lieu de lui en parler?

— Ça, je ne pourrais pas te le dire. Toujours est-il qu'il ne fait plus partie de l'équipe de « Key to America ». Linus m'a aussi dit qu'il avait viré Annabelle Murphy. Selon lui, elle était soit complice, soit incompétente... Mais j'ai entendu un autre son de cloche disant que c'est en fait Annabelle qui avait claqué la porte.

— Je ne sais pas si elle était dans la confidence de B.J., mais qualifier Annabelle d'incompétente ne me serait jamais venu à l'esprit !

— Tu n'es pas la seule ! s'exclama Range. C'est pourquoi je me suis empressé de l'appeler ce matin pour lui proposer de rejoindre l'équipe de « Key Evening Headlines »...

— Et ?

— Elle a accepté, lui répondit-il, visiblement content de son coup. Sans la moindre hésitation.

— Bonne pioche, se réjouit Eliza. Tant pis pour « Key to America ». Et concernant B.J. ?

— Eh bien, je lui ai déjà confié une mission... À l'heure qu'il est, il doit se trouver à la décharge où a été déposé le chien retrouvé dans le jardin de Constance.

— Que des bonnes nouvelles. Maintenant, je pense qu'il faudrait qu'on aille aux Cloisters afin de trouver une personne susceptible de nous parler de cette mystérieuse amulette. Si tu veux, je peux m'en charger et préparer un sujet pour l'émission de ce soir.

— C'est ton seul jour de repos, Eliza. Je vais envoyer quelqu'un d'autre. Pas Mack McBride, puisque c'est lui qui présente l'émission ce soir, mais un autre journaliste.

— Range, je sais que tout le monde est sous pression depuis la mort de Constance. Je ne vais pas vous laisser tomber, j'ai envie d'apporter ma pierre à l'édifice. Et puis je ne connais pas les Cloisters, ce sera une bonne occasion de découvrir ce musée.

— Profite donc de ta fille.

— Mais je compte bien en profiter. Je vais l'emmener avec moi.

— Bon, c'est d'accord, soupira-t-il. Je vois que je n'arriverai pas à te faire changer d'avis…

31

Une tasse de café à la main, Vinny Shays lisait le journal, debout derrière le comptoir d'accueil. Il leva la tête quand il entendit la porte s'ouvrir.

— Bonjour ! s'exclama-t-il. Ravi de vous revoir.

— Comme c'est gentil d'avoir accepté d'ouvrir un dimanche pour me recevoir.

— Le plaisir est pour moi. Vous savez, j'aimerais qu'il y ait plus de personnes comme vous, prêtes à adopter un animal. Nous avons tellement de chiens ici qui cherchent un foyer. Alors, avez-vous arrêté votre choix ? demanda l'employé du refuge.

— Non, je ne sais vraiment pas. En tout cas, pas un chien aussi imposant que Marco. Mais peut-être pouvez-vous me conseiller ? Qui d'après vous serait pour lui un bon compagnon ?

— Allons voir, suggéra Vinny.

Ils commencèrent à arpenter le refuge, allant de cage en cage.

— Peut-être ce boxer ? Ou alors ce basset ?

— Continuons, voulez-vous ?

Une fois arrivés à l'extrémité du hangar, ils virent un labrador noir poser ses deux pattes avant sur le grillage.

— Celui-là a l'air gentil.

— Elle. C'est une femelle. La douceur incarnée. Et tous ses vaccins sont à jour.

— Auriez-vous l'amabilité d'ouvrir la porte, j'aimerais la caresser.

— Avec plaisir.

Le jeune homme s'affairait sur la serrure, aussi ne vit-il pas l'arme sortir de la poche de la veste.

— Lucy, viens me voir. Viens là, ma fille, l'appela-t-il d'une voix douce et rassurante.

Vinny se retourna vers son visiteur, un grand sourire aux lèvres. Sourire qui se figea en un rictus de terreur quand il vit le marteau s'abattre sur lui.

*

L'employé du chenil gisait sur le sol, inanimé. L'achever à coups de marteau était une possibilité. Mais il y avait sans doute une autre solution, tout aussi radicale, et moins salissante.

L'assassin trouva rapidement ce qu'il cherchait. Dans une pièce, près de l'entrée, étaient stockés les produits euthanasiants destinés à abréger les souffrances des animaux trop vieux ou trop malades pour être adoptés. Il remplit une seringue et retourna vers le corps allongé, trouva une veine et injecta la dose mortelle. Le labrador se mit aussitôt à aboyer, bientôt imité par tous les chiens du refuge.

32

Le dimanche, c'était jackpot. Assis derrière son volant, B.J. était en train de calculer mentalement combien ses heures supplémentaires allaient lui rapporter. Il avala une bouchée de son donnut et observa une nouvelle fois les amoncellements de détritus au milieu desquels il était garé. Il jeta un coup d'œil à sa montre, descendit de voiture, ouvrit le coffre et en sortit sa caméra.

Au moment où B.J. le refermait, une camionnette aux flancs ornés de l'inscription « Pacheco Pools » fit son apparition dans la décharge et vint se garer à côté de lui. Un jeune homme en descendit.

— Vous attendez la police ? lui demanda-t-il.

B.J. acquiesça avant de poursuivre :

— J'imagine que c'est vous qui avez retrouvé le chien sur la propriété de Constance…

— En effet. Frank Pacheco, précisa ce dernier en lui tendant la main. La police m'a donné rendez-vous ici pour que je leur indique l'endroit où j'ai déposé son cadavre.

— Enchanté. B.J. D'Elia. Et merci encore d'avoir bien voulu nous donner le nom de la décharge. La police est restée muette. Comme vous le voyez, il n'y a pas d'autres médias sur place. Grâce à vous, Key News aura l'exclusivité de l'information.

— Ça vous plaît de travailler pour une grande chaîne ? lui demanda aussitôt le jeune homme. Ça doit être excitant.

— Parfois, oui. Parfois, un peu moins… Là, par exemple, ça fait près d'une heure et demie que j'attends dans ma voiture. Je voulais être sûr de ne pas vous manquer.

— Alors vous voulez vraiment filmer ce chien, hein ?

— Oui, en espérant que les flics me laisseront approcher d'assez près. Sinon, je me contenterai de les filmer de loin en train de découvrir le chien.

— Dans ce cas, je peux peut-être vous aider, et vous montrer tout de suite où je l'ai déposé.

— Vous feriez ça ? Ce serait formidable, s'exclama B.J., qui après avoir remarqué que Frank observait sa casquette ajouta : Elle vous plaît ?

— Oui, elle est vraiment chouette.

B.J. ouvrit de nouveau son coffre. Il en sortit une casquette de base-ball rouge et T-shirt bleu marine floqués du logo de Key News.

— Tenez, ils sont à vous.

Frank mit aussitôt la casquette sur sa tête et posa le T-shirt sur la banquette de sa camionnette.

— Venez, dit-il à B.J. Suivez-moi.

Et ils commencèrent leur progression au milieu des ordures ménagères, carcasses d'appareils ménagers et autres sofas éventrés.

— Nous y voilà, lui dit Frank en lui montrant une couverture grisâtre.

B.J. mit sa caméra sur l'épaule et commença à filmer la couverture sous laquelle on devinait la présence du chien. Il effectua un gros plan puis un zoom arrière pour que l'on voie bien où l'on se trouvait.

— Vous voulez que je soulève la couverture ? proposa Frank.

— Personnellement, je n'y tiens pas. Mais je suis là pour ça.

B.J. filma l'imposant danois noir, puis éteignit sa caméra.

— Il ne me reste plus qu'à vous remercier, Frank, lui dit-il avant de prendre congé.

33

Essayant de ne pas renverser les sacs à provisions et les journaux, qu'il tenait en équilibre précaire d'un bras, Jason Vaughan fouilla dans sa poche à la recherche de sa clé, maudissant le fait d'habiter un immeuble sans concierge. Alors qu'il tenait la porte ouverte avec sa hanche et se débattait pour extraire la clé de la serrure, les journaux glissèrent au sol. Il fut contraint de poser ses sacs dans l'entrée pour rassembler les feuilles éparses. L'un de ses voisins traversa le hall sans lui adresser un regard.

Jason détestait cet endroit.

Il gagna son appartement du premier étage et, une nouvelle fois, les barreaux aux fenêtres, censés le prémunir d'un vol, lui arrachèrent une grimace de dégoût. Pourquoi un cambrioleur s'amuserait-il à venir chez lui ? Il n'y avait rien à prendre. Ses meubles n'avaient aucune valeur. Quant à son téléviseur et à son ordinateur — celui sur lequel il avait écrit son livre —, ils faisaient figure d'objets préhistoriques au regard des modèles actuels. Dès qu'il toucherait de l'argent de son éditeur, il s'était d'ailleurs promis de s'acheter un nouvel ordinateur. C'était sa priorité. Un nouvel ordinateur et un nouvel appartement.

Jason déplia le journal sur la table de sa cuisine et lut attentivement tous les articles consacrés à la mort de Constance Young. Le *Daily News* semblait avoir réquisitionné pas moins d'une dizaine de journalistes pour couvrir l'affaire, et Jason apprit quelques détails nouveaux dont il n'avait pas eu connaissance en regardant la télévision.

Un article retint particulièrement son attention. L'un des reporters du *Daily News* avait rencontré Ursula Baies, la femme de ménage de Constance qui avait découvert le corps. Jason apprit qu'elle était veuve et qu'elle donnait également des cours de tricot et de broderie pour arrondir ses fins de mois. La photo la montrait sortant d'une mercerie. Mais le journaliste n'était pas parvenu à instaurer le dialogue avec elle. Le seul commentaire qu'il avait réussi à lui soutirer était le suivant : « Laissez-moi tranquille, je vous en prie. Je suis terriblement nerveuse après ce qui s'est passé. Et puis, une fois, ma sœur est allée trouver la police. Peu de temps après, quand les journaux en ont parlé, on l'a retrouvée morte. Je n'ai pas envie qu'il m'arrive la même chose… »

Jason ne put que compatir aux propos d'Ursula Baies. Pour en avoir fait les frais, il savait que les médias étaient capables de broyer une vie.

34

Les Hvizdak habitaient une immense demeure aux allures de manoir. Sur la pelouse, devant la maison, trônait une immense fontaine, et deux lions en pierre encadraient l'imposante porte d'entrée.

Après un petit déjeuner pantagruélique, composé de pancakes, de yaourts, d'œufs brouillés, de bacon et des premières fraises issues du verger, Michelle suggéra que tous aillent profiter du jardin, à l'arrière de la maison.

— On va bientôt y aller, ma chérie, dit Eliza à Janie pour la préparer.

— Je sais, mais je veux aller voir Wilbur, lui répondit la fillette, qui déjà se précipitait avec Hannah vers le bassin où s'ébattaient des espèces rares de poissons japonais.

— Je suis navrée de devoir partir aussi vite, s'excusa Eliza auprès de Michelle, tandis que les deux femmes rejoignaient les fillettes.

— Ne t'en fais pas. Je suis déjà contente que tu aies pu venir, Tu sais, Richard est absent si souvent que je suis heureuse d'avoir un peu de compagnie.

— Alors lui, c'est Wilbur, et lui c'est Copper, et elle c'est Princesse, dit Hannah à Eliza en lui montrant les poissons.

— Comment tu sais que c'est une fille ?

— Ben, elle est rose ! répondit Janie sur le ton de l'évidence.

— Tu peux me laisser Janie, si tu veux, proposa Michelle à Eliza. Ce sera sans doute plus amusant pour elle que de t'accompagner.

— Janie ? l'interrogea Eliza.

— Nan, je veux rester avec toi.

— Ça tombe bien, moi aussi, j'ai envie d'être avec toi. Allez, dis au revoir à Hannah et merci à Michelle pour ses délicieux pancakes.

— Mais qui va s'occuper d'elle ? s'enquit cette dernière.

— Ne t'en fais pas, Janie, mon assistante, sera là.

*

Craignant qu'il ne fasse un peu frais au musée, Eliza décida de s'arrêter chez elle pour prendre un gilet pour Janie. Elle profita de cette halte pour appeler Key News. Au standard, elle demanda à être mise en relation avec Boyd Irons.

— Boyd ? C'est Eliza Blake.

— Ah, oui ! Bonjour, répondit ce dernier, visiblement surpris.

— Je voulais te parler de cette amulette que Constance portait vendredi, tu sais, cette licorne. As-tu une idée de la manière dont elle a pu se la procurer ?

— Eh bien, je pense qu'il s'agissait d'un cadeau, lui répondit-il après une courte hésitation.

— Et sais-tu qui a bien pu la lui offrir ?

— Sans doute un certain Stuart Whitaker.

— Celui qui a fait fortune avec ses jeux vidéo mettant en scène chevaliers et dragons ?

— Lui-même, répondit Boyd. Le pauvre homme ! Il était fou amoureux de Constance, ça se voyait, et elle se moquait de lui... En fait, ça ne peut être que lui.

L'autre jour, il m'a demandé si je pouvais l'aider à récupérer la licorne…

— Quand était-ce ?

— Vendredi, peu avant le déjeuner. Il était installé au bar du Barbetta et sirotait un verre en attendant Constance. J'ai essayé avec tact de lui demander de partir, de lui faire comprendre que sa présence risquait de gâcher la fête. Mais il a seulement accepté d'obtempérer après m'avoir arraché la promesse que je l'aiderais.

— Et tu en as parlé à Constance ?

— Tu n'y penses pas, je n'allais tout de même pas demander à Constance qu'elle me remette le bijou ! J'ai juste fait cette promesse à Whitaker pour qu'il quitte le restaurant.

Eliza prit un stylo.

— Boyd, donne-moi le numéro de Stuart Whitaker, s'il te plaît.

35

Une fois l'ordinateur allumé, le nom d'Ursula Baies fut entré dans un moteur de recherche. Plusieurs résultats apparurent à l'écran. La quasi-totalité des réponses faisait référence à la mort de Constance Young, dont elle avait découvert le corps. Un seul autre article mentionnait le nom de sa femme de ménage. Il datait de deux ans et avait été publié dans un journal local.

Helga Lundstrom, quarante-trois ans, résidant à Mount Cisco, est décédée à l'hôpital nord de Westchester des suites d'un accident de voiture pour le moins curieux. Helga Lundstrom était en effet le témoin clé dans un trafic de drogue, dont le procès s'ouvre cette semaine. Elle devait venir à la barre, et il y a fort à parier que, sans son témoignage, le procureur aura bien du mal à confondre les accusés...

Le journaliste donnait ensuite tous les détails de ce trafic et l'article se terminait en précisant qu'Helga Lundstrom laissait derrière elle un mari et une sœur, Ursula Bales...

Qu'avait dit la femme de ménage dans le *Daily News*, ce matin ? « Je suis terriblement nerveuse après ce qui s'est passé. Et puis, une fois, ma sœur est allée trouver la police. Peu de temps après, quand les journaux en ont parlé, on l'a retrouvée morte. Je n'ai pas envie qu'il m'arrive la même chose... » Pourquoi avait-elle tenu de tels propos ? Pourquoi avait-elle dit qu'elle ne voulait pas finir comme sa sœur alors qu'elle avait simplement découvert le corps ? Se pourrait-il qu'elle ait été témoin du meurtre ?

36

Faith se faufila discrètement par la porte du garage, espérant qu'elle n'aurait pas à justifier sa longue absence. Mais Todd l'attendait dans la cuisine.

— Où étais-tu fourrée ? lui demanda-t-il d'un ton bourru.

— À l'église, lui répondit-elle en posant le bulletin paroissial sur le comptoir.

— Ça fait trois heures que tu es partie ! lui reprocha-t-il.

Faith prit une longue inspiration afin de lui répondre calmement.

— Hier, j'ai appris la mort de ma sœur, Todd. J'avais besoin de me recueillir, de réfléchir tranquillement, de faire le point… J'ai aussi eu une longue conversation avec le prêtre. Est-ce que tu peux comprendre cela ?

— Bien sûr, mais tu aurais quand même pu me prévenir ! Ça fait plus d'une heure que je poireaute, mes amis m'attendent. Mais bon, maintenant que tu es rentrée, je m'en vais.

Et il partit rejoindre ses partenaires de golf. Une fois seule, Faith ouvrit un placard et en sortit un paquet de gâteaux. Puis elle alla se poster derrière la baie vitrée du salon qui donnait sur l'arrière du jardin. Tout en avalant les cookies, elle admira les parterres d'azalées roses et blanches. Le jardin était splendide. Comme elle aimait le mois de mai. Si propice aux mariages. Si propice aux funérailles… Des larmes se mirent à couler sur ses joues.

Faith reposa le paquet de gâteaux largement entamé dans la cuisine et alla voir sa mère. Par chance, celle-ci dormait. Faith observa sa poitrine se soulever puis s'abaisser au rythme de ses ronflements sonores. Ses paupières s'agitèrent à plusieurs reprises, mais elle conserva les yeux fermés.

— Que devons-nous faire, maman ? lui demanda-t-elle à haute voix. Faut-il l'enterrer ou opter pour la crémation ? Je n'ai pas envie de prendre seule la décision...

Sa mère ne lui répondit évidemment pas. Et c'était mieux ainsi, songea Faith. De même, il avait sans doute été préférable qu'elle n'ait pas réagi hier quand Faith lui avait annoncé la mort de sa fille aînée, comme si elle n'avait pas saisi l'information. Nul parent ne devrait avoir à endurer la mort d'un enfant.

Faith perçut une odeur aigre envahir l'espace, couvrant celles des médicaments et de la vieillesse. Une fois de plus, elle devrait donner un bain à sa mère, changer les draps de son lit et mettre une machine en route... Encore et encore.

Faith sentit le découragement et le désespoir la gagner. Bien sûr, elle ne souhaitait pas la mort de sa mère. Mais elle était à bout de forces. Et combien de temps dureraient encore ses épreuves avant que sa mère rejoigne Constance au paradis.

À imaginer que c'était bien là l'endroit où Constance se trouvait...

37

Le parking des Cloisters regorgeait de voitures et de camions appartenant à diverses chaînes concurrentes, signe qu'Eliza n'était pas la seule à s'intéresser à cette histoire d'amulette. Pour le moment, dans l'attente des résultats de l'autopsie, les médias en étaient réduits à spéculer sur les causes de la mort de Constance. Avec cette amulette, ils tenaient quelque chose de concret, une piste à suivre.

Eliza se dirigea vers le camion satellite de Key News. Paige, son assistante, était déjà là, qui les accueillit, elle et Janie.

— Je me suis renseignée, lui annonça-t-elle, il y a des ateliers thématiques pour les enfants. Si tu veux, je peux y emmener Janie. Vous serez ainsi tous plus tranquilles pour travailler.

— C'est une bonne idée. Et quel est le thème de la visite ?

— La chaussure, répondit Paige. Ça te dirait d'apprendre comment les gens se chaussaient au Moyen Âge ? demanda-t-elle à Janie en se penchant vers elle.

La fillette resta sans réaction.

— Tu verras, l'encouragea Paige, ce sera intéressant. Et puis il n'est jamais trop tôt pour s'intéresser aux chaussures. Ensuite, on ira manger une glace.

— À tout de suite, mon cœur, lui dit Eliza en la regardant s'éloigner.

Quand elles furent parties, Eliza se dirigea vers Annabelle Murphy, qui se tenait jusque-là un peu en retrait.

— Alors, Annabelle, j'ai appris la bonne nouvelle ! lui lança Eliza. Tu fais désormais partie de l'équipe de « Key Evening Headlines ». Sois la bienvenue.

— Merci, c'est gentil. Sache que, de mon côté, je suis ravie de vous rejoindre, lui répondit-elle, avant d'ajouter : C'est drôle comme tout va si vite. Hier, à la même heure, je me pliais en quatre pour accéder aux exigences de Lauren et Linus…

— Pas une mince affaire, j'imagine ! Mais, ne t'inquiète pas, nous ferons notre possible pour te rendre la vie impossible…

Puis les deux femmes réfléchirent à leur emploi du temps de l'après-midi.

— J'ai eu Boyd Irons en ligne, dit Eliza. D'après lui, l'amulette a été offerte à Constance par Stuart Whitaker.

— Stuart Whitaker ? Le magnat des jeux vidéo ?

— En personne !

Annabelle émit un petit sifflement.

— On en déduit quoi ? Que Stuart Whitaker a volé la licorne ?

— N'allons pas trop vite en besogne, même si c'est une hypothèse séduisante, répondit Eliza. Toujours est-il que je l'ai aussitôt appelé et qu'il a accepté de répondre à nos questions. Nous avons rendez-vous ici même cet après-midi. Et il m'a assuré que, pour honorer la mémoire de Constance, il ne parlerait pas aux autres médias.

— Formidable, tu as même obtenu une exclusivité. Décidément, si tu fais tout le travail à ma place, je sens que je vais apprécier notre collaboration…

— Et concernant la curatrice, Rowena Quincy ?

— De ce côté-là, pas de miracle. Une interview est calée, mais nous ne serons pas les seuls. Elle les enchaîne.

*

Afin de mettre le musée en valeur, l'administration avait décidé que l'interview de Stuart Whitaker se tiendrait sur la terrasse ouest surplombant l'Hudson. Et, eu égard à son statut, Annabelle n'eut pas de problème à obtenir que cette aile soit momentanément fermée au public pour qu'ils ne soient pas dérangés.

Stuart Whitaker portait un costume sombre, une chemise blanche et une cravate verte, tenue bien peu décontractée pour un dimanche après-midi. À peine arrivé, il se dirigea vers Eliza et lui prit la main.

— Puis-je ? lui demanda-t-il.

Avant que la journaliste n'eût le temps de lui répondre, Stuart Whitaker se pencha en avant et effleura le dos de sa main de ses lèvres.

— Madame, c'est un honneur et un privilège de rencontrer une personne de votre qualité, lui dit-il une fois son baisemain achevé.

— Merci, monsieur Whitaker, lui répondit-elle, surprise par ses manières. Voulez-vous prendre un siège ?

Il obtempéra. En s'asseyant, il embrassa du regard le paysage.

— Quelle vue magnifique ! s'exclama Eliza pour le mettre en confiance, tandis que deux assistants les équipaient de micros.

— Oui, n'est-ce pas ? lui répondit Whitaker. On ne peut que rendre grâce à John D. Rockefeller d'avoir fondé ce lieu unique, puis d'avoir acheté tous les terrains alentour afin qu'il conserve sa quiétude.

— Vous avez raison, ces personnes si généreuses méritent notre reconnaissance. J'ai cru comprendre que vous étiez vous-même l'un des mécènes du musée ?

— Je l'aide en fonction de mes moyens, lui répondit-il.

Eliza décida d'attendre qu'ils soient prêts à filmer avant de poursuivre. Dès que B.J. lui donna le signal, elle reprit :

— Monsieur Whitaker, j'aimerais en premier lieu que vous nous fassiez partager votre enthousiasme pour ce musée.

— Il va m'être malaisé de résumer en quelques mots ce qu'il m'inspire. Regardez autour de vous, dit-il en faisant un large geste de la main. Tout ici est sublime.

— Vous vous intéressez donc au Moyen Âge ?

— Intérêt ? Le qualificatif est faible. Je voue à cette période de l'histoire une véritable passion. C'est une époque fascinante, et charnière pour le développement de la civilisation occidentale. Du reste, aujourd'hui encore, elle nous influence sans que nous en ayons forcément conscience.

— Auriez-vous quelques exemples précis à me citer ?

— Eh bien, prenez ces personnages, réels ou légendaires du Moyen Âge, je pense au roi Arthur, à Jeanne d'Arc, à Robin des bois... Ils font toujours, au XXIe siècle, figure de héros pour nombre de nos concitoyens. Prenez également les dragons, les nains, les sorcières et tous ces êtres maléfiques aux pouvoirs surnaturels qui peuplaient l'imaginaire d'alors. On les retrouve aujourd'hui au cœur de nos contes de fées modernes, des romans d'*heroic fantasy*, et même dans les jeux vidéo, dont nos enfants sont si friands.

Un autre exemple ? Les châteaux, qui sont au centre de nombreux parcs d'attraction, ils ne sont que la réminiscence des bâtisses médiévales.

— Tout cela est fort intéressant, ponctua Eliza.

Visiblement ravi de pouvoir partager son enthousiasme, Stuart poursuivit :

— Mais ce qui m'a toujours le plus intéressé, c'est la conception de l'amour qu'ils avaient à cette époque.

— Qu'entendez-vous par là ?

— Pour les poètes médiévaux et les troubadours, le cœur était le symbole de la passion, d'où ces métaphores qui semblent aujourd'hui des clichés : avoir le cœur brisé, avoir le cœur qui saigne, ravir les cœurs… Et c'est ainsi que l'amour dit courtois s'est répandu à cette époque. Au Moyen Âge, les chevaliers étaient prêts à toutes sortes d'actions héroïques pour gagner le cœur de leur bien-aimée.

— Une vision certes chevaleresque, romantique avant l'heure, mais qui pouvait parfois se révéler dangereuse, non ?

— Sans doute mais, s'ils pouvaient vous répondre, je suis certain que les chevaliers vous diraient que risquer sa vie pour l'être aimé est le dernier degré de l'amour.

— Si vous le permettez, monsieur Whitaker, j'aimerais à présent changer de sujet, enchaîna Eliza. Si mes informations sont exactes, Constance Young et vous-même étiez amis…

Le maintien de Stuart Whitaker se fit plus solennel, le ton de sa voix aussi.

— Oui, j'avais l'immense privilège de bien la connaître. Une femme remarquable. Sa mort est une grande perte. Pour moi, mais aussi pour le pays.

— C'est effectivement une tragédie, souligna Eliza. D'autant que sa mort est entourée de zones d'ombre. Une nageuse émérite qui meurt dans sa piscine, cela semble improbable…

— Le simple constat qu'elle soit morte est déjà improbable…

— Vous avez sans doute raison, nous avons tous du mal à accepter cette terrible vérité. Autre zone d'ombre, cette amulette qu'elle portait le jour de sa mort. En tout point semblable à celle qui a disparu du musée…

Eliza laissa volontairement sa phrase en suspens, espérant que Stuart Whitaker enchaînerait. Comme il n'en fit rien, elle lui demanda, de but en blanc :

— Monsieur Whitaker, est-ce vous qui aviez offert à Constance Young ce bijou ?

— C'est bien moi ! répondit-il fièrement.

— Vraiment ? s'exclama Eliza.

— À n'en point douter. Quand nous avons ensemble effectué une visite du musée, il y a quelque temps de cela, elle est tombée en admiration devant cette pièce unique. J'ai aussitôt décidé d'en faire exécuter une copie, que je lui ai offerte.

— Vous affirmez donc que Constance portait une copie du bijou, et pourtant l'authentique amulette à la licorne a disparu des réserves du musée.

— Vous m'avez bien entendu, lui répondit-il d'un ton ferme.

— La police, enchaîna Eliza, n'a pourtant pas retrouvé le collier que portait Constance. Cela signifierait donc que la copie et l'orignal restent introuvables... Ne trouvez-vous pas la coïncidence un peu troublante ?

— Cela peut sembler troublant, en effet, lui répondit-il en la regardant droit dans les yeux, mais je n'ai aucune explication satisfaisante à vous fournir. Sauf à énoncer une évidence : il y a chaque jour quantité de phénomènes que nous ne sommes pas en mesure d'expliquer...

Puis, il changea de position et fixa la caméra.

— Si j'ai accepté votre invitation aujourd'hui, c'est également pour annoncer officiellement que j'entends, à ma manière, saluer la mémoire de Constance Young.

— Et de quelle manière ?

— J'envisage d'effectuer un don de vingt millions au musée, dont une partie serait utilisée pour créer, ici, un mémorial en l'honneur de Constance Young. Si le conseil d'administration du musée donne son accord, et si la famille de Constance n'y voit, bien sûr, pas d'inconvénient, j'aimerais qu'elle repose dans ce lieu séculaire pour l'éternité, dans un jardin qui porterait son nom.

*

Rowena Quincy avait déjà reçu CNN et ABC quand vint le tour de Key News. Annabelle n'eut aucun mal à lui demander de la suivre jusqu'à la terrasse, ce qui évitait à B.J. d'avoir à déplacer son matériel.

Elle était venue avec une photo agrandie de l'amulette, qu'elle tendit à Eliza.

— Un très beau bijou, commenta Eliza, qui selon la légende aurait été offert à la reine Guenièvre par Arthur. Permettez-moi une première question, pour lever toute ambiguïté. Il me semblait que le roi Arthur, la reine Guenièvre et les chevaliers de la Table ronde n'étaient que des personnages de fiction, qui n'avaient pas plus existé que le château de Camelot... Qu'en est-il vraiment ?

— C'est effectivement l'idée la plus communément répandue. Mais il existe d'autres théories. Selon certains historiens, Arthur serait inspiré du personnage bien réel de Riothamus, roi des Bretons de 454 à 470, qui mena de nombreuses campagnes en Gaule à la fin de son règne. D'après nos experts, l'amulette date de cette époque, et il est vraisemblable qu'elle provienne de sa cour.

— Mais vous n'en êtes pas certaine ?

— Non, pas complètement, admit Rowena.

— Est-ce que sa disparition remet en cause l'exposition ?

— Absolument pas. Nous ouvrons toujours nos portes jeudi. Certes l'amulette était la pièce majeure de notre exhibition mais nous avons beaucoup d'autres trésors que le public se fera une joie de découvrir. Et peut-être qu'avec un peu de chance nous aurons d'ici là élucidé le mystère et qu'elle aura réapparu...

— Avez-vous une idée de ce qui a bien pu se produire ?

— La police enquête, c'est à elle qu'il faut poser la question.

— De toute évidence, madame Quincy, l'intérêt suscité par ce bijou doit beaucoup au fait que Constance Young le portait. Ou du moins portait une imitation qui ressemblait à s'y tromper à l'original, dit Eliza en montrant l'agrandissement.

Rowena Quincy acquiesça.

— Est-ce que, selon vous, Constance Young était en possession de la véritable amulette du roi Arthur ? reprit Eliza.

— Une fois de plus, je n'ai pas à me prononcer. C'est aux autorités de répondre à cette question.

Quand Rowena Quincy fut partie, Annabelle aida B.J. à remballer son matériel.

— Elle nous cache quelque chose, lui dit la jeune femme.

— C'est exactement la réflexion que j'étais en train de me faire, lui répondit le cameraman.

38

De retour au siège de Key News, Eliza se rendit dans son bureau pour rédiger le script de son intervention, tandis qu'Annabelle partit en salle de montage visionner les images prises aux Cloisters.

Pendant qu'Eliza, assise devant l'écran encore vierge de son ordinateur, cherchait un angle pour démarrer son sujet, Janie courait dans la pièce, chevauchant le cheval de bois à tête de licorne acheté dans la boutique du musée.

Paige passa la tête à travers la porte.

— Veux-tu que je descende à la cafétéria avec elle ? lui proposa-t-elle.

— C'est gentil, mais je crois qu'elle a eu sa dose de sucreries pour aujourd'hui. En revanche, si tu pouvais l'occuper et l'éloigner d'ici un moment, ça me rendrait service.

— Viens avec moi, Janie, lui dit Paige en lui prenant la main. Allons voir si le grand directeur accepte que tu t'asseyes sur le fauteuil de ta maman pour te faire voir à quoi tu ressembles à la télévision.

Vingt minutes plus tard, Eliza avait bien avancé quand elle entendit quelqu'un se racler la gorge. Elle leva les yeux et vit Mack McBride qui attendait à l'entrée de son bureau.

— Puis-je ?

— Bien sûr, assieds-toi. Figure-toi que je suis en train de travailler pour toi !

Mack prit une chaise et s'installa.

— Comme c'est doux à entendre ! *Tu* prépares un sujet pour *mon* émission. Ça me plaît !

— N'y prends pas trop vite goût, mon ami, lui répondit-elle dans un sourire.

— Suis-je vraiment ton ami ? lui demanda-t-il, soudain sérieux.

— Oui, Mack. Nous sommes adultes, et ce qui s'est passé entre nous est de l'histoire ancienne.

— Pas si ancienne que ça... Oh, si tu savais combien je regrette. Non pas notre liaison. Bien au contraire. Notre relation est la meilleure chose qui me soit jamais arrivée... Ce que je regrette, c'est mon moment d'égarement. Comme j'aimerais pouvoir revenir en arrière, que nous soyons de nouveau ensemble, comme si de rien n'était.

Eliza le regarda mais demeura silencieuse.

— Combien de fois faudra-t-il que je te dise que je suis navré, que je regrette amèrement ? Me pardonneras-tu jamais ?

— C'est compliqué, Mack, lui répondit-elle doucement.

— Non, Eliza, ce n'est pas compliqué. Je suis tombé amoureux de toi quand nous nous sommes rencontrés, ici, à New York. Nous avons vécu des moments merveilleux. Et puis, je suis parti à Londres. Un soir d'ivresse et de solitude, j'ai couché avec une autre femme. Une fois, une seule. Une fois de trop. Une erreur inqualifiable. Je serais prêt à faire n'importe quoi pour l'effacer. Mais je ne le peux pas. Je t'ai perdue. Fin de l'histoire.

— Je n'aime pas ton histoire, Mack.

— Moi non plus, Eliza. Mais pourquoi ne pas la réécrire et en changer la fin ?

Mack se leva, contourna le bureau et vint devant elle. Il lui prit les mains et l'obligea à se lever.

— Écoute, je sais que tu n'as plus confiance en moi, lui dit-il en la regardant dans les yeux. Je sais que je t'ai blessée, et crois bien que je me déteste pour cela. Mais sois certaine que plus jamais je ne recommencerai…

Son instinct lui dit que Mack était sincère. Mais sa raison lui rappela qu'elle devait se montrer prudente. L'infidélité de Mack avait été une véritable torture. Elle ne voulait pas revivre ces nuits sans sommeil, ces crises de larmes et de désespoir. Elle avait une fille, qui dépendait entièrement d'elle, et un travail prenant qui demandait qu'elle ait l'esprit serein.

— Je suppose qu'un dîner ne m'engage pas? lui répondit-elle en se surprenant elle-même.

Les yeux de Mack se mirent à briller.

— Ce soir?

— Non, je dois ramener Janie à la maison.

— Je rentre à Londres mardi matin, lui dit-il comme à regret.

— Dans ce cas, il n'y a guère d'autre solution que demain soir. On se retrouve après l'émission? lui proposa-t-elle, consciente qu'elle prenait un risque.

39

Le rôti de bœuf serait prêt dans un instant et Todd n'était toujours pas rentré. Sans doute l'équipe de baseball des plus de trente ans s'était-elle arrêtée au pub après l'entraînement pour boire quelques bières.

— Quand est-ce qu'on mange, maman? demanda Ben.

— J'ai faim, chouina Brendan.

— Dans un instant, leur répondit-elle en sortant la viande du four.

Avant de préparer la purée, elle se servit un verre de bourgogne. Puis elle mit les pommes de terre fumantes dans le mixer et pressa le bouton.

— Espèce de salaud, murmura-t-elle pour elle-même, tandis qu'elle ajoutait le lait chaud et le beurre.

— Qu'est-ce que t'as dit, maman ? lui demanda Brendan.

— Elle a dit un gros mot, Brendan, lui expliqua Ben. Mais pourquoi t'as le droit de dire « salaud » et pas nous ?

— Ça suffit comme ça, Ben. Maintenant, assieds-toi et mange, lui ordonna-t-elle en posant deux assiettes sur la table.

— Mais on n'attend pas papa ? demanda Brendan.

— Non, on commence sans lui. Du reste, puisque papa n'est pas là, pourquoi ne monteriez-vous pas manger dans votre chambre, devant la télévision ?

Les deux garçons se regardèrent, incrédules. D'ordinaire, leur mère se montrait toujours inflexible et insistait pour qu'ils prennent leurs repas à table. Aussi ne se firent-ils pas prier. Elle prépara deux plateaux et les aida à s'installer.

Quand elle redescendit dans le salon, elle alluma le téléviseur à temps pour voir la fin du sujet d'Eliza Blake diffusé dans « Key Evening Headlines », et entendit Stuart Whitaker énoncer son idée de mémorial en l'honneur de Constance.

Même morte, elle avait encore droit à tous les honneurs, pensa-t-elle, amère.

Faith alla se servir un autre verre de vin dans la cuisine. Ce Stuart Whitaker pouvait faire ce que bon lui semblait de ses millions, mais elle seule déciderait de l'endroit où Constance serait enterrée.

40

Après une journée dans les studios de « Key to America » à procéder aux dernières répétitions en vue de la grande première du lendemain, Lauren Adams et Linus Nazareth, calés dans un canapé occupant un coin du bureau du producteur exécutif, regardaient « Key Evening Headlines ».

— Et un nouveau scoop pour Eliza Blake ! fulmina Linus une fois l'émission terminée. Hier soir, c'était ce foutu clébard. Et aujourd'hui ce gigolo qui est prêt à allonger vingt patates pour que Constance soit enterrée aux Cloisters. Non, mais je rêve, poursuivit-il en s'administrant une claque sur la cuisse. C'est nous qui devrions avoir obtenu ces informations, pas « Key Evening Headlines » !

— Garde ton calme, Linus, sinon je vais perdre le mien, le supplia Lauren en lui caressant le bras. Nous sommes dimanche soir. C'est demain matin que ça commence vraiment. Tout le monde sera devant son petit écran pour regarder la première après la disparition de Constance.

— Tu as raison, concéda-t-il. On va exploser les scores d'audience. Mais ce n'est pas une raison. « Key to America » se doit d'être toujours au top. C'est à nous d'avoir une longueur d'avance sur les autres, pas le contraire.

— Je suis d'accord avec toi, mais ça risque de devenir compliqué. Surtout au moment où deux de nos meilleurs éléments viennent de quitter l'équipe. Tu n'aurais peut-être pas dû t'en séparer…

— Comment ça ! explosa Linus. Deux de nos meilleurs éléments ? Hier, à t'entendre, Murphy et D'Elia étaient les pires incompétents que tu aies jamais vus. N'oublie pas qu'ils t'ont fait endurer un sale moment à l'antenne. Tu ne savais pas quoi répondre à Eliza !

— J'ai sans doute été trop dure avec eux. J'ai réagi sous le coup de la colère...

— Non, leur comportement a été inadmissible. Au lieu de t'aider et de te communiquer toutes les informations dont ils disposaient, ils ont préféré appeler Eliza. Moi, j'appelle ça de la trahison. Et les traîtres, dehors !

— D'accord, Linus. Après tout, c'est toi le boss, c'est toi qui décides. Tu connais le métier mieux que moi, dit-elle d'une voix lasse en posant sa tête sur son épaule.

— Arrête tout de suite, veux-tu ? Tu dois avoir confiance en toi. Sinon les auditeurs vont aussitôt s'apercevoir que tu n'es pas sûre de toi.

— Oui, tu as raison, lui répondit-elle en se tamponnant les yeux. Mais le stress est si fort.

— Allez, calme-toi. Détends-toi. Sois toi-même demain et tout se passera bien, crois-moi. J'ai fait de Constance une star, il n'y a aucune raison pour que j'échoue avec toi, baby.

— Ne m'appelle pas « baby », hurla-t-elle, quasi hystérique en lançant un coussin à travers le bureau. Et ne me parle pas comme ça. Un, je ne suis pas ta chose. Deux, la pression, demain matin, c'est moi qui vais l'avoir sur les épaules, pas toi !

— Je sais ce que tu ressens, chérie, lui dit-il d'une voix apaisante en la prenant dans ses bras. Je me souviens de Constance, la veille de sa première, elle était encore plus nerveuse que toi.

— Et tu l'as réconfortée comme tu le fais avec moi ?

— Allons, Lauren, ne sois pas ridicule. Il n'y a jamais rien eu entre Constance et moi. J'ai trouvé les mots pour la mettre en confiance, c'est tout. Jamais je ne l'ai serrée dans mes bras, lui dit-il en se penchant vers elle pour tenter de l'embrasser.

Lauren eut un mouvement de recul en entendant quelqu'un frapper à la porte.

Si Dominick O'Donnell, le rédacteur en chef de « Key to America » et bras droit de Nazareth, fut surpris de les trouver ainsi sur le canapé, il n'en laissa rien paraître.

— Oui, Dom ? l'interrogea Linus.

— Je suis à peu près certain de ta réponse, mais je tenais quand même à t'en faire part.

— Accouche.

— Il y a deux semaines, on a décidé en conférence de rédaction qu'on ne parlerait pas du livre de ce Jason Vaughan. Tu te souviens, ce type que Constance avait accusé de mystification ?

— Oui, oui, je me rappelle très bien, lui répondit Nazareth en étouffant un bâillement.

— Eh bien, figure-toi que, depuis la mort de Constance, son éditeur n'arrête pas de nous harceler pour que nous l'invitions en début de semaine...

— Et qu'il nous parle de son foutu bouquin dans lequel il essaie de prouver que Constance et les médias ont détruit sa vie ? Donne-moi seulement une bonne raison pour qu'on fasse de la pub à ce type... lui répondit Linus en se dirigeant vers sa chaise pour prendre sa veste.

— C'est bien ce que je pensais. Bonne fin de soirée et à demain, leur dit Dominick avant de s'en aller.

LUNDI 21 MAI

41

Comme bon nombre d'Américains en ce lundi matin, Eliza était devant son poste de télévision et allait d'une chaîne à l'autre. Elle zappait entre « Key to America » et « Daybreak » pour ne rien rater des débuts de Lauren Adams et voir comment l'équipe de « Daybreak » réagissait à la mort de Constance, qui aurait normalement dû présenter l'émission. Comme il fallait s'y attendre, les deux programmes avaient fait de la disparition de la journaliste leur sujet principal, mais, à moins d'avoir passé le week-end coupé du monde, on n'apprenait rien de nouveau.

Eliza trouva Lauren nerveuse. Elle butait parfois sur un mot, ne regardait pas toujours en direction de la bonne caméra et manqua même le lancement d'un sujet. Mais Eliza pensa que la prestation de Lauren ne serait pas jugée trop sévèrement. Après ce qui était arrivé à Constance, il était on ne peut plus compréhensible que la jeune femme soit secouée. Eliza la trouva même juste et touchante, et pensa que ce sentiment serait partagé par les téléspectateurs.

— Je veux regarder les dessins animés.

La remarque de Janie ramena Eliza à la réalité, qui consistait, comme chaque matin, à exécuter mille et une petites tâches pour que sa fille soit prête à temps pour partir à l'école. Pour le moment, Janie, assise à la table de la cuisine, rechignait à avaler le bol de céréales que lui avait préparé Mme Garcia.

— Tu sais bien, Janie, que maman doit regarder les informations pour son travail. Maintenant, avale ton petit déjeuner.

Janie se contenta de fixer son bol et de jouer avec sa cuiller.

— Allez, dépêche-toi, lui lança Eliza d'un ton sévère.

La fillette éclata aussitôt en sanglots. Eliza éteignit la télévision, se pencha vers elle et la prit dans ses bras.

— Oh, ma chérie, qu'est-ce qui te prend? Pourquoi pleures-tu? Je n'étais pas en colère après toi, Janie. Je veux juste que tu finisses tes céréales pour partir à l'école le ventre plein.

— Je pleure pas à cause de ça, renifla la fillette.

— Alors, dis-moi ce qui te chagrine.

La petite fille enfouit son visage dans le peignoir de sa mère, qui lui caressa les cheveux.

— Qu'y a-t-il, Janie?

— C'est à cause de la télévision. Je n'aime pas cette histoire de dame morte. Je ne veux pas que tu meures.

Eliza ferma les yeux et serra plus fort encore sa fille. Comment avait-elle pu se montrer aussi inconséquente en laissant Janie regarder ces nouvelles atroces? D'autant que ce n'étaient pas les téléviseurs qui manquaient dans la maison. Jamais elle n'aurait dû allumer celui de la cuisine en présence de sa fille. De même qu'elle n'aurait pas dû l'emmener hier aux Cloisters puis à Key News. Une erreur d'appréciation supplémentaire !

Janie était une fillette vive. Elle avait ouvert les yeux et les oreilles, et dû saisir des détails dont elle n'aurait normalement pas dû avoir connaissance. Et le drame survenu à Constance n'était pas pour elle anodin. Constance travaillait dans le même immeuble que sa maman. Tout comme sa maman, Constance passait à la télévision. Donc, dans l'esprit de la fillette, sa maman pouvait très bien subir le même sort que Constance.

— Mon ange, lui murmura doucement Eliza pour la consoler. Il ne va rien m'arriver.

— Tu me le promets ?

— C'est promis ! Et puis comment pourrais-je t'abandonner ? Je t'aime plus que tout au monde. Tu le sais, ça ?

— Oui, tu me l'as déjà dit. Mais papa aussi, tu disais qu'il m'aimait, et pourtant il m'a quittée pour toujours…

Le moment qu'Eliza redoutait tant était venu : Janie évoquait ouvertement l'absence de son père. Plus jeune, elle avait bien remarqué à plusieurs reprises que les autres enfants de son âge avaient un père, mais elle avait accepté la situation, sans que cela semble lui peser ou la contrarier, au grand soulagement d'Eliza. Mais ce matin, pour la première fois, la fillette exprimait à sa manière les sentiments de perte et d'abandon qu'elle devait ressentir depuis qu'elle avait pris conscience que son père ne reviendrait jamais, et qu'elle serait seule si sa maman disparaissait à son tour.

— Il ne voulait pas te quitter, Janie. Crois-moi. Il s'est battu autant qu'il le pouvait pour rester avec nous. S'il y a une chose qu'il désirait le plus au monde, c'était bien de faire ta connaissance. Il a lutté pour cela. Mais je suppose que Dieu avait d'autres plans pour papa...

Janie frotta une nouvelle fois son nez contre le peignoir d'Eliza.

— Quels types de plans ? demanda-t-elle en reniflant.

— Je ne suis pas sûre d'avoir la réponse, chérie. Je lui poserai la question la prochaine fois que je le rencontrerai... Mais je suis en revanche certaine qu'il voulait que papa et moi nous rencontrions pour que tu puisses venir au monde. Tu es du reste la plus belle réussite que papa ait accomplie sur terre, j'en suis certaine.

— C'est vrai ? lui demanda la fillette, qui buvait ses paroles.

— Oh, oui ! lui répondit Eliza en l'embrassant sur le front. L'une des dernières paroles que papa m'a dites c'est qu'il partait heureux puisque tu allais bientôt naître, et qu'ainsi son passage n'aurait pas été vain. Qu'il aurait apporté au monde une formidable contribution...

— C'est quoi une contribution ? demanda la fillette.

— Un don. Quand tu contribues, c'est que tu donnes, que tu offres.

— Comme un cadeau, alors ?

— Exactement ! s'exclama Eliza. Tu es le cadeau que papa a laissé avant de partir.

La fillette lui sourit puis se mit à manger ses céréales, comme si rien n'était survenu. En la regardant, Eliza espéra avoir trouvé les mots justes pour la rassurer. Même si elle savait que le sujet reviendrait bientôt.

42

À l'endroit, à l'envers, à l'endroit…

L'aiguille d'Ursula s'agitait sur le canevas qu'elle venait de commencer. Un à un, les trous se remplissaient de laine jaune tandis qu'elle essayait de se concentrer sur son ouvrage. D'ordinaire, quand elle s'adonnait à la broderie, elle ne pensait à rien. C'était à la fois sa passion et le meilleur moyen qu'elle avait trouvé pour oublier les tracas du quotidien.

Mais, ce matin, même la broderie ne parvenait pas à lui ôter ses idées noires. Après ce qui s'était produit ce week-end, elle s'était sentie obligée de regarder l'émission d'information matinale de Key News. Et, forcément, tous ces commentaires sur la mort de Constance et l'autopsie qui serait bientôt pratiquée la perturbèrent. Tellement qu'elle manqua un point. Elle répara son erreur en écoutant Lauren Adams spéculer sur les causes de la mort de sa consœur. L'estomac d'Ursula se noua un peu plus à chaque mot.

Ursula posa ensuite son aiguille et observa sa broderie qui prenait forme. Elle avait conçu cette œuvre comme un hommage à Constance. Et, si jamais il devait lui arriver un malheur, cela pourrait sans doute aider la police à élucider le meurtre de Constance…

Les premières strophes du poème apparaissaient en élégantes lettres anglaises noires sur fond jaune.

> *La jeune femme*
> *Au charme d'étoile,*
> *Déterminée et si sûre,*
> *Adulée, lumineuse*

Ursula savait que son devoir était d'aller trouver les autorités pour leur dire ce qu'elle avait vu. Mais elle ne pouvait s'y résoudre, du moins pas maintenant. Elle espérait que la police arrêterait rapidement l'assassin. Elle ne voulait pas finir comme sa sœur, une citoyenne irréprochable qui, parce qu'elle avait été le témoin d'un crime, reposait désormais au cimetière.

43

Dès que les enfants furent partis à l'école, Annabelle se précipita sous la douche. Puis elle se maquilla devant la glace de sa salle de bains tout en écoutant Key News, dont elle avait poussé le volume dans la chambre.

En un week-end, tout avait basculé, pensa-t-elle en s'appliquant du mascara. Vendredi, Constance Young faisait ses adieux à Key News et il était prévu qu'Annabelle soit là à l'aube lundi matin pour participer à la première de Lauren Adams. Trois jours plus tard, Constance était morte et Annabelle ne travaillait plus pour « Key to America ».

Annabelle retourna dans sa chambre et baissa le son du téléviseur. Tout en s'habillant, elle se fit la réflexion qu'on en faisait beaucoup trop autour de la mort de Constance. Certes, le décès d'une journaliste captivait forcément les médias, et sans doute le public, mais il y avait bien d'autres nouvelles dans le monde qui auraient mérité qu'on s'y arrête.

Après avoir changé de chaîne, Annabelle ne fut pas surprise de constater que « Daybreak » s'intéressait également au décès de Constance. Un homme qu'elle reconnut aussitôt était l'invité de l'émission : Jason Vaughan, qui venait faire la promotion de son livre *Ne jamais regarder en arrière*, que le présentateur tenait à la main.

Il y a deux ans, cet homme avait fait la une de l'actualité. Annabelle avait effectivement entendu dire qu'il préparait un livre vengeur sur les médias, dénonçant la manière dont ils étaient capables de monter quelqu'un au pinacle, puis de l'abandonner, dès qu'une information en chassait une autre, sans se préoccuper des éventuels dégâts que cela avait pu provoquer dans sa vie – d'où le titre de son ouvrage. Elle avait également entendu dire que Jason Vaughan n'y brossait pas de Constance un portrait flatteur.

Quand Constance avait interviewé Jason Vaughan, ce dernier passait aux yeux de tous pour un héros. Il avait prétendument sauvé plusieurs personnes d'un immeuble en feu. Mais, au fur et à mesure de l'entretien, il avait peu à peu perdu de sa superbe. Il avait commencé à bafouiller, puis à se contredire, pour finalement apparaître aux yeux de tous comme un imposteur, un affabulateur. Peu après, les victimes avaient avoué qu'elles n'étaient pas certaines que ce fût Vaughan qui les ait extraites du sinistres. Elles ne se rappelaient pas le visage de leur sauveur, il y avait ces flammes, cette fumée... Et, bien vite, tous les autres médias s'étaient engouffrés dans la brèche. Du jour au lendemain, Vaughan était passé du statut de héros à celui de paria.

— Et pourtant je maintiens que j'ai bien sauvé ces personnes de la mort, affirma-t-il au présentateur de « Daybreak ». Mais, après cet entretien avec Constance Young, plus personne n'a voulu me croire. Tout s'est enchaîné. J'ai d'abord perdu mon emploi à Wall Street. Mes clients n'avaient plus confiance en moi. C'est ensuite ma femme qui est partie. Et, après, c'est l'engrenage, j'ai été obligé d'emménager dans un taudis...

— Et quelles sont désormais vos perspectives ? lui demanda le présentateur.

— Eh bien, il y a d'abord ce livre, pour me réhabiliter... Et croyez bien que cela n'a pas été facile. Ensuite...

Annabelle retourna dans la salle de bains pour finir de se préparer. Elle pensait à Jason Vaughan, qui lui avait paru sincère. Ses propos étaient dénués de toute colère et son visage portait le masque de l'honnêteté. Elle fut contente de ne pas avoir à l'époque participé à son interview. Car, s'il disait la vérité, sa vie avait alors été véritablement ruinée par les médias. Par Constance...

En enfilant ses chaussures, Annabelle se souvint que la chroniqueuse livres de Key News avait dit, au cours d'une conférence de rédaction, que Vaughan avait dû se battre pour trouver un éditeur. Que les plus grands avaient décliné. Mais, en fin de compte, la sortie de son livre ne pouvait pas mieux tomber. La mort de Constance lui assurait une belle publicité…

44

Un peu avant la fin de « Key to America », Harry Granger prit la parole dans le studio.

— Une grande partie de l'émission a été consacrée à la disparition de notre regrettée consœur, que vous étiez nombreux à suivre fidèlement chaque matin. Son départ était certes prévu, mais nous n'imaginions évidemment pas une telle issue. Nous sommes tous encore sous le choc. Vous saviez déjà que Lauren Adams, dont c'était la grande première aujourd'hui, remplacerait Constance. Lauren vous est déjà familière. Elle vous a présenté au cours des dernières années de nombreux sujets sur la mode et la décoration, mais nous nous sommes dit que vous aimeriez sans doute connaître un peu mieux celle qui va désormais vous accompagner chaque matin…

Harry disparut de l'écran, laissant la place à une petite fille juchée sur un poney.

— Lauren Adams est née à Frankfort, dans le Kentucky, d'une mère au foyer et d'un père éleveur de chevaux travaillant dans l'un des plus grands haras de la région de Blue Grass. Raison pour laquelle, avant même de savoir marcher, Lauren savait déjà tenir en selle.

Suivit une interview de Lauren, récemment enregistrée.

— Je me souviens que j'attendais chaque après-midi la fin des cours avec impatience. Je filais ensuite rejoindre mon père. Je le suivais partout. J'adorais l'observer s'occuper des chevaux. J'aimais les nourrir, les caresser, je leur parlais. Même nettoyer les écuries me plaisait. J'avais une véritable passion pour ces animaux, et je l'ai toujours.

L'image suivante la montrait à cheval, vêtue d'une tenue de cavalière, bombe sur la tête, franchissant un obstacle. Puis elle apparut radieuse, couronnée d'une tiare étincelante, un énorme bouquet de roses dans les bras.

— Lauren, poursuivit Harry, a remporté de nombreux concours hippiques. Elle a aussi été élue Miss Kentucky peu avant de faire son entrée à l'université d'État, où elle a suivi de brillantes études de journalisme et de communication.

Puis défilèrent plusieurs extraits de reportages et d'interviews couvrant sa carrière jusqu'à ce jour.

Quand la caméra revint au direct, Lauren et Harry étaient tous deux assis dans un canapé du studio de « Key to America ».

— Waouh ! Miss Kentucky ! J'ignorais. Mes félicitations, lui lança Harry, goguenard.

— Moquez-vous, Harry ! lui répondit-elle sur le ton de la plaisanterie. Mais ne dénigrez pas ces concours de beauté. Peut-être ignorez-vous également que nombre de mes consœurs ont vu leur carrière influencée grâce à leur participation à l'une ou l'autre de ces compétitions. Comme vous le savez, Constance avait été élue Miss Virginie, Diane Sawyer avait remporté le titre junior de Miss Amérique. Mais il ne faut pas oublier Deborah Norville, qui a longtemps officié sur CBS, Paula Zahn, de CNN, qui ont elles aussi concouru à des prix, et surtout Gretchen Carlson, de Fox TV, qui a été Miss Amérique. Même Oprah Winfrey a gagné un concours de beauté, à Nashville, en 1973.

— Arrêtez, c'est bon, n'en jetez plus, l'interrompit Harry, hilare.

— Continuez à vous gausser, si cela vous amuse, Harry. Mais croyez-moi, et je redeviens sérieuse un instant, cette compétition a été pour moi riche d'enseignements. Jamais je n'ai plus appris qu'au cours de ce concours.

45

Il était encore tôt mais les bouquets de fleurs arrivaient nombreux, obligeant Boyd Irons à d'incessants allers-retours entre la réception de Key News et le bureau de Lauren. Tous étaient accompagnés d'un mot d'encouragement ou de félicitations à l'intention de la journaliste.

Boyd disposa les bouquets dans le bureau de Lauren de manière élégante. Il alluma ensuite l'ordinateur de la jeune femme et les nombreux écrans de télévision accrochés à un mur, cette dernière étant particulièrement attentive à ce que proposait la concurrence. Il déposa ensuite une pile de journaux et de magazines sur le bureau et jeta un dernier coup d'œil pour s'assurer que tout était en ordre. Il s'apprêtait à quitter la pièce quand il se figea après avoir reconnu un visage familier sur l'un des écrans.

Aussitôt, son estomac se noua. Boyd s'assit sur le canapé et prit la télécommande pour augmenter le volume. Jason Vaughan était interviewé pour la sortie de son livre, *Ne jamais regarder en arrière*, dont la couverture apparaissait en incrustation derrière lui et le présentateur. Plus Jason Vaughan parlait, plus Boyd devenait inquiet. Quelques mois auparavant, Jason avait accepté de rencontrer cet homme aigri. À cette époque, Boyd était lui-même remonté contre Constance, dont il ne supportait plus le comportement hautain et irrespectueux.

Bien que Vaughan lui ait promis de ne jamais révéler ses sources, Boyd s'était dit qu'il commettait sans doute une erreur en répondant sans retenue à ses questions pernicieuses. Aujourd'hui, il en était convaincu. Il avait fait une grosse erreur. Même si Vaughan tenait parole et ne le citait pas, il était fort probable qu'en lisant entre les lignes on devine que certaines indiscrétions ne pouvaient venir que de lui. Et si l'autopsie de Constance révélait qu'il ne s'agissait pas d'un accident, mais d'un acte criminel, quiconque ayant tenu de tels propos désobligeants à son égard ferait aussitôt partie des suspects.

46

Eliza ne savait pas combien de temps Lauren resterait à Key News après l'émission, mais elle ne voulait la manquer sous aucun prétexte. Aussi, à peine sur place, prit-elle l'ascenseur en direction du septième étage.

La porte du bureau de Lauren était fermée, mais Boyd Irons décrocha aussitôt son téléphone pour la prévenir de sa visite. Linus Nazareth ouvrit quasi instantanément.

— Eliza! s'exclama-t-il. Que nous vaut l'honneur de ta présence?

— Je tenais à féliciter Lauren d'avoir survécu à sa première, répondit-elle en entrant dans le bureau.

— Oh, merci! Comme c'est gentil de ta part. Et merci aussi pour ton bouquet. Ces roses blanches sont magnifiques.

— Mais, dis-moi, on est dans un bureau ou chez un fleuriste?

— Oui, tout le monde s'est montré très attentionné, sourit Lauren.

— Ou très intéressé! intervint Linus. Désormais, tout le monde sait que Lauren va régner sans partage sur les matinales.

Les deux femmes se regardèrent sans dire mot.

— D'accord, j'ai peut-être manqué de tact vu les circonstances actuelles. Mais, si l'on s'en tient aux faits, la mort de Constance a créé un vide. Et c'est Lauren qui va le combler, dit-il, confiant. On va faire un tabac auprès des auditeurs. Bon, je vous laisse entre vous.

— Linus ne vit que pour « Key to America », dit Eliza une fois qu'il se fut éloigné. Je suis certaine que la première chose à laquelle il pense le matin en se réveillant, c'est aux courbes d'audience. Je suis sûre qu'avant de s'endormir il songe encore à « Key to America ». Et sans doute rêve-t-il aussi de « Key to America ».

— Ça, je peux te le confirmer ! Mais je ne sais pas ce que j'aurais fait sans lui. Il m'a vraiment toujours poussée à donner le meilleur de moi-même. Je ne sais pas où j'en serais aujourd'hui si je ne l'avais pas rencontré.

Eliza observa sa consœur qui s'asseyait derrière son bureau.

— Quelle pression de présenter une émission comme celle-là, hein ?

— Oh, oui ! lui répondit Lauren en l'invitant à s'asseoir en face d'elle. Et tu es bien placée pour en parler. Mais je ne suis pas certaine, en revanche, que les téléspectateurs aient conscience du travail que représentent ces deux heures d'antenne. Le temps qu'il faut pour préparer les sujets, les interviews qu'il faut nous-même accepter pour assurer notre propre promotion et celle de l'émission, les heures passées à se faire coiffer et maquiller, à essayer de nouvelles tenues. On est en permanence observé et on sait que rien ne nous sera pardonné, qu'il s'agisse d'un bégaiement ou d'une mèche rebelle… Je crois que je n'avais pas conscience, avant d'être nommée en remplacement de Constance, de l'importance de préserver sa vie privée.

— Je suis bien d'accord avec toi, acquiesça Eliza. Mais n'oublie pas non plus quelle chance nous avons, et qu'ils sont nombreux ceux qui attendent la première occasion pour prendre notre place... Mais tu as aussi raison quand tu dis qu'il est primordial de s'accorder des moments de décompression, rien qu'à soi ou à ceux qu'on aime.

— Heureusement que j'ai le cheval! s'exclama Lauren en jetant son chewing-gum. Petite fille, j'en oubliais le temps. Et aujourd'hui encore, rien de mieux qu'une promenade pour tout oublier et vraiment me ressourcer.

— Est-ce que tu possèdes un cheval? lui demanda Eliza.

— Oui, mais c'est récent. Avant, j'allais au club hippique de Claremont. C'est après avoir signé mon contrat que j'ai pu m'offrir mon propre étalon. Il est dans un haras situé au nord de New York. J'y étais samedi, et c'est d'ailleurs la raison pour laquelle j'ai pu me rendre si vite chez Constance.

— À propos de samedi, enchaîna Eliza en profitant de l'occasion. Je voulais que tu saches que je suis absolument désolée de la manière dont s'est déroulé notre direct au cours de « Key Evening Headlines ». J'ignorais que tu n'avais pas été prévenue pour l'amulette à la licorne. Et, crois-moi, je n'avais nullement l'intention de te piéger ou de te ridiculiser.

— Je le sais, Eliza. Et je sais aussi que je n'ai à m'en prendre qu'à moi-même. Après l'émission, j'étais dans une telle rage, je l'avoue, que j'ai insisté auprès de Linus pour qu'il passe un savon à Annabelle et à B.J. Maintenant, avec le recul, je comprends que c'est à cause de mon comportement que B.J. a décidé de se confier à toi plutôt qu'à moi. Du coup, « Key to America » a perdu deux très bons éléments, et c'est toi qui les as récupérés. Mais, comme on dit, le malheur des uns fait le bonheur des autres…

47

Paige attendait l'arrivée d'Eliza avec impatience.

— Les Cloisters viennent d'appeler, dit-elle tout excitée dès que la journaliste fit son apparition. Ils veulent que tu présides le vernissage de mercredi soir. Il y aura surtout des huiles, même si quelques tickets ont été vendus au public. Normalement, c'est Constance qui aurait dû ouvrir l'exposition, mais…

— Eh bien, je ne sais que répondre… Je ne connais rien au Moyen Âge, ajouta Eliza, pas franchement séduite par la proposition.

— Ce n'est pas un problème, lui répondit Paige. Ils peuvent rapidement envoyer toute la documentation nécessaire. Et puis, tu t'en doutes, ils ne sont pas à la recherche d'une spécialiste, mais d'une personnalité séduisante.

— Réponds-leur que je suis flattée, mais que j'ai un autre engagement, que je ne peux absolument pas me décommander. Ne le leur dis pas mais, entre nous, je n'ai aucune envie de me rendre à ce pince-fesses où je ne connaîtrais personne.

— Oh, comme elle va être déçue. La pauvre femme a déjà perdu son maître de cérémonie, le clou de son exposition a disparu, et voilà que maintenant tu déclines sa proposition.

— Tu veux dire que c'est Rowena Quincy qui a appelé en personne ?

— Oui, c'est bien elle.

— Rappelle-la et glisse-lui le nom de Lauren. Je suis sûre qu'elle accepterait.

— Je le lui ai déjà proposé, mais elle m'a répondu que Lauren Adams n'était pas assez connue...

— Voilà qui lui ferait plaisir !

Eliza réfléchit quelques instants avant de reprendre :

— Paige, téléphone à Rowena. Dis-lui que je suis d'accord et demande-lui de me faire porter la documentation par coursier. Après tout, ils attendaient Constance, Key News peut bien leur rendre ce service...

48

Annabelle entra dans le bureau d'Eliza et lui tendit un rapport.

— Je suis certaine que cela va t'intéresser.

Eliza prit le document et commença à lire les premières lignes de l'autopsie.

— La mort de Constance serait due à un arrêt cardiaque ? dit-elle en regardant Annabelle. Encore moins concevable qu'une noyade ! Constance était dans une forme physique éblouissante.

— Attends, lis la suite, lui conseilla Annabelle.

On avait retrouvé des traces d'alcool, mais en faible quantité. Sa peau était distendue et ridée, conséquence du séjour prolongé qu'elle avait passé dans l'eau. En revanche, aucune ecchymose ni marques sur son corps. Plus étrange, ni son estomac ni ses poumons n'étaient gorgés d'eau. Le rapport révélait une hémorragie de l'oreille interne, similaire à celle que l'on constatait après un traumatisme crânien ou une électrocution.

Le médecin légiste, s'appuyant sur le rapport de police, qui signalait que les plombs alimentant les lumières de la piscine et le chauffage de cette dernière avaient sauté, optait pour une mort par électrocution.

Eliza avait entendu dire que les personnes électrocutées mouraient effectivement d'arrêt cardiaque. Dans le cas de Constance, restait maintenant à déterminer si l'électrocution était accidentelle ou non.

*

Alors qu'Annabelle s'apprêtait à quitter le bureau d'Eliza, Boyd Irons fit irruption.

— La sœur de Constance vient de m'appeler. Les funérailles auront lieu demain à 11 heures.

— Si tôt ? L'autopsie vient à peine d'être pratiquée ! s'exclama Eliza.

— Faith Hansen m'a dit qu'elle voulait que tout aille rapidement, pour tourner la page au plus vite. C'est pourquoi je n'arrête pas de passer des coups de fil et de faire le tour des bureaux pour prévenir tout le monde.

— Et que te répond-on pour le moment ? Les gens vont venir ?

— Je ne sais pas encore, beaucoup réservent leur réponse. Mais je pense que oui, il y aura du monde. En tout cas, les médias seront présents. Je sais que le service info croule sous les demandes. Toutes les chaînes de télé, les magazines people, et jusqu'au moindre quotidien national, tous veulent savoir où et quand aura lieu la cérémonie.

— Un véritable événement que cette cérémonie, remarqua Annabelle. Mais, après tout, Constance était une personnalité publique. Et les médias savent ce qui fait vendre…

— Les caméras seront-elles autorisées à filmer la cérémonie ? demanda Eliza.

— Non, Faith s'y refuse. Mais elles seront toutes dehors.

— Voilà qui aurait plu à Constance, conclut Annabelle.

*

Après le départ d'Annabelle et de Boyd, Eliza demanda à son assistante de commander une couronne pour la cérémonie et de faire porter un bouquet chez la sœur de Constance, dans le New Jersey.

— Appelle Boyd, il te donnera les adresses. Ensuite, mets-moi en relation avec Margo Gonzalez, s'il te plaît.

Dix minutes plus tard, Paige lui passa la consultante de Key News.

— Margo, comment vas-tu ?

— Bien, Eliza, je te remercie. Figure-toi que je viens juste d'être conviée aux funérailles de Constance.

— Et tu comptes t'y rendre ?

— Si je parviens à décaler un rendez-vous, je pense que oui. Même si je dois t'avouer que j'ai été un peu surprise de l'invitation. Je suis relativement nouvelle à Key News et je ne connaissais pas Constance comme vous autres. En fait, mais cela reste entre nous, j'avais même l'impression qu'elle me snobait, ou me prenait de haut.

— Entre nous également, lui confia Eliza, je suis à peu près certaine que tout le monde à Key News a été convié à la cérémonie.

— Tu veux dire que sinon l'église aurait été vide? rétorqua Margo en éclatant de rire.

— Je pense qu'on peut le formuler ainsi, lui répondit Eliza. Mais, bon, ce n'est pas pour cela que je voulais te parler...

— Et qu'avais-tu à me dire, Eliza?

— C'est au sujet de ma fille.

Eliza lui raconta alors la conversation qu'elle avait eue ce matin avec Janie. Elle lui fit part des peurs exprimées par la fillette, et de sa crainte de n'avoir su lui apporter les bonnes réponses.

— À mon avis, tu t'en es très bien sortie, lui répondit la psychiatre.

— Je l'espère aussi. Mais, avec les enfants, il est toujours difficile de savoir ce qu'ils pensent vraiment...

— Écoute, Eliza. D'après mon expérience, et d'après ce que montrent également plusieurs études récentes, les enfants n'ont pas besoin d'avoir leurs deux parents pour se montrer émotionnellement stables. Et les parents n'ont pas l'obligation de se montrer toujours parfaits... Personne n'est parfait.

— À qui le dis-tu ! ponctua Eliza.

— Le plus important est que les enfants sentent qu'ils sont aimés, poursuivit Margo. Là est le terreau essentiel pour qu'ils s'épanouissent. Et, d'après ce que tu m'as raconté, d'après ce que je sais, Janie ne manque pas d'amour. Elle se sent aimée et en sécurité auprès de toi. Que demander de plus ?

— Oh, merci, Margo ! Tu ne peux pas savoir à quel point tes paroles me font du bien. Quel réconfort de t'entendre dire ça !

— Je t'en prie, lui répondit-elle. Et n'hésite surtout pas à m'appeler si tu as d'autres questions à me poser. Je sais qu'il n'est pas facile d'élever seule une enfant.

49

Le danois était allongé sur la table de travail. Avant de commencer son autopsie, le vétérinaire balaya le corps du chien avec un scanner portatif. Derrière l'une des oreilles de l'animal, il détecta la présence d'un objet métallique de la taille d'un grain de riz. À l'aide d'un scalpel, il pratiqua une légère incision et le retira avec une pince à épiler.

Le propriétaire de l'animal devait tenir à son chien pour lui avoir fait implanter une micropuce électronique permettant de le localiser en cas de perte ou de vol. Étrange donc, pensa le vétérinaire, qu'un danois de cette valeur ait fini sa vie chez Constance Young. Étrange, également, que le propriétaire ne se soit pas fait connaître. Quoi qu'il en soit, les informations contenues dans la puce permettraient de le retrouver rapidement.

Le vétérinaire la déposa dans un petit sac en plastique et commença l'autopsie.

50

La police appela l'ex-assistant de Constance Young pour savoir si cette dernière comptait un certain Welles au nombre de ses connaissances. Boyd vérifia dans le carnet d'adresses de l'ordinateur de Constance et dans deux calepins où la journaliste notait les coordonnées de ses contacts.

— J'ai bien un Alexander Wells, au 79 Gleason Court, à Westwood, dans le New Jersey, proposa Boyd.

— Comment s'épelle le nom ? lui demanda l'inspecteur.

— W-E-L-L-S.

— Fausse piste alors, nous cherchons un Welles, avec un *e*. Graham P. Welles, dont la dernière adresse connue était le 527, 37ᵉ Rue Est, à Manhattan. Tant pis, on va aller voir ailleurs.

— Puis-je vous demander pourquoi vous le recherchez ? demanda Boyd tout en notant l'adresse que venait de lui communiquer le policier.

— C'est le propriétaire du chien retrouvé mort dans le jardin de Constance Young, lui répondit ce dernier. Mais il n'habite plus à l'adresse que nous avons dans nos registres. On a bien d'autres moyens de le retrouver, mais je voulais d'abord vérifier auprès de vous, au cas où vous auriez eu une adresse et un numéro de téléphone.

— Je suis navré, inspecteur, lui répondit Boyd. J'aurais aimé pouvoir vous être utile.

Boyd raccrocha et se demanda s'il devait aller trouver Linus ou quelqu'un de « Key to America » pour raconter ce qu'il venait d'apprendre. Mais Boyd n'était pas certain que Linus n'utiliserait pas l'information d'une manière qui le mettrait ensuite en porte-à-faux avec les autorités. Et puis, pensa Boyd, le prochain magazine d'information à être diffusé sur Key News serait « Key Evening Headlines ». Il lui sembla normal que toute information nouvelle leur soit communiquée en priorité. D'autant qu'il sentait qu'il pouvait davantage faire confiance à Eliza Blake. En cas de coup dur, elle ne divulguerait pas sa source.

*

— Déjà de retour ? demanda Eliza à Boyd en le voyant entrer dans son bureau.

Boyd lui résuma sa conversation avec l'inspecteur et lui tendit la feuille sur laquelle il avait noté le nom et l'ancienne adresse du propriétaire du chien.

— Merci pour le tuyau, Boyd. Je vais demander à Annabelle de se mettre en chasse. C'est vraiment sympa de ta part.

— Oh, c'est normal, Eliza, lui répondit-il. Mais j'espère que le fait de t'en avoir parlé ne m'occasionnera pas de problèmes…

— Tu veux dire avec la police?

— La police ou Linus. En fait, je ne sais qui des deux je redoute le plus...

51

— Allô, monsieur Welles?

— Oui.

— Monsieur Graham Welles?

— Oui, c'est bien moi.

Annabelle serra le poing en signe de victoire.

— Avez-vous jamais eu un danois?

— Qui est à l'appareil? lui demanda son interlocuteur, visiblement surpris par la question.

— Pardon, je ne me suis pas présentée. Annabelle Murphy, de Key News, à New York. Et, si je ne me trompe pas, vous-même viviez il y a peu encore à Manhattan...

— Pour quelle émission travaillez-vous?

— Je suis productrice pour « Key to A... », pour « Key Evening Headlines », se reprit-elle.

— Oh, je suis un fan d'Eliza Blake, s'exclama Graham Welles. Je la regarde tous les soirs.

— Je suis sûre qu'elle sera enchantée de l'apprendre.

— Dites-moi, enchaîna Graham. Ça doit être agité chez vous, en ce moment...

— Hélas, oui.

— Mourir si jeune, dit-il à haute voix, comme pour lui-même. C'est terrible... Sait-on à présent ce qui lui est arrivé?

— Non, toujours pas, mais ça ne saurait tarder, répondit patiemment Annabelle afin de créer le contact avec cet homme distant de plusieurs milliers de kilomètres.

— J'appréciais également beaucoup Constance Young. Pour tout vous dire, je m'apprêtais même à suivre « Daybreak » pour lui être fidèle. Mais je pense qu'à présent je vais continuer à regarder « Key to America ». Même si l'émission ne sera plus comme avant…

— C'est gentil, monsieur Welles, le coupa Annabelle. En fait, je vous appelais parce que vous allez peut-être pouvoir nous aider à élucider la mort de Constance Young.

— Moi !? Mais comment cela ? C'est incroyable !

Annabelle serra de nouveau le poing. Il était évident qu'elle avait devancé la police. Grâce aux moyens d'investigation exceptionnels de Key News, elle avait retrouvé le propriétaire du danois avant les autorités.

— Un chien a été retrouvé dans le jardin de la résidence secondaire de Constance Young. Et ce chien vous appartenait…

— Marco ?

— Un danois noir ?

— Oui, c'est bien cela. Mais que faisait-il là ? Se pourrait-il que Constance Young l'ait adopté ?

— Que voulez-vous dire ?

— Avant de déménager pour la côte Ouest, j'ai essayé de trouver un nouveau foyer pour Marco. J'ai voulu le donner à des amis, à des membres de ma famille, à des voisins… J'ai passé des petites annonces. Personne n'en a voulu. En désespoir de cause, j'ai été obligé de le confier à un refuge canin, en espérant que quelqu'un l'adopterait rapidement. Et ce quelqu'un, vous me dites que c'est Constance Young. C'est incroyable !

— Pouvez-vous me donner le nom du chenil auquel vous aviez confié Marco, monsieur Welles ?

Annabelle nota le nom et l'adresse sur son calepin.

— Mais, maintenant que Constance Young est morte, que va-t-il devenir ? reprit Graham.

Et mince ! se dit Annabelle. Graham Welles était au courant du décès de Constance. Il avait suivi les informations du week-end, mais visiblement il n'avait pas encore fait le rapprochement avec Marco. Et c'est elle qui allait devoir lui annoncer la triste nouvelle. Elle aurait très bien pu lui mentir ou laisser la police s'en charger, mais elle prit son courage à deux mains.

— En fait, je suis vraiment désolée de vous l'apprendre, mais il est mort, lui aussi. Vous avez peut-être entendu parler d'un chien retrouvé sur la propriété de Constance, la veille de son accident ? Eh bien, il s'agissait de Marco…

— Oh, mon Dieu ! Comment est-ce possible ?

Annabelle lui raconta le peu qu'elle savait, lui épargnant cependant que le chien avait été abandonné dans une décharge publique. Graham Welles l'assaillit ensuite de questions auxquelles elle ne put répondre.

— Encore une fois, monsieur Welles, je suis vraiment navrée pour Marco. Mais je vous remercie de m'avoir indiqué les coordonnées du refuge. Je vais appeler pour savoir qui a adopté Marco.

— Parce que, d'après vous, il ne s'agissait pas de Constance Young ?

— Je ne suis sûre de rien, mais je pense que, si Constance avait adopté un chien, son assistant l'aurait su.

— Donc, si je vous suis bien, quelqu'un d'autre serait venu chercher Marco et l'aurait amené chez Constance Young ? Et ce même quelqu'un aurait ensuite tué Marco sur place ?

— Cela semble inconcevable, mais c'est une hypothèse, en effet. Nous allons vérifier, monsieur Welles. Au fait, enchaîna Annabelle qui s'apprêtait à raccrocher, verriez-vous un inconvénient à être interviewé ? Je peux très bien envoyer une équipe de notre bureau de Los Angeles vous poser quelques questions, et vous passeriez dans l'émission de ce soir.

— Je ne sais pas trop, hésita Graham. Je n'en vois pas trop l'intérêt…

— Pour nous aider à connaître le sort subi par Marco, lui répondit Annabelle. Peut-être qu'un téléspectateur a été témoin d'un détail qui lui a semblé sans importance sur le moment. En vous voyant, il sera sans doute incité à venir en parler, ce qui fera avancer l'enquête…

— Alors, c'est d'accord.

52

— Vous n'allez pas me croire, c'est tout bonnement incroyable ! s'exclama Annabelle en entrant dans l'aquarium, où une grande partie de l'équipe de « Key Evening Headlines » était réunie pour préparer l'émission du soir.

— Et si tu nous disais ce que tu as appris d'incroyable, lui lança Range Bullock, le producteur exécutif de l'émission.

— Je viens d'appeler le refuge canin d'où provenait le danois trouvé chez Constance. Eh bien, figurez-vous qu'un de leurs employés a été retrouvé mort ce matin. Assassiné…

Range émit un sifflement.

— Il faut envoyer du monde sur place. On filme et on trouve quelqu'un qui accepte de nous parler. Si possible la personne qui a découvert le corps, ajouta Range.

— C'est comme si c'était fait, lui répondit Annabelle. B.J. est en train de charger son matériel.

— Je viens avec vous ! s'exclama Eliza.

*

Un cordon de sécurité de la police barrait l'entrée du chenil. B.J. se faufila sous la bandelette de plastique jaune et se dirigea vers la porte. Comme celle-ci était ouverte, Eliza et Annabelle vinrent le rejoindre.

À l'intérieur, ils aperçurent un grand nombre de cages, mais aucun signe d'une quelconque présence policière. Eliza se dirigea vers le comptoir et se présenta.

— Je sais qui vous êtes, lui répondit la femme entre deux âges. Décidément, c'est vraiment pas une journée comme les autres…

— Et voici Annabelle Murphy, notre productrice, B.J. D'Elia, notre cameraman, poursuivit Eliza. Pouvez-vous nous dire ce qui est arrivé ?

— Maintenant que la police est partie, je suppose que oui, répondit la responsable du refuge. Pour eux, il s'agit du crime d'un rôdeur, comme il y en a si souvent à New York. Mais pourquoi Vinny, c'était le garçon le plus gentil qui soit ? s'interrogea la femme, dont les yeux s'embuèrent.

— Accepteriez-vous de répondre à mes questions devant cette caméra ? lui demanda Eliza.

— Oui, bien sûr.

— Peut-être pourrions-nous nous rapprocher des cages ? suggéra B.J. après avoir jeté un coup d'œil d'ensemble. Ce serait bien d'avoir tous ces chiens en arrière-plan.

Ils se dirigèrent vers le fond du hangar. B.J. équipa la responsable du refuge et Eliza d'un micro, effectua quelques réglages de prise de vues, et l'interview put débuter.

— Commençons par le début, attaqua Eliza. Que pouvez-vous nous raconter ?

— Eh bien, voilà. Quand je suis entrée ce matin, j'ai tout de suite senti que l'atmosphère était étrange. Les chiens étaient particulièrement agités, ils m'observaient et n'arrêtaient pas d'aboyer, comme s'ils cherchaient à me prévenir d'un danger.

Eliza l'encouragea du regard, et la femme poursuivit.

— J'ai alors posé mes affaires sur le comptoir et je suis allée voir ce qui se passait. J'allais de cage en cage pour leur demander de se calmer, pour essayer de les apaiser. Vous voyez ?

— Oui, lui répondit Eliza.

— Mais impossible de les faire taire. Certains jappaient même à vous en donner la chair de poule. Pourtant j'ai continué à avancer. Jusqu'à... dit-elle en tendant le bras. Jusqu'au fond de l'entrepôt... Et c'est là que...

— Pouvez-vous nous y mener ?

B.J., caméra à l'épaule, suivit les deux femmes qui se dirigeaient vers l'arrière du bâtiment. Elles s'arrêtèrent devant la cage d'un labrador noir.

— C'est là que je l'ai trouvé, reprit la femme dont la voix se brisa. Vinny était là, allongé sur le sol. J'ai aussitôt su qu'il était mort.

— Et vous avez appelé la police ? la relança Eliza.

— Oui, j'ai composé le 911. Une voiture de patrouille est arrivée, bientôt suivie d'une ambulance. Ils ont emporté le corps et les policiers ont fouillé partout. Regardez le bazar qu'ils ont mis !

— Savez-vous si la police a une idée de la manière dont il a été tué ?

— Oui, répondit-elle en baissant la voix. J'ai surpris une conversation.

— Et selon eux ?

— Ils pensent qu'on lui a fait une injection de pentobarbital de sodium. Nous en gardons toujours en réserve pour les cas malheureux où il nous faut nous séparer d'un animal. D'ailleurs plusieurs doses ont disparu. Pauvre Vinny, poursuivit-elle, un léger sourire éclairant son visage au souvenir du jeune homme. Il n'y avait pas plus gentil que lui. Il avait le cœur sur la main. Et il était si dévoué à la cause animale. Vraiment, il ne méritait pas une fin pareille...

— Je suis vraiment navrée, l'assura Eliza. Soyez certaine que je compatis.

— C'est aimable de votre part, lui répondit-elle en reniflant.

— C'est tout à fait normal, d'autant qu'à Key News nous avons nous aussi eu à déplorer la perte d'une collègue et amie... Vous en avez sans doute entendu parler?

— Oh, que oui! Comment l'ignorer...

— Vous avez peut-être alors appris qu'un chien mort avait également été retrouvé dans le jardin de la résidence secondaire de Constance Young.

— Oui, c'est possible, ça me rappelle vaguement quelque chose. Mais, pour être tout à fait franche, cette histoire ne m'a pas passionnée et je n'ai pas vraiment suivi tout ce qui se disait.

— Eh bien, il se trouve, poursuivit Eliza, que le chien en question, un danois, venait de votre refuge. Nous savons qui l'y a laissé, mais nous aimerions connaître l'identité de la personne qui l'a adopté.

— Mais pourquoi la police ne m'a-t-elle rien dit à ce sujet?

— Sans doute les autorités n'ont-elles pas encore fait le rapprochement, suggéra Eliza.

— Et vous êtes en train de me dire qu'il existe un lien entre la mort de Vinny, celle de Constance Young et celle de ce danois?

— C'est ce que nous essayons d'établir, oui. Et vous pouvez nous aider. Pouvons-nous consulter vos registres?

— Venez dans mon bureau, leur dit-elle.

La directrice du chenil alluma son ordinateur et pressa rapidement quelques touches.

— Marco, c'est bien cela, dit-elle après avoir pianoté quelques instants. Je m'en souviens à présent. Son maître s'appelait Graham Welles. Il était désolé de n'avoir d'autre solution que de nous le laisser. Quant à la personne qui l'a adopté, il s'agit de Ryan Banford, dit-elle en pointant du doigt l'écran. Et voici son adresse.

*

En regagnant le siège de Key News, Annabelle, Eliza et B.J. discutaient des derniers rebondissements de l'affaire.

— On parie qu'il n'y a pas de Ryan Bradford à l'adresse qu'elle nous a donnée ? suggéra B.J.

— Sans moi, lui répondit Annabelle. Mais ce qui est certain, c'est que la police n'a pas encore établi le rapprochement entre le danois et ce chenil.

— C'est du bon travail, Annabelle, la félicita Eliza. Espérons qu'ils ne feront pas le lien avant l'émission, ce qui nous laisserait l'exclusivité.

— Et espérons aussi, reprit B.J. en extrayant la camionnette du trafic, que les doses de pentobarbital de sodium qui ont disparu ne seront pas utilisées sur quelqu'un d'autre…

53

Les deux policiers entrèrent dans le hall imposant de la Whitaker Medieval Company. La réceptionniste prévint aussitôt l'assistante personnelle de Stuart Whitaker, qui vint les chercher pour les accompagner dans les étages.

Alors qu'ils suivaient la jeune femme dans un couloir, les inspecteurs purent observer, accrochés aux murs, des tableaux représentant donjons et dragons, des armes d'époque, arbalètes et autres masses hérissées de pointes... Ils s'échangèrent un regard incrédule.

— Entrez, je vous en prie, et prenez place, M. Whitaker sera à vous dans un instant, leur dit-elle avant de les laisser seuls dans la salle de réunion.

La pièce était elle aussi d'inspiration médiévale. Une imposante table ronde trônait en son milieu. Les pieds en pierre sculptés représentaient des gargouilles et des visages humains à l'expression effrayante. Les deux détectives reconnurent une réplique de la célèbre Table ronde du roi Arthur et de ses chevaliers, dont l'originale supposée était exposée en Angleterre, dans le château de Winchester. La table devait peser plusieurs tonnes. Sur le plateau, le nom de chaque chevalier avait été peint devant la place qu'il occupait. Celle du roi Arthur était la plus proche de l'entrée. Aucun des deux policiers n'y prit place.

Ils s'assirent sur l'une des vingt-quatre autres chaises disposées autour de la table et, en attendant l'arrivée de Stuart Whitaker, observèrent la salle de réunion. Dans un coin se dressait une armure de chevalier prêt au combat, une lance serrée dans son gantelet de métal. À l'autre extrémité de la pièce se tenait un siège, qui ressemblait à s'y méprendre à une chaise de torture, entouré d'instruments effrayants.

— Est-ce que tout ça ne te fout pas les jetons ? demanda l'un des inspecteurs à son collègue.

— Y a pas à dire, ce Whitaker est un drôle d'oiseau ! murmura-t-il en observant une nouvelle fois l'étrange décoration de la salle. Et, le pire, c'est qu'il doit y en avoir pour des millions. Si tu veux mon avis, on a fait fausse route, mon pote. Pourquoi ne s'est-on pas lancés dans la production de jeux vidéo autour de toutes ces conneries du Moyen Âge ?

— Sans doute parce qu'on ne sait même pas à quelle époque situer ce foutu Moyen Âge...

— T'as sans doute raison.

La porte de la salle de conférences s'ouvrit, et Stuart Whitaker entra, suivi d'un autre homme.

— Messieurs, leur dit Stuart Whitaker en leur serrant la main, je vous présente Philip Hill, mon avocat.

Ce dernier inclina la tête en guise de salut.

— Vous remarquerez qu'autour d'une telle table personne ne préside. Tout le monde est traité sur un même pied d'égalité. C'est pourquoi le roi Arthur et ses chevaliers tenaient conseil autour d'une table ronde.

— Vraiment ? lança l'un des inspecteurs. On en apprend tous les jours !

— Et si nous en venions directement à l'objet de notre visite, monsieur Whitaker ? suggéra le second.

— Je vous en prie, lui répondit-il en ôtant ses lunettes pour en essuyer les verres à l'aide d'un mouchoir blanc.

— Nous sommes là pour deux raisons. La disparition de l'amulette à la licorne et la mort de Mlle Young.

Stuart rechaussa ses lunettes et attendit que l'inspecteur poursuive.

— Le chef de la sécurité des Cloisters nous a appris que Mlle Young et vous-même aviez effectué une visite privée du musée, au cours de laquelle vous aviez pu admirer l'amulette.

— C'est tout à fait exact, confirma Stuart.

— Très bien, je n'irais alors pas par quatre chemins, monsieur Whitaker. Avez-vous pris cette amulette?

Stuart regarda les deux détectives à tour de rôle, puis son avocat. Ce dernier lui adressa un signe d'assentiment.

— Oui, messieurs, j'ai pris ce bijou. Ou, plus exactement, je l'ai *emprunté*, leur répondit Stuart. J'avais l'intention d'en faire exécuter une copie pour l'offrir à Constance Young. Elle était véritablement tombée en pâmoison devant cette amulette lors de notre visite. Mais je n'ai pas pu attendre et je me suis empressé de lui passer la licorne autour du cou. Je me suis alors dit que personne mieux qu'elle ne pouvait mettre ce bijou en valeur. Et je n'ai pas eu le courage de lui demander de l'enlever. Constance était une véritable reine. Elle méritait ce qu'il y avait de mieux; l'original, pas une vulgaire contrefaçon… Je comprends à présent que j'ai commis une énorme bêtise, conclut-il en baissant la tête.

— Mlle Young savait-elle qu'il s'agissait du véritable bijou, ou pensait-elle que vous lui aviez offert une copie ? lui demanda l'un des deux policiers.

— Au début, elle était persuadée que c'était une réplique. Elle n'a appris la vérité que vendredi.

— Vendredi, le jour de sa mort ?

— Le jour de sa dernière émission sur Key News, oui, le jour ou la veille de sa mort, sans doute. Je ne sais pas exactement quand elle est décédée.

— Donc, vous avez vu Mlle Young vendredi ? enchaîna le second enquêteur.

— Non, je lui ai parlé vendredi matin. Juste après son émission, je l'ai appelée pour lui faire part de ma déception. Elle n'avait pas tenu sa promesse de ne jamais porter l'amulette en public. Et c'est alors que je lui ai révélé qu'il s'agissait de l'original.

— Vous étiez donc en colère contre Mlle Young ? suggéra ce même détective.

— Inspecteur ! intervint Philip Hill. Mon client a dit qu'il était déçu, pas en colère.

Les deux policiers échangèrent un regard entendu.

— Très bien, je reformule. Monsieur Whitaker, étiez-vous en colère contre Constance Young ?

— Stuart, vous n'avez pas à répondre à cette question, l'informa son avocat.

— Ça va aller, Philip, je vous remercie. Non seulement je n'ai rien à cacher, mais je souhaite vraiment en finir au plus vite avec toute cette histoire. J'étais, comme je vous l'ai dit, déçu, reprit-il à l'attention des policiers. Déçu car Constance ne devait porter ce bijou que lorsque nous nous voyions en tête à tête. Mais également inquiet.

— Expliquez-vous.

— J'avais peur que quelqu'un reconnaisse l'amulette et s'aperçoive ensuite qu'elle avait disparu des réserves du musée.

— Et se doute que vous étiez à l'origine de sa disparition…

Stuart posa les coudes sur la table et approuva d'un signe de tête.

— Et quelle a ensuite été la teneur de votre conversation ? lui demanda le second policier.

— Quand je lui ai demandé de me rendre l'amulette, elle a refusé, prétextant que ce bijou lui avait porté bonheur. À l'entendre, il était hors de question qu'elle s'en sépare, soupira Stuart en posant son crâne chauve dans ses mains. Puis elle m'a raccroché au nez.

— Que vous puissiez encourir de graves ennuis à cause d'elle ne semblait donc pas l'émouvoir plus que ça ?

— Je ne sais pas ce qu'elle avait derrière la tête, répondit Stuart. J'aimais sincèrement Constance, et jamais je n'aurais imaginé qu'elle puisse se montrer si cruelle, si inhumaine…

Les policiers scrutèrent avec attention le visage de Stuart Whitaker et ses moindres gestes pour évaluer la sincérité de ses propos. Ils virent un homme bedonnant au teint pâle, l'air fatigué, défait et amer.

— Et c'est tout ? reprit un détective. Vous n'avez pas eu d'autre conversation avec Mlle Young ?

— Non, aucune.

— Vous n'avez pas tenté de récupérer l'amulette ?

Whitaker interrogea son avocat du regard.

— Allez-y, Stuart, dites-leur, l'encouragea-t-il.

— Eh bien, si, poursuivit-il après s'être raclé la gorge. Du moins ai-je essayé. Je me suis rendu au restaurant, le Barbetta, où Key News avait organisé ce déjeuner. J'espérais la voir, la convaincre de revenir sur sa décision.

— Et quelle a été sa réaction ?

— Je ne pourrais vous le dire. Je ne lui ai pas parlé. Je ne l'ai même pas entraperçue. Son assistant craignait que je ne provoque un esclandre et gâche ainsi la fête. Il m'a presque supplié de quitter les lieux.

— Son assistant ? Vous faites allusion à Boyd Irons ?

— Oui, lui-même. Il m'a confié qu'il me comprenait mieux que personne, que Constance l'avait souvent traité comme un moins que rien. Et qu'à cause de cela il m'aiderait à remettre la main sur la licorne.

— Et comment avez-vous accueilli la proposition de M. Irons ?

— Avec gratitude, naturellement. Je lui ai même promis une très substantielle récompense s'il parvenait à obtenir la restitution de ce bijou unique. Mais, entendez-moi bien, cela ne signifie nullement que je l'ai encouragé au crime pour parvenir à ses fins.

Philip Hill intervint de nouveau.

— Inspecteurs, comme vous l'avez dit tout à l'heure en préambule, vous enquêtez sur deux affaires distinctes, récapitula l'avocat. La disparition de l'amulette à la licorne et la mort de Mlle Young. Concernant le premier point, mon client a reconnu qu'il avait agi de manière irréfléchie en empruntant cette pièce. De son côté, la direction des Cloisters, avec qui je me suis entretenu ce matin à la première heure, est persuadée que toute cette histoire repose sur un regrettable malentendu. La direction du musée, dont M. Whitaker est l'un des plus anciens et plus généreux donateurs, ne doute pas un seul instant que son intention était de restituer l'amulette. Il m'a donc été confirmé qu'aucune action en justice ne serait intentée contre mon client – qui s'est du reste personnellement engagé à dédommager le musée au cas où la licorne ne serait malheureusement pas retrouvée.

Les deux policiers échangèrent un nouveau regard entendu. Comme il était bon de disposer d'un compte en banque rempli de millions...

— Second point, poursuivit l'avocat, la mort de Mlle Constance Young. Mon client ne sait absolument rien de cette horrible tragédie. Comme il vous l'a dit, il n'a pas rencontré Mlle Young vendredi midi. Il ne l'a pas non plus vue après.

L'avocat se leva de sa chaise et invita Stuart à l'imiter, signifiant ainsi aux policiers que l'entretien était terminé.

— M. Whitaker vous l'a dit, il avait promis une forte récompense à Boyd Irons si ce dernier lui rapportait la licorne. À votre place, messieurs, j'irais trouver ce M. Irons pour lui demander si sa quête s'est révélée fructueuse...

54

Un peu après 17 heures, Jason Vaughan appuya sur le bouton de la sonnette et attendit quelques instants.

Un garçon au visage fin et sérieux, les cheveux noirs ébouriffés, vint lui ouvrir la porte.

— Alors, tu es prêt, bonhomme ?

— Presque, papa. J'en ai pour un instant. Je ferme mon sac et j'arrive.

— N'oublie pas de prendre tes affaires de classe pour faire tes devoirs, lui lança Jason avant d'entrer dans le vestibule.

Jason entendit Nelly qui bavardait au téléphone. Elle raccrocha rapidement et vint le rejoindre.

— Bonjour, comment vas-tu ? lui demanda-t-elle.

— Je vais plutôt bien, Nelly, répondit Jason, heureux de pouvoir enfin adresser une telle réponse à la mère de son fils. En fait, ça fait longtemps que je ne me suis pas senti aussi bien. As-tu appris la nouvelle ?

— Comment aurais-je pu y échapper ? Dès qu'on allume la télé ou la radio, les journalistes ne parlent que de ça. Et maintenant, cette amulette qui a disparu. C'est passionnant. J'aimerais bien du reste aller voir cette exposition. Mais crois-tu vraiment que Constance Young a été tuée à cause de ce bijou ?

— Comment le saurais-je ? répondit Jason en haussant les épaules. Ce que je sais, en revanche, c'est que toute cette histoire est excellente pour les ventes de mon livre.

— Et tu ne trouves pas ça un peu malsain ?

— Oui, peut-être, admit-il du bout des lèvres. Mais, crois-moi, j'ai du mal à éprouver le moindre sentiment de compassion après ce qu'elle m'a fait subir.

— Je veux que tu me promettes de ne jamais répéter ce que tu viens de me dire en présence d'Ethan. Il n'a que neuf ans. Et je n'ai pas envie que tes problèmes l'affectent davantage. Il a déjà beaucoup souffert.

— Ne t'inquiète pas, Nelly. Jamais je ne lui ferai part de mon ressentiment à l'égard de Constance Young. Mais j'ai quand même envie de partager avec lui la bonne nouvelle concernant les ventes de mon livre. À ce propos, m'avez-vous regardé ce matin ?

À l'expression gênée de Nelly, Jason comprit que son coup de fil de la veille pour la prévenir de son interview n'avait pas eu l'effet escompté.

— Le matin, c'est toujours la course, se justifia la jeune femme.

Jason fit en sorte de ne pas afficher sa déception.

— Ce n'est pas grave, répondit-il. Ce n'était que la première émission. Il va y en avoir beaucoup d'autres. Et comment vont les affaires dans l'immobilier, en ce moment ?

— Ça pourrait être pire, je suppose…

— Pas franchement enthousiaste comme réponse.

— Tu sais, ce n'est pas toujours facile de ne travailler qu'à la commission.

— Dans ce cas, pourquoi ne cherches-tu pas un emploi salarié ?

— Parce que je suis libre d'organiser mon emploi du temps comme bon me semble, lui répondit Nelly, et que je peux être là quand Ethan rentre de l'école, au moins plusieurs après-midi par semaine. Ce n'est plus un tout petit garçon, mais il a quand même besoin qu'on s'occupe de lui et qu'on le surveille.

— Tu as raison, approuva Jason, qui en profita pour changer de sujet. Si tu savais, Nelly, combien je déteste que nos vies aient pris ce tournant. Ne crois-tu pas que nous serions mieux tous les trois ? Ensemble, comme autrefois… N'avoir Ethan qu'une nuit ou deux par semaine me déchire le cœur, alors que je pourrais très bien le voir chaque jour. Et toi, tu ne serais plus obligée de travailler, sauf si tu en avais vraiment envie…

— Pour cela, il faudrait déjà que tu aies les moyens de subvenir à nos besoins, Jason.

— Si mon bouquin se vend aussi bien que mon agent le suppose, l'argent ne sera plus un problème. Et j'ai déjà une autre idée de livre. Larry est confiant. Il pense pouvoir le vendre à un grand éditeur, et obtenir une très belle avance…

— L'aspect financier n'est pas le seul problème, Jason. Nous avons chacun évolué. Nous nous sommes éloignés. Et je ne suis pas certaine que nous ayons encore grand-chose en commun…

55

« Key Evening Headlines » débuta comme chaque soir à 18 h 30 précises. Au moment où l'émission connaissait toujours son pic d'audience, Eliza annonça les résultats de l'autopsie.

— Constance Young, nous l'avons appris ce matin, est décédée d'un arrêt cardiaque. Si surprenante soit-elle, cette nouvelle nous laisse cependant perplexes. D'autant que ni ses poumons ni son estomac n'étaient remplis d'eau.

Eliza reprit sa respiration avant de poursuivre :

— Autre fait étrange, le système électrique alimentant les lumières et le chauffage de sa piscine avait disjoncté. Les autorités considèrent donc l'hypothèse qu'elle serait morte électrocutée. Électrocution qui aurait provoqué l'arrêt cardiaque. Le rapport d'autopsie apporte donc des réponses à certaines questions. Mais d'autres demeurent en suspens. Si Constance Young est bien morte électrocutée, son décès doit-il être imputé à un accident ou s'agit-il d'un meurtre ?

Eliza se tourna vers une autre caméra.

— Nous vous avions déjà révélé avant tout le monde que le cadavre d'un chien avait été découvert vendredi matin sur la propriété de Constance Young. Il a depuis été retrouvé dans une décharge publique et nous attendons d'un instant à l'autre les résultats de son autopsie. Mais Key News a déjà appris que l'ancien propriétaire du danois l'avait donné à un refuge canin il y a quelques semaines de cela. Je vous propose à présent d'écouter Graham Welles, qui vit désormais en Californie. Il s'est confié dans la journée aux équipes de Key News.

À l'écran apparut le visage d'un élégant sexagénaire.

— Marco était le compagnon le plus fidèle qu'on puisse imaginer. Dès l'instant où je l'ai recueilli, alors qu'il n'était encore qu'un chiot, nous nous sommes entendus à merveille. C'est pourquoi je voulais toujours le meilleur pour lui et que j'ai décidé de lui faire implanter cette puce électronique. Comme ça, en cas de fugue ou de disparition, il m'aurait été possible de le localiser. J'aurais pu le faire tatouer, comme la plupart des propriétaires de chien le font, mais je trouvais cette nouvelle technique moins douloureuse pour lui, et bien plus efficace.

Une fois l'interview diffusée, Eliza fut de retour à l'antenne.

— Aujourd'hui, nous nous sommes rendus au refuge où M. Welles avait laissé son chien avant de quitter New York pour la côte Ouest afin de se rapprocher de sa fille. Nous y avons appris que le danois avait trouvé un nouveau maître la semaine dernière. La veille même du jour où on l'a retrouvé mort dans le jardin de la résidence secondaire de Constance Young. Coïncidence plus troublante encore, l'employé du refuge canin qui a permis l'adoption de Marco a lui aussi été retrouvé sans vie. Assassiné…

Des images tournées sur place le matin même apparurent à l'écran. En bas à gauche clignotait le logo « Exclusivité Key News ».

— Le corps de Vinny Shays, trente-sept ans, a été découvert ce matin par l'une de ses collègues à l'ouverture du chenil, commenta une voix *off*. Selon toute vraisemblance, Shays a reçu une injection mortelle de pentobarbital de sodium, un puissant barbiturique fréquemment utilisé pour euthanasier les animaux, et dont le chenil possédait un stock important.

Le réalisateur de l'émission actionna une commande, et Eliza fut de nouveau en direct.

— La veille du décès de Constance Young, un chien est retrouvé mort sur sa propriété… Et l'un des derniers à avoir vu ce chien vivant a lui aussi été tué. Nous ne savons pas encore lequel, mais il existe un lien entre ces trois affaires. Et cela fait froid dans le dos. D'autant que nous nous sommes rendus à l'adresse laissée par la personne ayant adopté Marco. Il n'existe personne de ce nom à cette adresse. L'adresse elle-même est fausse...

De ses yeux bleus, elle fixa la caméra avec intensité.

— Key News va bien évidemment poursuivre ses investigations, et vous serez les premiers informés des prochains développements de l'enquête.

56

En regardant et en écoutant Eliza Blake, Ursula pensa une nouvelle fois que son devoir était d'aller trouver la police pour raconter ce qu'elle avait vu. Mais elle ne parvenait toujours pas à s'y résoudre. Les autorités lui assureraient qu'elle ne courait aucun danger, qu'elle serait protégée... De belles promesses toujours faites aux témoins. Mais elle savait qu'elles ne seraient pas suivies d'effet. Si l'assassin décidait de s'en prendre à elle, la police serait impuissante.

Ursula jeta un coup d'œil à son séjour, se demandant si Constance lui avait légué quoi que ce soit. Sa maison était modeste, surtout comparée aux belles demeures des environs, et pourtant elle se sentait bien dans son petit nid qu'elle avait su rendre douillet. Elle travaillait dur, payait ses factures, allait à l'église, enseignait le point de croix à ses riches voisines... Une existence que beaucoup auraient jugée modeste, mais qui lui convenait. Et qu'elle n'avait aucunement envie de quitter.

L'assassin qui s'était débarrassé de Constance n'hésiterait sans doute pas un instant à s'en prendre à elle s'il devinait qu'elle avait assisté à la scène fatale, l'autre soir, près de la piscine. Si elle devait mourir, autant qu'elle laisse derrière elle un indice permettant de le démasquer.

Ursula porta de nouveau son attention sur la broderie posée sur ses genoux. Mais ses mains tremblaient. S'obligeant à se concentrer, elle choisit un fil de laine noir, et l'aiguille commença de nouveau à s'agiter sur le canevas. Peu à peu, les strophes suivantes prirent forme.

Mais si seule,
Solitaire dans sa bulle,

A péri dans une piscine.
Telle une pierre, elle a coulé.

Un hommage à Constance. Mais aussi un indice pour identifier son assassin.

57

Une puce électronique implantée dans le danois par son ancien propriétaire ! Qui aurait pu imaginer ça ? Les progrès de la technologie déployaient sans cesse leurs tentacules, menaçant toute vie privée. Il y avait désormais des caméras à chaque carrefour pour enregistrer le numéro de votre plaque si vous brûliez un feu rouge, des micros capables de surprendre vos conversations les plus confidentielles... Et chaque site visité sur Internet pouvait être retrouvé.

Il était impossible à présent de déjouer tous les systèmes de sécurité, sans compter que de nouveaux faisaient leur apparition chaque jour. Qui aurait pu prévoir que le chien serait doté d'une puce ? Le grain de sable qui aurait pu tout faire capoter. Heureusement, les bonnes vieilles méthodes avaient encore quelques jours devant elles. Une identité d'emprunt, une fausse adresse, un déguisement, et le tour était joué. Il n'en avait pas fallu plus pour passer entre les mailles du filet. Ça et l'instinct, qui commandait de prendre les bonnes décisions au bon moment. Le pauvre Vinny n'avait pas eu la moindre chance. Il n'y était pour rien, mais qui sait si un détail ne lui serait pas revenu en mémoire, permettant à la police de remonter jusqu'à l'individu ayant adopté le danois ? Aucun risque ne devait être couru...

Le fait que Key News ait déployé toutes ses équipes pour enquêter sur la mort de Constance était quelque part plus angoissant que d'avoir à lutter contre les autorités. Les journalistes seraient sans doute capables d'établir d'autres rapprochements qui échapperaient aux forces de l'ordre...

L'amulette à la licorne était dans une poche de manteau, pendu dans un placard de l'entrée. Une cachette qui en valait une autre. Mais le bijou ne servait à rien, ainsi dissimulé. Peut-être était-il temps de le faire changer de poche, afin qu'il libère tous ses pouvoirs...

58

La soirée était douce et agréable. Eliza et Mack parcoururent à pied la centaine de mètres séparant le siège de Key News de Colombus Circle.

— Tu me disais que tu avais envie d'un endroit calme. Aussi ai-je pensé que nous pourrions aller manger un hamburger...

Eliza se contenta de sourire, déçue cependant que Mack n'ait apparemment rien prévu de mieux pour ce dîner qui semblait revêtir autant d'importance à ses yeux. Ils passèrent devant plusieurs boutiques de luxe tandis qu'ils traversaient les arcades du Time Warner Center, au sud-ouest de Central Park. Mais peut-être Mack voulait-il lui réserver une surprise. Les restaurants à la mode étaient nombreux dans ce nouveau centre commercial. Cependant, quand ils débouchèrent sur la 6e Rue Ouest, Eliza n'eut aucune idée de l'endroit où ils allaient.

— Je loge ici, lui dit Mack après quelques mètres.

Ils entrèrent dans le hall d'un hôtel de grand standing.

— Eh bien, dis-moi! s'exclama Eliza tandis qu'ils se dirigeaient vers les ascenseurs. Key News ne refuse plus rien à ses hôtes.

— Ce n'est pas Key News qui paie, ce soir, lui répondit Mack. J'ai quitté l'hôtel qui m'avait été alloué pour pleinement profiter de mes derniers moments à New York.

— Pleinement profiter... Et tu as une idée en tête ? lui demanda-t-elle.

— Un homme a toujours le droit d'espérer, tu ne crois pas ? répondit-il en souriant, laissant voir ses dents d'une blancheur immaculée.

Les portes de l'ascenseur s'ouvrirent et Mack lui prit le bras, la menant vers l'un des restaurants du Mandarin Oriental. Une hôtesse les accompagna jusqu'à une table basse entourée de sofas confortables.

— Alors, en définitive, tu as quand même décidé de m'impressionner, glissa Eliza tandis qu'ils s'asseyaient dans un coin, contre une baie vitrée offrant une vue imprenable sur Broadway et Central Park.

Du trente-huitième étage où ils se trouvaient, les lumières de la ville changeaient de minute en minute, éclairant buildings et gratte-ciel d'un éclat nouveau.

Ils commandèrent à boire et divers plats, dont une sélection de mini-hamburgers exotiques, la spécialité de l'établissement. Leurs vodka-Martini furent servis en premier et Mack se pencha vers Eliza.

— À nous, dit-il en faisant tinter son verre contre celui d'Eliza. Je n'étais pas sûr qu'un tel moment se reproduirait jamais.

Elle le regarda droit dans les yeux puis détourna son regard, se concentrant sur son verre dont elle avala une gorgée.

— Hum, ça fait du bien, dit-elle en se calant confortablement dans le sofa. Qu'il est bon de se détendre un peu. Les derniers jours ont été si intenses, si chargés... Et je n'ose imaginer la cérémonie de demain.

— Tu sais quoi ? lui demanda Mack en posant son verre sur la table basse. Le sort réservé à Constance m'a énormément fait réfléchir. Une sorte de signal d'alarme. La vie est si courte, si imprévisible…

— Comme si je ne le savais pas ! s'exclama Eliza.

Elle prit une nouvelle gorgée de vodka et le souvenir de John lui traversa l'esprit. Imprévisible, en effet ! Son mari, si beau, si doux, fauché de manière si injuste à la fleur de l'âge, sans parler des souffrances atroces qu'il avait endurées. Ils n'étaient mariés que depuis quelques années et pensaient qu'ils avaient l'avenir devant eux, qu'ils vieilliraient ensemble. Mais le destin, dans une ironie dont il était coutumier, en avait décidé autrement. Tous leurs rêves s'étaient brisés…

Eliza frissonna et l'odeur de son parfum envahit un instant l'espace. Un souvenir lui revint aussitôt en mémoire. Elle était à l'hôpital, quelques jours avant l'issue fatale. Quand elle était entrée dans la chambre, John était assoupi. Les traitements s'étaient révélés inefficaces. Il était décharné, rongé par la fièvre, et Eliza pouvait voir sa poitrine se gonfler puis s'affaisser sous la mince couverture de coton.

Quand il ouvrit les yeux et qu'il la vit, son visage émacié esquissa un sourire timide. Elle lui rendit son sourire et se pencha vers lui pour l'embrasser. Elle sentit toute la chaleur de son faible corps tandis qu'il s'agrippait à elle. Et c'est alors que, de sa voix qui n'était plus qu'un mince filet, il murmura :

— Comme tu sens bon.

Eliza ne pourrait jamais oublier ces quelques mots. John savait qu'il n'en avait plus pour très longtemps, mais, si malade fût-il, cette bouffée de parfum lui avait procuré une joie simple.

Ô combien elle l'avait aimé! Mais, de plus en plus souvent, Eliza se surprenait à regarder une photo de lui pour se remémorer les traits de son visage. Six années s'étaient écoulées. N'avait-elle pas droit à présent à une nouvelle vie?

Mack se pencha vers elle et lui posa doucement la main sur la joue.

— Tu mérites le bonheur, Eliza, lui dit-il comme s'il avait lu ses pensées.

— Toi aussi, Mack, lui répondit-elle en plongeant son regard dans le sien.

— C'est avec toi que j'ai envie de le construire, poursuivit-il en lui caressant les lèvres du pouce. Je suis tellement désolé d'avoir tout foutu par terre. Si tu savais à quel point je m'en veux. De t'avoir blessée, d'avoir brisé notre relation…

— Inutile de revenir là-dessus, Mack. Tu t'es déjà excusé, et excusé encore à maintes reprises. Et je te crois quand tu me dis que tu regrettes. Maintenant la question est de savoir si je suis capable d'oublier ce qui s'est passé.

— Tu pourrais me pardonner? lui demanda-t-il aussitôt.

— Je n'en sais rien. Honnêtement, je n'en sais rien. Mais sache que j'en ai envie, vraiment. Inutile de faire semblant ou de me voiler la face. Tu m'as manqué, Mack…

Le serveur leur apporta leurs plats et la conversation glissa vers un autre sujet.

— Comment va Janie ? lui demanda Mack. Elle me manque.

Eliza lui raconta que Janie avait été perturbée par tous les reportages télévisés qui avaient suivi la mort soudaine de Constance.

— Il n'y a vraiment pas besoin d'être un expert pour comprendre ce qui se joue. Elle a peur que tu subisses le même sort.

Eliza approuva d'un hochement de tête.

— En fait, je devrais être avec elle ce soir.

Le visage de Mack se décomposa, et Eliza ne put s'empêcher de rire.

— Ne t'en fais pas, lui dit-elle. Janie va bien. Elle était même tout excitée à l'idée d'aller dormir chez nos voisins, les Hvizdak. Un soir de semaine, ce n'est pas si fréquent.

— Et toi, où dors-tu ce soir ? lui demanda Mack.

— Chez moi, dans le New Jersey. J'ai demandé à mon chauffeur de venir me chercher à 22 heures.

— Ce qui ne nous laisse pas beaucoup de temps, dit-il en consultant sa montre.

— Du temps pourquoi ?

— Oh, je ne sais pas trop. Peut-être as-tu envie de voir à quoi ressemblent les chambres de ce palace... suggéra Mack dont les yeux se mirent à briller.

Eliza le regarda et sut qu'elle l'aimait profondément. Mack avait certes commis une erreur, mais il la regrettait amèrement et s'en était excusé. Il l'avait suppliée de lui accorder une seconde chance. Même si la perspective l'effrayait un peu, Eliza sentait qu'il était temps de prendre un nouveau départ. Elle le regretterait peut-être, mais elle était prête à sauter le pas.

— Je pourrais appeler mon chauffeur et lui demander de venir me chercher un peu plus tard, dit-elle, calmement.

L'addition leur fut apportée. Mack la signa, se leva et tendit la main à Eliza, qui la prit sans hésiter.

MARDI 22 MAI

59

Une pluie drue tombait sans discontinuer sur les taxis et autres limousines qui s'arrêtaient devant le centre funéraire de Manhattan Est, libérant leurs flots de passagers. Avant de pénétrer à l'intérieur du mémorial, les invités devaient franchir une haie d'une douzaine de caméras postées sur le pavé mouillé.

Boyd suivit le mouvement, égoutta son parapluie et accrocha son imperméable dans le vestibule, à une patère prévue pour cet effet. Peu à peu, la chapelle se remplissait, les nouveaux arrivants garnissant les bancs de part et d'autre de l'allée centrale.

Boyd remonta une allée latérale et s'arrêta au milieu de la chapelle. Il s'appuya contre le mur et observa l'assemblée, pensant qu'à cette heure il aurait dû se trouver à la cafétéria de Key News pour y prendre son déjeuner. Il reconnut la plupart des visages graves. Eliza Blake était déjà là, accompagnée du docteur Margo Gonzalez et de Range Bullock. Annabelle Murphy était juste derrière eux. Linus Nazareth et la plupart des membres de « Key to America » occupaient quant à eux deux rangées de l'autre côté de l'allée. Boyd vit Lauren Adams les rejoindre et s'asseoir à côté de Linus, qui lui avait gardé une place.

La sœur de Constance était assise au premier rang, entourée d'un homme à l'air renfrogné et de deux jeunes garçons. Boyd en déduisit qu'il devait s'agir du mari de Faith et de leurs enfants. Pour Noël, Constance avait chargé Boyd d'acheter les cadeaux de ses neveux, sans lui donner la moindre indication de ce qui leur ferait plaisir – sans doute parce qu'elle l'ignorait… Boyd se demanda s'il était vraiment judicieux d'amener les enfants à la cérémonie et de les placer juste en face de l'urne en cuivre contenant les cendres de leur tante. Mais peut-être Faith n'avait-elle personne pour les garder. Il pensa alors à l'enveloppe qu'il conservait dans la poche intérieure de sa veste, contenant une copie du testament de Constance. Dans peu de temps, pensa-t-il, Faith perdrait ses dernières illusions…

Boyd aperçut une femme entre deux âges, un peu en retrait, pas maquillée, le visage fatigué. Bien que ne l'ayant jamais rencontrée, il reconnut Ursula Baies. Quand il l'avait appelée la veille pour lui communiquer le lieu et l'heure de la cérémonie, la femme de ménage de Constance lui avait répondu qu'elle serait présente.

Le regard de Boyd se posa ensuite sur Stuart Whitaker. Ce dernier avait ôté ses lunettes et tamponnait ses yeux rougis. Il avait l'air d'un chien battu qui aurait perdu son unique ami. Comme s'il se sentait observé, Stuart se tourna vers Boyd et lui adressa un signe de la tête. Pauvre type, pensa Boyd en lui retournant son salut. Comment pouvais-tu être amoureux de cette femme ?

Boyd aperçut également un petit groupe d'hommes rasés de près et vêtus de costumes sombres. À n'en point douter des policiers en civil venus observer l'assemblée. Ne dit-on pas, du moins dans les séries policières, que le meurtrier assiste toujours aux obsèques de sa victime ?

Debout contre le mur, Boyd attendait le début de l'office. Sans doute tout le monde trouvait-il normal qu'il reste ainsi en marge. Jusqu'à la fin, on lui signifiait quelle était sa place. Il était certes indispensable, mais pas suffisamment important pour être invité à s'asseoir...

Du coin de l'œil, Boyd aperçut un retardataire qui faisait son entrée dans la chapelle. Boyd sursauta en reconnaissant aussitôt l'homme qui recoiffait ses cheveux malmenés par la pluie et le vent. Jason Vaughan. Il n'avait pourtant pas été convié à la cérémonie. Que faisait-il là ?

60

— Ô Dieu, tout-puissant et miséricordieux, nous sommes rassemblés ici ce matin pour rendre un dernier hommage à Constance, notre sœur, notre amie. Nous Te remercions de nous avoir permis de la connaître et de l'aimer lors de notre court pèlerinage sur Terre. Que Ta compassion sans bornes nous aide à surmonter notre chagrin. Accorde-nous la foi que sa mort n'est qu'un passage vers la vie éternelle, afin que nous puissions poursuivre sereinement notre chemin ici-bas, persuadés qu'un jour nous serons tous réunis, à Tes côtés, entourés de ceux que nous avons aimés. Ainsi soit-il.

Tandis que l'office se poursuivait, l'une des personnes présentes fut prise d'une quinte de toux et s'éclipsa discrètement.

Pour regagner la chapelle, après s'être désaltéré, il fallait traverser le vestibule qui faisait office de vestiaire. Boyd Irons avait accroché son imperméable à l'une des patères, comme le révéla une fouille de ses poches, qui permit d'exhumer un mouchoir à ses initiales et un reçu de carte de crédit.

Afin de ne laisser aucune empreinte digitale, l'assassin prit l'amulette et commença à la frotter avec vigueur. À tel point qu'il s'écorcha la paume de la main avec les pointes de la couronne et la corne du bijou. Il donna alors un dernier coup de mouchoir pour effacer toute trace de sang et déposa l'amulette dans une des poches de l'imperméable de Boyd.

61

Ursula essayait de garder les yeux fixés sur la bougie allumée au-dessus de l'urne en cuivre contenant les cendres de Constance. Elle s'efforçait également de maîtriser sa respiration pour ne pas céder à la panique. Elle avait vu l'assassin sortir de la chapelle puis regagner sa place. Chaque fois, il l'avait frôlée.

Ursula ne pensait pas que l'assassin l'ait vue. Et, pour une fois, elle remercia son physique passe-partout.

Elle était un petit canard, pas un cygne; personne ne la remarquait jamais.

Une fois la cérémonie terminée, Ursula se leva paisiblement et attendit que la sœur de Constance et sa famille quittent les lieux, suivis par les personnes occupant les premiers rangs. En voyant de nouveau l'assassin approcher, Ursula en eut des sueurs froides. Elle dut même s'appuyer au dossier de la chaise devant elle pour ne pas défaillir. L'assassin avançait inexorablement vers elle et Ursula sentit son cœur s'emballer, jusqu'à ce que ses jambes la lâchent et que tout devienne noir.

*

— Écartez-vous, elle a besoin d'air. Reculez, s'il vous plaît.

Le petit groupe qui s'était précipité autour d'elle après son malaise recula quelque peu.

Ursula entendit de nouveau une voix, qui semblait cette fois s'adresser à elle.

— Réveillez-vous. Réveillez-vous.

Ursula sentit une main sur son front. Lentement, elle put ouvrir les yeux, cligna les paupières et les referma aussitôt. La lumière était trop aveuglante.

— Vous m'entendez? lui demanda la voix. Est-ce que vous m'entendez?

Usrula rouvrit les yeux, lentement, et les écarquilla de stupeur en voyant le visage penché au-dessus d'elle.

— On se rencontre à nouveau.

— Je ne dirai rien, murmura Ursula. Je ne dirai rien, je vous le promets. Ne me faites pas de mal, je ne dirai rien.

— Elle revient à elle, commenta quelqu'un un peu en retrait. Mais ce qu'elle dit est complètement incohérent.

— Qu'est-ce qu'elle raconte ? demanda quelqu'un d'autre.

L'assassin planta ses yeux dans ceux d'Ursula, y lisant une peur panique. Il sut que les propos de la femme de ménage n'étaient pas incohérents. Ils lui étaient même destinés…

62

Faith se tenait à la sortie de la chapelle. Elle serrait les mains et saluait tous ceux qui venaient lui présenter leurs condoléances. Elle avait le visage triste et fermé de circonstance mais dut cependant réprimer un sourire quand Boyd lui tendit l'enveloppe contenant une copie du testament de sa sœur.

— Madame Hansen ? Je suis navré de venir vous importuner un jour comme celui-là. Je m'appelle Stuart Whitaker. J'étais un grand admirateur de votre sœur…

— Merci, monsieur Whitaker, je sais qui vous êtes, lui répondit-elle en regardant l'urne qui avait été déplacée après la cérémonie.

— Vraiment ? demanda-t-il d'un ton empli d'espoir. Constance vous avait parlé de moi ?

— Non, lui répondit Faith, mais je vous ai vu à la télévision l'autre jour parler du mémorial que vous vouliez ériger aux Cloisters en l'honneur de Constance.

Le visage de Stuart s'affaissa de nouveau.

— Oui, j'aimerais du reste beaucoup que nous discutions de ce projet tous les deux, au moment qui vous conviendra le mieux. J'aimerais tant vous convaincre du bien-fondé de ma démarche.

Faith jugea l'homme sincère. Elle l'observa. Chauve, bedonnant, les ongles rongés… À coup sûr, Constance n'avait pu s'éprendre de lui, même si la réciproque était vraie ; cela crevait les yeux. Faith eut pitié de lui.

Ce dernier observa un instant l'urne funéraire contenant le souvenir de Constance, avant de reprendre :

— Puis-je vous demander ce que vous comptez en faire ?

— Oh, les cendres ? s'exclama Faith en suivant son regard. Pour le moment, je vais les rapporter à la maison avant de prendre une décision. Bien que, pour être tout à fait franche avec vous, mes deux fils n'ont aucune envie d'effectuer le trajet retour avec cette urne dans la voiture.

Stuart fixait toujours le réceptacle.

— Veuillez m'excuser de me montrer si direct, et sans doute présomptueux, madame Hansen, dit-il en se penchant légèrement, en signe de déférence. Mais sachez que conserver les cendres de Constance jusqu'à leur transfert aux Cloisters serait pour moi un honneur.

— Monsieur Whitaker, le reprit Faith sèchement, nous n'avons pas encore décidé de leur destination finale.

— Bien sûr, madame Hansen ! Et cette décision vous appartient, bafouilla Stuart. Je pensais juste que vous seriez flattée que votre sœur repose pour l'éternité dans ce lieu aussi prestigieux. Et puis je me disais, Constance étant si jeune, qu'aucune disposition n'avait dû être prise, ni par elle ni par sa famille…

Deux garçons s'approchèrent alors de Faith et lui demandèrent quand ils pourraient enfin rentrer chez eux. Faith prit l'urne et se retourna vers Stuart.

— Nous en reparlerons plus tard, lui dit-elle. Pouvez-vous me laisser vos coordonnées ?

Stuart Whitaker sortit une carte de visite de son portefeuille et la lui tendit.

— Je vous appellerai, lui promit Faith.

Stuart la regarda s'éloigner, emportant dans ses bras les vestiges de la femme qu'il avait aimée.

63

La pluie avait provisoirement cessé mais, à leur sortie du centre funéraire, la plupart des personnes venues se recueillir furent assaillies par une nuée de micros et d'objectifs. Les journalistes qui souhaitaient à tout prix obtenir un commentaire les appelaient par leurs prénoms.

Avant de monter en voiture, Eliza se prêta quelques instants au jeu des questions-réponses, exprimant devant les caméras le vide laissé par Constance, qui serait difficile à combler. Linus Nazareth, toujours ravi d'apparaître à l'écran, ne se fit pas prier pour évoquer les riches heures de « Key to America », avec Constance comme coprésentatrice de l'émission ; des années fastes, selon lui. Lauren Adams, plus prosaïquement, insista sur le fait que succéder à Constance serait d'autant plus difficile à présent que cette dernière n'était plus, sinon dans la mémoire et le cœur de millions de téléspectateurs.

— Et vous ? Vous êtes qui ? demanda un journaliste à un jeune homme dégingandé qui sortit peu après.

— Moi ? Oh, vraiment pas quelqu'un d'important. J'étais l'assistant de Constance à Young à Key News, lui répondit Boyd en enfonçant les mains dans les poches de son imperméable.

Quand il en ressortit un mouchoir pour s'essuyer le nez, un objet roula sur le trottoir. Le journaliste qui lui avait posé la question suivit la course de l'objet.

— Bon Dieu ! s'écria-t-il aussitôt. Est-ce ce à quoi je pense ?

Sans même attendre une réponse de Boyd, qui regardait d'un air médusé l'amulette à la licorne, le journaliste hurla à son cameraman de venir le rejoindre pour prendre des plans serrés du bijou qui luisait sur le trottoir mouillé.

*

La nouvelle se répandit comme une traînée de poudre parmi les reporters présents devant le centre funéraire. Et tous se précipitèrent vers Boyd Irons, micro tendu, caméra à l'épaule. Ce dernier, qui s'était agenouillé pour ramasser l'amulette, la tenait à présent dans la paume ouverte de sa main, offerte à tous les regards.

— C'est le bijou de la reine Guenièvre. Comment se fait-il qu'il soit en votre possession ? lui demanda un journaliste.

— Où l'avez-vous trouvé ? enchaîna un autre.

Incapable d'émettre le moindre son, Boyd se contentait de secouer la tête, incrédule.

— Faites-nous voir le bijou ! lui cria quelqu'un. On veut pouvoir le filmer en gros plan.

À la manière d'un automate, Boyd s'apprêtait à lever le bras quand il sentit une pression qui arrêta son geste.

— Viens, Boyd, lui intima B.J. D'Elia en lui passant un bras autour des épaules. Allons-nous-en.

B.J. réussit à extraire Boyd de la foule et à le conduire jusqu'à la voiture de Key News, stationnée un peu plus loin. Alors qu'il allait monter à l'intérieur du véhicule, Boyd reconnut deux des hommes vêtus de noir présents à la cérémonie.

Ils s'approchèrent de lui, lui montrèrent leur insigne de la police et lui lurent ses droits avant de le menotter.

64

Quelle chance inouïe ! Les événements n'auraient pu mieux se dérouler. Inutile à présent d'appeler de manière anonyme les policiers pour leur signaler que Boyd Irons était en possession de l'amulette volée. Le jeune homme s'était lui-même dénoncé en faisant rouler le bijou sur le trottoir devant une foule de témoins. Vraiment parfait !

Restait cependant un problème. Et de taille. La femme de ménage de Constance. En reprenant ses esprits après la cérémonie, elle avait juré qu'elle ne dirait rien, qu'elle garderait le silence. Ce qui signifiait qu'elle avait assisté au meurtre. L'autre soir, près de la piscine, l'assassin avait bien cru entendre un bruit suspect. Il ne s'était pas trompé. Il était observé. Ursula Baies l'avait vu agir.

Un article dans le journal avait mentionné cette semaine que la sœur d'Ursula avait été tuée après qu'elle eut décidé de collaborer avec la police à propos d'une affaire de drogue. Ce qui expliquerait qu'Ursula ait refusé d'aller confier aux autorités qu'elle avait été témoin du meurtre.

Ursula Baies en savait trop. Elle seule pouvait désormais tout faire capoter. Il était temps de s'occuper de son cas avant qu'elle change d'avis et aille tout raconter à la police.

65

Les essuie-glaces balayaient le pare-brise sans discontinuer. Eliza regardait fixement devant elle, appréhendant ce qui allait suivre. Mack était assis à côté d'elle, sur le siège arrière. Mais, bientôt, il s'envolerait de nouveau pour Londres.

— À quelle heure est ton avion ? lui demanda-t-elle.

— En fin d'après-midi. J'ai encore du temps devant moi. Veux-tu que nous déjeunions ensemble ? lui proposa-t-il.

— J'aimerais vraiment mais je dois rentrer au bureau. À cause de la cérémonie, Paige m'a concocté un emploi du temps des plus chargés.

— Un café alors ? suggéra Mack.

— D'accord, va pour un café.

Le chauffeur les arrêta à quelques centaines de mètres du siège de Key News. En entrant dans le restaurant, Eliza sentit le regard de quelques clients se poser sur elle. Elle sut qu'ils l'avaient reconnue, aussi se dirigea-t-elle vers une table un peu en retrait et s'assit-elle dos à la salle. Quand la serveuse eut rempli leurs tasses et se fut éloignée, Mack se pencha vers Eliza et lui prit les mains.

— La nuit dernière a été merveilleuse, lui murmura-t-il. J'aime être avec toi, Eliza, et j'ai encore du mal à croire que nous sommes de nouveau ensemble.

— Je ne veux pas que tu partes, lui répondit-elle, les yeux humides.

— Je n'ai aucune envie de partir, crois-moi, lui dit-il doucement en accentuant la pression de ses mains.

Eliza le regarda dans les yeux et n'y lut qu'intensité et sincérité.

— Quand seras-tu de retour ? lui demanda-t-elle.

— Tout dépend de toi, Eliza. Hier encore, je pensais ne pas revenir avant six mois. À présent, je suis prêt à rentrer chaque week-end…

Eliza émit un petit rire.

— Ne dis pas n'importe quoi. Tu sais très bien que cela ne sera pas possible.

— Sait-on jamais…

— Mais, tu n'y penses pas, c'est contraignant.

— Au diable les contraintes !

66

Eliza était de retour au bureau depuis moins de quelques minutes quand elle reçut le coup de fil l'informant que Boyd Irons avait été arrêté par la police. Elle appela aussitôt l'avocat de la chaîne pour lui demander de s'occuper de son cas.

— Vois ce que tu peux faire, Andrew, le pria-t-elle. Il se peut que Boyd ait son propre avocat, mais j'en doute. Il m'est toujours apparu comme quelqu'un de droit et de loyal.

Après avoir raccroché, Eliza aperçut Annabelle et B.J. qui attendaient devant son bureau, le visage fermé. Elle leur fit signe d'entrer et de s'asseoir.

— Que savez-vous au sujet de Boyd ? leur demanda-t-elle.

B.J. prit la parole en premier.

— C'est le truc le plus dingue auquel j'ai jamais assisté, dit-il en secouant la tête. J'étais là, en train de filmer la sortie de l'office, et soudain tout le monde s'est précipité sur Boyd, la rumeur disant qu'il était en possession de l'amulette.

— L'avait-il vraiment ? lui demanda Eliza. Est-ce que tu l'as vue ?

— Je l'ai entraperçue, à peine une seconde. Le pauvre Boyd avait l'air d'une biche affolée. Il était comme pétrifié. Je me suis alors précipité vers lui pour le protéger et l'emmener vers la voiture avant qu'il ne se fasse happer par tous ces journalistes hystériques.

— Et ensuite ? le relança Eliza.

— Alors que je venais d'ouvrir la portière et que nous nous apprêtions à monter, deux policiers en civil lui ont mis la main sur le collet et l'ont emmené, soupira B.J. en s'enfonçant dans le fauteuil avant d'étirer ses jambes. Les seules images que j'ai été capable de mettre en boîte, c'est l'arrière de leur voiture qui s'éloignait…

— Ce n'est pas la fin du monde, tenta de le consoler Annabelle.

— Merci d'essayer de me remonter le moral, mais tu rigoles ou quoi ? Toutes les autres chaînes, même les télés locales, vont diffuser la scène montrant Boyd en train d'exhiber cette foutue amulette. Toutes, sauf nous. J'étais sur place et j'ai failli à mon devoir. Au lieu de rester en retrait et de filmer, je suis intervenu. Je n'ai pas fait ce qu'il fallait.

— Et personne ne va t'en vouloir ou te le reprocher, lui dit Eliza. Tu es venu en aide à un collègue. L'essentiel est là.

— Et puis, tu sais, on va récupérer les images auprès d'un de nos correspondants, renchérit Annabelle. Oh, bien sûr, la qualité ne sera pas aussi parfaite que si elles avaient été signées B.J. D'Elia, mais on aura tout de même de la matière…

B.J. eut un sourire forcé.

— Bon, concentrons-nous sur l'affaire, reprit Eliza. Si Boyd a réellement volé l'amulette, qu'est-ce que cela signifie ?

— Qu'il aurait assassiné Constance pour l'obtenir... suggéra Annabelle. Mais j'ai du mal à y croire. Je connais Boyd depuis pas mal de temps, j'ai eu tout loisir de l'observer. C'est quelqu'un de calme, de posé. Constance lui menait la vie dure, elle le rudoyait, et jamais il ne protestait. Mais peut-être avait-il atteint un point de non-retour...

— Et ce n'est pas moi qui l'en blâmerais ! C'était vraiment une salope de première, ponctua B.J. Mais je n'arrive pas à imaginer qu'il l'ait tuée. Et puis, s'il était passé à l'acte, il ne se serait jamais promené avec l'amulette dans sa poche...

— Ou, en tout cas, il n'aurait pas oublié qu'il l'avait sur lui et ne l'aurait pas fait tomber devant une meute de journalistes. Non, décidément, cette hypothèse ne tient pas la route, affirma Eliza.

— Dans ce cas, cela signifie que quelqu'un a mis le bijou dans sa poche à son insu, poursuivit Annabelle. Mais pourquoi ?

— Pour faire de lui le suspect numéro 1. Pour lancer les enquêteurs sur une fausse piste. Une ruse du tueur pour détourner les soupçons qui pourraient peser sur lui, répondit Eliza.

— Mais pourquoi avoir choisi Boyd ?

— Boyd a peut-être fait quelque chose qui a mis l'assassin en colère, suggéra Annabelle.

— En tout cas, poursuivit Eliza. Désormais, tout ce qu'il dira sera sujet à caution. Annabelle, pourquoi n'appellerais-tu pas ta source policière afin de savoir ce que les autorités pensent de ce nouveau rebondissement ?

67

— Combien de fois faudra-t-il que je vous le répète ? Je n'ai aucune idée de la manière dont cette amulette s'est retrouvée dans la poche de mon imper. La seule certitude c'est qu'avant la cérémonie elle n'y était pas. Je me souviens y avoir glissé un relevé de carte bancaire et ma poche était vide.

De l'autre côté de la table, le policier retourna sa chaise et s'assit à califourchon.

— Vous étiez l'assistant de Constance Young à Key News, c'est exact ? lui demanda-t-il.

— Oui, soupira Boyd.

— Comment définiriez-vous la relation que vous entreteniez avec elle ?

Boyd croisa nerveusement ses jambes et essuya d'un revers de main son front moite.

— Je ne vais pas vous mentir, répondit-il. Constance pouvait parfois se montrer exigeante.

— Elle vous menait la vie rude ?

— Souvent, oui.

— Et ça ne vous rendait pas fou ?

— Attendez, je sais très bien où vous voulez en venir, se rebella Boyd. Mais vous ne voyez pas que je suis victime d'un coup monté ?

L'inspecteur haussa les épaules.

— Moi, je crois ce que je vois. Et ce que je vois, c'est un type à qui sa boss menait une vie infernale, ce qui le rendait en colère. Une supérieure hiérarchique qui était célèbre et avait de l'argent, ce qui le rendait jaloux… Amertume, ressentiment, autant de raisons qui ont pu le pousser à franchir la ligne jaune.

— Mais je vous assure, se défendit Boyd, dont la voix monta dans les aigus, je n'ai rien à voir avec l'assassinat de Constance.

— Comment se fait-il alors qu'on a retrouvé sur vous le bijou qu'elle portait le jour de sa mort ? Pouvez-vous me l'expliquer une nouvelle fois ?

Boyd n'aimait pas la tournure que prenait l'interrogatoire. Il allait désormais être dans l'obligation de mouiller une tierce personne pour se sortir de ce mauvais pas. Mais il n'avait pas le choix. Il luttait pour sa survie. Il lui fallait être innocenté.

— Écoutez, reprit-il d'un ton qu'il voulut le plus calme possible. Il y a un homme, que Constance avait l'habitude de fréquenter pendant un certain temps…

— Et ? le relança l'inspecteur, comme Boyd tardait à poursuivre.

— Eh bien, cet homme m'a demandé de l'aider à mettre la main sur l'amulette. En fait, il voulait à tout prix que je la retrouve. Peut-être était-il prêt à tout pour parvenir à ses fins. Et pourquoi pas commettre un meurtre…

— Et cet homme, quel est son nom ? lui demanda le policier, imperturbable.

— Stuart Whitaker, vous savez, le millionnaire qui a fait fortune avec ces jeux vidéo gothiques qui donnent la chair de poule, répondit Boyd.

— Figurez-vous que je sais très bien qui il est. Je l'ai même rencontré pas plus tard qu'hier. Mais sa version diffère *légèrement* de la vôtre. Selon lui, c'est vous qui lui avez proposé la restitution de l'amulette contre une belle somme d'argent.

— Oh! mon Dieu, gémit Boyd. Ce n'est pas du tout comme ça que ça s'est passé. C'est lui qui est venu me trouver pour m'implorer de l'aider. Il voulait à tout prix récupérer le bijou. Moi, je lui ai simplement répondu que je verrais ce que je pourrais faire. Mais je tiens à préciser qu'il s'agissait plus d'une manière polie de me débarrasser de lui que d'un réel engagement de ma part. Je voulais avant tout qu'il quitte le restaurant avant de provoquer un esclandre. Et c'est lui qui m'a promis une récompense. Moi je n'ai rien demandé. Et je ne me suis certainement pas engagé à lui remettre le bijou.

Après ce long monologue, l'inspecteur observa Boyd, sans mot dire.

— Vous ne me croyez pas ? lui demanda Boyd après quelques instants.

Le policier se leva.

— Encore une fois, je crois ce que je vois. Et vous avez été pris la main dans le sac. Maintenant, vous allez devoir vous expliquer devant un juge.

68

— J'ai appelé ma source au commissariat, dit Annabelle en s'asseyant dans le canapé en cuir du bureau d'Eliza. La police privilégie l'hypothèse selon laquelle il existe un lien entre la disparition de l'amulette et la mort de Constance.

— Rien de bien nouveau, lui répondit Eliza en finissant de taper les derniers mots du blog qu'elle alimentait chaque jour pour le site Internet de Key News. C'est également une piste que nous envisageons.

— Il y a quand même un élément intéressant, précisa Annabelle en consultant ses notes après avoir croqué une bouchée de sa barre de céréales. Il semble que la police sache désormais comment l'amulette à la licorne a disparu des Cloisters. J'ai eu l'info en *off*, nous ne pourrons donc pas l'exploiter lors de l'émission. Et c'est bien dommage. Stuart Whitaker a admis avoir *emprunté* le bijou, ce sont ses mots, pour en faire exécuter une copie destinée à Constance. Toujours selon ma source, il n'aurait finalement pas offert une copie à Constance, mais bien l'original.

— Il nous a donc menti quand nous l'avons interviewé dimanche au musée ! Il nous a alors affirmé qu'il avait offert à Constance une copie et qu'il ne s'expliquait pas la disparition de l'original... Il risque gros !

— Non, il ne faut hélas pas oublier un élément qui a son importance, Eliza, poursuivit Annabelle. Whitaker est l'un des plus généreux donateurs du musée. Et la direction des Cloisters n'a pas la moindre intention de porter plainte contre lui.

— Quelle chance il a ! s'exclama Eliza en se retournant vers son ordinateur pour appuyer sur une touche et ainsi valider l'envoi du texte sur son blog. Une promesse de don de vingt millions de dollars pour honorer la mémoire de Constance, et voilà qui vous évite la case prison...

— Et ça t'étonne ? lui demanda Annabelle.

— Hélas non ! répondit Eliza, résignée. Mais bon, revenons à notre affaire, et imaginons un instant que Constance ait été assassinée à cause de l'amulette. Qui aurait bien pu commettre le meurtre ? Il faut exclure l'hypothèse d'un rôdeur, auquel cas d'autres objets auraient disparu. Qui alors ?

— Qui serait capable de tuer pour un bijou ancien présentant une valeur historique inestimable ?

— Ni toi ni moi ne pouvons comprendre un tel comportement, j'en ai bien peur, mais je connais quelqu'un qui serait à même de nous éclairer sur les motivations cachées d'un tel individu : Margo Gonzalez. Veux-tu que nous la rencontrions ensemble ?

— Avec plaisir, lui répondit Annabelle. Dis-moi quand tu souhaites la voir, je me rendrai disponible.

— Préviens B.J., qu'il soit là, lui aussi.

Annabelle se leva du canapé et s'apprêtait à partir quand elle s'arrêta net.

— Au fait, comment ai-je pu oublier ? Nous avons également reçu les résultats de l'autopsie du chien. Le danois est mort électrocuté.

69

Avant de quitter les locaux de Key News, Lauren Adams entra comme une furie dans le bureau de Linus Nazareth, un journal à la main.

— Regarde, lui dit-elle en le lui tendant. As-tu lu ceci ?

Linus parcourut les quelques lignes qu'elle avait cerclées de rouge dans la section « Vie locale ».

La présentatrice de Key News, Eliza Blake, va inaugurer mercredi soir aux Cloisters l'exposition consacrée au château de Camelot. Eliza Blake remplace Constance Young, l'ancienne coprésentatrice de « Key to America », décédée ce week-end dans sa propriété du Westchester.

On ne sait toujours pas si la pièce maîtresse de l'exposition, l'amulette à la licorne, qui selon la légende a été offerte par Arthur à la reine Guenièvre, sera montrée au public. Le musée a en effet constaté la semaine dernière la disparition du bijou. Il est à noter que Constance Young, lors de sa dernière apparition publique, portait une amulette qui ressemblait comme deux gouttes d'eau à l'original.

Quelques places sont encore disponibles pour cet événement.

— Et alors ? demanda Linus.
— Maintenant, regarde en page 5 du cahier « Arts et spectacles », lui dit Lauren.

Nazareth ouvrit le journal et découvrit une publicité en pleine page qui annonçait la manifestation : « L'American News Royalty présente les trésors de la cour du roi Arthur. »

— Pourquoi n'est-ce pas moi qu'ils ont choisie pour remplacer Constance ? gémit Lauren. Pourquoi ont-ils fait appel à Eliza ?

— Je n'en sais rien, baby. Calme-toi, veux-tu...

— Quand cesseras-tu de m'appeler « baby » ? J'ai horreur de ça, dit-elle avant de se laisser tomber sur une chaise. Et comment veux-tu que je sois calme ? Avec ce qui est arrivé à Constance, tout le monde va avoir les yeux braqués sur cette inauguration. Ça m'aurait fait une publicité énorme.

Linus se leva et fit le tour de son bureau.

— Écoute, je viens d'avoir une idée. Pourquoi ne pas faire l'émission jeudi matin depuis les Cloisters ?

— Tu es sérieux ? lui demanda Lauren, visiblement sceptique.

— Bien sûr que je le suis. Harry est présent en studio, comme d'habitude, et toi tu es en direct du musée.

— Tu crois vraiment qu'on peut mettre en place un tel dispositif en aussi peu de temps ?

— Obtenir l'autorisation du musée ne sera vraiment pas un problème. Eux aussi ont besoin de publicité pour faire mousser leur exposition. Quant à nous, il nous faut moins de deux heures pour couvrir un terrible incendie ou une catastrophe aérienne. Alors, deux jours pour une pauvre expo... C'est du gâteau !

— Et tu ferais ça pour moi ? lui demanda Lauren.

— Bien sûr, baby, lui répondit-il en passant sa main dans ses longs cheveux bruns. Et puis tu as raison sur un point, cette exposition Camelot va intéresser beaucoup de monde. Jeudi matin, ils seront des millions devant leur téléviseur à vouloir savoir comment s'est déroulée la soirée d'inauguration. On tient un excellent sujet !

Lauren afficha un large sourire devant l'excitation grandissante du producteur exécutif de « Key to America ».

— Tu sais quoi, Linus ? J'aimerais vraiment bien aller à ce vernissage, demain soir. Non seulement je pourrais sans doute glaner quelques informations utiles pour l'émission de jeudi, mais cela me permettra aussi d'observer Eliza, de voir comment elle se comporte et de m'en inspirer. Et puis ce n'est pas si souvent que j'ai l'occasion de revêtir une belle robe et de côtoyer le gratin de la ville.

— Oh, mon Dieu ! soupira Linus. Je déteste ce genre de pince-fesses.

Le visage de Lauren s'assombrit de nouveau.

— Si ça t'ennuie, je peux y aller seule, suggéra-t-elle.

— Hors de question ! Je t'accompagne. Tu ne crois tout de même pas que je vais te laisser seule en compagnie de tous ces hommes fortunés. Mais j'ai un conseil à te donner : demain soir, évite de mâchouiller un chewing-gum.

70

Ethan ayant oublié sa calculatrice la veille, Jason sauta sur l'occasion pour aller trouver son ex-épouse et la lui rapporter. Il attendait, machine à la main, que la porte s'ouvre. Quand elle le vit, Nell parut surprise.

— Il avait laissé ça chez moi, dit-il pour justifier sa présence.

Nell regarda la calculette d'un air suspicieux.

— Il s'en serait aperçu tout à l'heure quand il a fait ses devoirs, dit-elle.

— Puis-je le voir un instant ?

— Il est chez un ami.

S'ensuivit un silence embarrassant, chacun attendant que l'autre prenne la parole. Ce fut Jason qui le rompit.

— Écoute, Nell. Je me disais que tu aurais peut-être envie de m'accompagner demain soir aux Cloisters pour l'inauguration de cette grande exposition autour des trésors du château de Camelot...

— Oui, c'est vrai que ça me tente, dit-elle avant de se rembrunir. Mais les places doivent être hors de prix.

— Ne t'en fais pas, je les ai déjà prises, Larry m'a avancé un peu d'argent. Il a confiance en l'avenir. Et, selon comment on voit les choses, on peut considérer qu'il s'agit d'une avance sur recettes ou d'un remboursement de frais...

— D'un remboursement de frais ? Je ne comprends pas.

— Larry est déjà en train de négocier un contrat pour un deuxième livre avec un nouvel éditeur. Un gros, cette fois ! Une enquête sur la mort de Constance Young.

— Et c'est Jason Vaughan, l'homme dont elle a causé la ruine qui va l'écrire... lui assena Nell, sarcastique. Du pain bénit pour toutes les télévisions du pays !

Jason ignora la remarque.

— Allez, Nell, lui dit-il. Tu disais hier que tu avais vraiment envie d'aller voir cette exposition. Pourquoi ne pas nous y rendre ? Depuis combien de temps n'es-tu pas sortie ?

Il put voir à son expression qu'il était sur le point de gagner la partie.

— Je pense qu'une voisine acceptera de garder Ethan, lui répondit-elle. Et puis j'ai sans doute encore une robe de soirée convenable dans mon placard.

— Super ! s'exclama Jason en l'embrassant sur la joue.

Il s'apprêtait à partir quand il fit demi-tour.

— N'oublie pas d'allumer la télé demain matin, lui dit-il. J'aimerais tant qu'Ethan regarde « Key to America ». Pour une fois, on lui renverra une image positive de son père.

71

Ursula, les mains tremblantes, lavait la vaisselle de son dîner dans sa petite cuisine. Alors qu'elle rinçait son assiette, elle la cogna contre le robinet. Celle-ci lui échappa et se brisa sur le linoléum usé. Ursula se baissa pour ramasser les morceaux de verre, se demandant comment elle pourrait, ce soir, assurer son cours de broderie.

Mais peut-être qu'en définitive ce serait le meilleur des dérivatifs possibles. Depuis la cérémonie de ce matin, elle n'arrêtait pas de ressasser ce qui s'était passé. Pis, elle ne parvenait pas à effacer l'image de l'assassin penché sur elle après qu'elle se fut évanouie. Elle avait rouvert les yeux, et l'avait vu, qui la dévisageait.

Tout l'après-midi, Ursula s'était demandé si elle devait aller ou non trouver la police. Anxieuse et secouée par le choc, elle ne parvenait pas à arrêter une décision, changeant d'avis d'une minute sur l'autre. Si seulement elle pouvait se souvenir des paroles prononcées juste après avoir repris connaissance... S'était-elle ou non trahie ?

Si elle n'avait rien dit de compromettant, laissant penser à l'assassin qu'elle avait assisté au meurtre, elle ne courait aucun risque. Pourquoi alors se jeter dans la gueule du loup ? Prévenir les autorités ne lui apporterait que des ennuis, elle en était persuadée. Son nom serait cité, elle serait obligée d'aller témoigner...

Ursula finit d'essuyer la vaisselle, nettoya la table et étendit le torchon humide avant de gagner le salon. Elle alluma la télévision pour suivre les nouvelles avant de se rendre à la mercerie. Elle sortit de sa trousse à couture l'ouvrage en cours.

Ursula relut le deuxième verset, qu'elle venait d'achever.

> *A péri dans une piscine.*
> *Telle une pierre, elle a coulé.*
> *Un dernier plongeon électrique*
> *En guise d'adieu provoqué.*

Deux strophes encore, et son hommage à Constance serait achevé. Ursula reprit sa broderie tout en gardant un œil sur le poste.

Eliza Blake évoquait la cérémonie funèbre. Image après image, les personnes de choix présentes ce matin défilèrent à l'écran. Puis apparut le jeune homme qui venait d'être arrêté en possession de l'amulette que tout le monde recherchait depuis la mort de Constance. Eliza poursuivit en précisant que la police considérait désormais Boyd Irons comme l'un des suspects possibles dans l'assassinat de Constance.

Ursula reconnut le nom de l'assistant de Constance. Boyd s'était montré prévenant quand il l'avait appelée pour la convier à la cérémonie. Maintenant, il faisait figure de coupable. Mais Ursula savait que la police se trompait...

Ne pas aller dénoncer le coupable était une chose. Laisser un innocent se faire accuser d'un meurtre qu'il n'avait pas commis en était une autre. Ursula ne pourrait vivre avec un tel remords. Sa décision était prise, elle irait trouver les autorités.

Mais quand le visage de l'assassin apparut à l'écran, Ursula sentit sa résolution fléchir. Elle allait se laisser une nuit de plus pour décider de la conduite à adopter.

72

Deux hommes se tenaient en haut des marches, à l'extérieur du palais de justice.

— Un grand merci, Andrew, dit Boyd à l'avocat de Key News en lui serrant la main. Je vous suis vraiment reconnaissant d'être intervenu de manière si efficace. Jamais le commis d'office sur lequel je serais tombé n'aurait pu accomplir un tel miracle. Grâce à vous, je suis libre.

— Ne me remerciez pas, Boyd. Je n'ai fait que mon travail. Et estimons-nous heureux d'être tombés sur un juge qui a bien voulu recevoir nos arguments. À savoir que si vous aviez réellement volé l'amulette, vous n'auriez pas été stupide au point de la laisser tomber de votre poche devant tous les médias du pays. Et puis il ne faut pas non plus négliger l'appui de vos amis influents…

Boyd le regarda d'un air intrigué.

— Qu'entendez-vous par là ?

— Eh bien ! figurez-vous que Lauren Adams et Eliza Blake m'ont toutes deux appelé à votre sujet.

— Ça alors. Quel réconfort ! Je n'aurais jamais imaginé ça de leur part.

— Key News prend soin des siens, Boyd, lui dit l'avocat. Mais la partie n'en est pas pour autant terminée. Loin de là. Bien que vous ayez été relâché sous caution, de lourdes charges pèsent encore sur vous. L'amulette volée a été retrouvée en votre possession, ce qui nous amène au meurtre de Constance… Un conseil : tenez-vous tranquille jusqu'à l'audience. Pas le moindre pas de travers. D'accord ?

— Je vous le promets, Andrew.

L'avocat regarda sa montre.

— Bon, il est trop tard pour que je me rende au bureau. Voulez-vous que je vous dépose quelque part ?

— Je vous remercie, lui répondit Boyd. Mais je vais profiter du grand air. Marcher me fera du bien. Et puis j'ai encore quelques affaires à régler.

73

Dès que l'antenne fut rendue, et une fois que le réalisateur eut souhaité à toute l'équipe une bonne fin de soirée, Eliza décrocha le téléphone situé sur son pupitre et appela la maison. Ce fut Janie qui répondit.

— Bonsoir, maman, dit-elle tout excitée.
— Comment vas-tu, mon cœur ? lui demanda Eliza.
— Bien ! Mme Garcia m'a préparé des tacos pour le dîner.
— Hum, ça a l'air fantastique. Tu as aimé ?
— J'ai adoré ! Quand rentres-tu ?
— Pas tout de suite, ma chérie. Je vais être un peu en retard, ce soir.
— Pourquoi ?
— Un imprévu. Il me reste encore du travail…
— Mais tu étais déjà absente hier soir, chouina Janie.
— Je sais, ma puce, lui répondit Eliza en pensant à Mack qui, en ce moment même, survolait l'océan Atlantique. Je sais et j'en suis désolée. Mais Mme Garcia va te donner ton bain, ensuite elle va te lire une belle histoire et, dès que je rentre à la maison, je monte l'escalier pour te faire un gros bisou.
— Mais je serai endormie, gémit Janie.

— Et alors, c'est un bisou quand même. Ce n'est pas parce que tu dors qu'il ne compte pas. Tu ne crois pas ?

— Mouais, peut-être... lui répondit Janie, qui ne semblait guère convaincue.

Eliza raccrocha, pensant que demain elle devrait filer sitôt sa journée terminée retrouver sa fille. De plus en plus fréquemment, depuis quelque temps, elle se surprenait à vouloir être à la maison en fin d'après-midi pour profiter de Janie.

Margo Gonzalez attendait Eliza, en compagnie d'Annabelle et de B.J.

— Merci d'être venue ce soir, lança Eliza en voyant la psychiatre.

— Je t'en prie, c'est moi qui suis désolée de n'avoir pu me libérer plus tôt et de vous avoir obligés à rester si tard, lui répondit Margo. Mais mon carnet de rendez-vous était plein.

— Aucun problème, la rassura Eliza. Installons-nous, si vous le voulez bien, et nous pourrons parler tranquillement tout en mangeant.

Tous prirent place autour de la table basse et attaquèrent les plateaux repas que Paige avait fait livrer un peu plus tôt.

Eliza exposa à Margo les derniers développements de l'affaire et lui expliqua la raison de sa présence.

— Voilà ce que nous aimerions comprendre, lui dit-elle. Quelle peut être la psychologie d'une personne qui tue pour un bijou ? Une simple pièce d'art ?

Margo avala un morceau de son cracker au fromage avant de répondre :

— Ce qu'il ne faut pas oublier, Eliza, c'est que la personne que nous recherchons a aussi été capable de tuer un chien. Elle s'est livrée à une répétition grandeur nature avant de passer à l'acte.

— Ça ne peut être qu'un monstre ! s'exclama B.J.

— Ou du moins quelqu'un de vraiment dérangé, nuança Annabelle. S'en prendre à une pauvre bête innocente !

— Vos réflexions m'interpellent. Assassiner un être humain est désormais considéré par la plupart d'entre nous comme un acte, sinon normal, du moins banal, mais s'en prendre à un animal, voilà qui ne l'est pas... Vos réactions sont intéressantes et, hélas, symptomatiques de la société dans laquelle nous vivons...

— Tu as raison, Margo, ponctua Eliza.

— Cela dit, poursuivit la psychiatre, ce qui me vient immédiatement à l'esprit sont ces trois traits de caractère que l'on dit retrouver communément chez les enfants qui par la suite deviennent *serial killers*. L'un d'entre eux est justement la cruauté envers les animaux. Je ne parle pas là du fait d'arracher ses pattes à une araignée ou à une sauterelle, tous les enfants ou presque s'y essaient un jour ou l'autre. Je pense à ceux qui s'en prennent à des animaux bien plus volumineux. Bien des tueurs en série ont au cours de leur enfance exercé leurs talents – si l'on peut dire – sur des chats ou des chiens, et souvent en catimini, pour leur seul plaisir, pas pour épater la galerie.

— Donc, d'après toi, nous sommes face à un *serial killer* ? lui demanda Eliza, visiblement sceptique.

— Pas nécessairement, nuança Margo. Mais à coup sûr en présence d'une personne qui possède une vision pour le moins déformée de la réalité. Une personne habituée à la mort. Une personne prête à commettre l'irréparable pour parvenir à ses fins. Déterminée et aussi calculatrice. N'oublions pas que le meurtre a été prémédité et répété. Choisir un danois, dont le poids et la corpulence étaient proches de ceux de Constance, pour s'assurer que son plan fonctionnerait en est la preuve. Je suis bien obligée de l'admettre, nous avons affaire à quelqu'un de très intelligent.

— La plupart des meurtriers de cette espèce ne le sont-ils pas ? demanda Annabelle.

— En apparence seulement. Tu n'imagines pas le nombre de tueurs ayant soigneusement prémédité leurs crimes qui se font prendre à cause d'un détail qu'ils ont négligé. Non, ils ne sont heureusement pas tous aussi malins qu'ils en ont l'air. Et sûrement pas à l'abri d'une erreur d'appréciation.

— Comme celui que nous recherchons ! s'exclama Eliza. Il n'avait pas imaginé que l'adoption du danois pourrait permettre de remonter jusqu'à lui.

— Mais tout de même suffisamment lucide pour s'apercevoir à temps de sa bévue, tempéra B.J. Il a éliminé de sang-froid l'employé du refuge qui aurait pu l'identifier…

— Ce que tu viens de dire me fait penser à une autre question que je me pose, depuis quelque temps déjà, rebondit Eliza. L'assassin avait-il apporté avec lui la seringue contenant le pentobarbital de sodium ou savait-il qu'il allait en trouver sur place ?

— C'est une bonne question, tempéra Margo. Mais je n'ai pas la réponse.

— N'oublions pas qu'il a d'abord fracassé le crâne de Vinny, intervint B.J. On peut donc facilement imaginer que l'assassin est venu avec un objet contondant dans l'intention de le frapper...

B.J. croisa les jambes avant de poursuivre :

— Je pense à ça, tout à coup. Depuis le début, nous ne parlons que de l'assassin, du meurtrier, comme s'il ne pouvait s'agir que d'un homme. Mais pourquoi le coupable ne serait pas une femme ? Une coupable. L'hypothèse n'a rien d'invraisemblable, non ?

— Effectivement, répondit Margo. On se doit de l'envisager.

Eliza s'essuya le coin de la bouche avec une serviette en papier, avant de reprendre :

— Je sais que je vais sans doute vous heurter, mais il y a une piste que nous ne devons pas non plus négliger, même si nous ne souhaitons pas qu'elle aboutisse...

Les trois autres la regardèrent avec anxiété.

— Boyd Irons, poursuivit Eliza. Je ne pense pas qu'on puisse à ce stade l'exclure du nombre des suspects...

— Mais Boyd adore les animaux ! s'insurgea Annabelle. C'est toujours lui qui prenait soin du chat de Constance. Il m'a même confié qu'il avait accepté de l'adopter quand Faith Hansen lui a répondu qu'elle ne souhaitait pas le recueillir. Boyd, exécuter ce danois ? C'est tout simplement impossible !

— Tu évoques la sœur de Constance, enchaîna B.J. Elle, je la place en tête de liste. Elle n'avait pas du tout l'air peiné, ce matin, lors de la cérémonie. D'après moi, elle était déjà en train d'imaginer comment elle allait dépenser le magot que lui rapporterait l'héritage de sa sœur. Enfin, c'est mon avis…

— Si on continue notre tour de table, il ne faut alors pas oublier Stuart Whitaker. Ce type est vraiment étrange, poursuivit Annabelle. J'ai lu pas mal d'articles à son sujet. Il est obsédé par le Moyen Âge. À tel point qu'il possède une collection impressionnante d'armes et d'armures médiévales, de même, dit-on, qu'un véritable banc de torture, quelque part dans le siège social de sa firme. Une société, soit dit en passant, qu'il a transformée en véritable donjon. Non, ce type est bizarre. Et la dévotion qu'il portait à Constance tout autant. Il est allé jusqu'à commettre un vol aux Cloisters pour lui offrir cette amulette. Je ne serais pas étonnée que cette étrange dévotion se soit muée en rage le jour où il a compris que Constance se moquait de lui et de ses sentiments.

— Je suis d'accord avec toi, lui répondit B.J. Le nombre de personnes que Constance a réussi à se mettre à dos lors de son bref passage sur terre est impressionnant. Et parmi elles, combien d'ennemis ? Comment s'appelle-t-il, déjà, ce type qui a écrit un livre pour décrire la manière dont Constance avait ruiné sa vie ? Jason Vaughan, oui, c'est ça. Et sans même parler de lui. Ne serait-ce qu'ici, à Key News, combien sont-ils dont elle a pourri la vie au quotidien et qui ont débouché le champagne dès qu'ils ont appris son départ ?

— Nombreux, en effet, ponctua Annabelle. Sauf un : Linus Nazareth. Lui, je ne pense pas qu'il ait encore digéré l'affront de Constance. Le quitter ! Et qui plus est pour une chaîne concurrente... Plus qu'une blessure d'amour-propre, une véritable trahison. ...

Tous observèrent un silence après les dernières paroles d'Annabelle.

— Bon, reprit Eliza après un moment qui sembla durer des siècles. Acceptons pour le moment l'idée que Boyd est innocent du meurtre de Constance. Acceptons l'idée que l'assassin – ou la meurtrière, B.J. – a délibérément glissé l'amulette dans sa poche. Soit pour s'en débarrasser, soit pour discréditer Boyd et faire de lui le coupable idéal. Peu importe, pour le moment... La personne que nous recherchons a été capable de préméditer le meurtre de Constance – l'expérience réalisée sur le danois en est la preuve –, puis d'assassiner de sang-froid le pauvre employé du refuge qui aurait pu mener à sa perte. Pour moi, oui, une telle personne mérite bien le qualificatif dont nous l'affublions tout à l'heure : il s'agit bien d'un monstre...

74

Un coup de fil à la mercerie en fin d'après-midi lui avait confirmé que le cours de broderie d'Ursula se déroulerait bien, comme prévu de 19 heures à 20 h 30. Un peu après 20 heures, une voiture se gara à quelques pas de la boutique. L'assassin en descendit et passa devant le magasin, ayant bien veillé à emprunter le trottoir opposé pour ne pas se faire remarquer.

Derrière la vitrine, une dizaine de femmes étaient assises en cercle. Certaines, assidues, étaient penchées sur leur ouvrage. D'autres, rieuses, donnaient au contraire l'impression d'être plus là pour discuter et échanger avec leurs voisines que par réel intérêt pour les travaux de broderie. Derrière elles, des étagères entières recouvertes de pelotes multicolores donnaient à la scène un arrière-plan coloré. À l'intérieur de la mercerie, tout semblait aller pour le mieux dans le meilleur des mondes.

À ce moment précis, une autre femme fit son apparition : Ursula Baies, en provenance de la réserve, qui écarta un rideau pour déposer un plateau sur une table, dans un coin de la boutique. Aussitôt, toutes se précipitèrent vers les rafraîchissements, même les plus assidues, qui délaissèrent un instant leurs aiguilles.

L'assassin retourna à sa voiture et attendit patiemment la fin du cours. À 20 h 35, les premières participantes commencèrent à s'égailler, seules ou en groupe de deux ou trois. Dès qu'il fut certain qu'Ursula était seule, désormais, à l'intérieur de la mercerie, il quitta son véhicule.

Les mains dans les poches, sentant la présence rassurante de la seringue, il avança vers l'entrée de la boutique.

La lumière brillait toujours bien que personne ne fût présent dans le magasin. Essayant de ne pas faire le moindre bruit, l'assassin poussa la porte d'entrée. Mais le carillon, annonçant l'arrivée d'un visiteur, retentit aussitôt.

— Quelqu'un a oublié quelque chose ? demanda Ursula depuis la réserve. Je suis là tout de suite, j'en ai pour un instant.

Comme personne ne lui répondait, elle vint dans la boutique, qu'elle trouva déserte. Cependant, pressentant qu'elle n'était pas seule, elle frissonna et son cœur se mit à battre la chamade. Elle essuya nerveusement ses mains sur les pans de sa blouse puis se dirigea vers la porte d'entrée, qu'elle verrouilla de l'intérieur. Elle regarda à travers la vitre, mais ne vit rien d'anormal dans la rue. Les trottoirs étaient déserts.

— Tout va bien, dit-elle à haute voix, comme pour se donner confiance. Tout va bien.

Elle éteignit les lumières et se dirigea de nouveau vers la réserve, pressée à présent de rejoindre la porte de derrière qui donnait sur le parking, où l'attendait sa voiture.

Tandis qu'elle tirait le rideau séparant les deux pièces, Ursula entendit un bruit. Elle tourna la tête et vit une silhouette fondre sur elle, qui la poussa vers l'arrière du magasin.

— Oh, mon Dieu ! lâcha-t-elle en retrouvant l'équilibre de justesse.

Elle se retourna alors pour faire face à son agresseur et écarquilla les yeux de peur en voyant la seringue à quelques centimètres de son visage.

— Je vous en supplie ! Ne me faites pas de mal. Je vous en supplie ! implora-t-elle en reculant vers la porte de derrière, consciente que sa seule échappatoire se trouvait là.

— Ne vous agitez pas, restez calme !

En regardant le visage de son agresseur, implacable, Ursula devina aussitôt ce qu'avait dû ressentir Constance en voyant le grille-pain voler dans les airs avant de finir sa course dans la piscine, consciente de ce qui allait se produire, incapable de réagir, d'empêcher l'inéluctable...

Mais Ursula n'était pas encore piégée. Son agresseur était là, à portée de main. Elle voyait même les gouttes de sueur qui perlaient sur son front. Elle avait, elle, la possibilité de se défendre. Si elle ne faisait rien, elle y passerait...

Et c'est alors qu'elle entrevit une issue. Elle aussi disposait d'une arme. Elle plongea la main dans une des poches de sa blouse et en sortit une longue aiguille. Dans un geste désespéré, elle se rua vers son agresseur, prête à porter l'estocade. Mais ce dernier esquiva et Ursula ne parvint pas, cette fois, à retrouver son équilibre. Et, entraînée par son geste, elle bascula tête la première dans l'escalier qui menait à la cave.

Le bruit du corps qui rebondissait sur les marches de bois laissa penser à l'assassin que la chute avait dû se révéler mortelle. Ce dernier, cependant, descendit pour s'en assurer.

Ursula gisait inerte, dans une position qui ne laissait aucun doute, face contre terre. L'aiguille dont elle s'était servie pour l'assaut lui avait transpercé le flanc droit. Par acquit de conscience, l'assassin chercha son pouls. Qui, contre toute attente, battait encore faiblement.

L'assassin regarda autour de lui et vit une pile de chiffons. Il en prit un et l'appliqua sur la bouche d'Ursula.

Après quelques longues secondes, la femme de ménage de Constance cessa de respirer. Définitivement…

La mort apparaîtrait comme naturelle et la seringue de pentobarbital de sodium n'aurait pas à servir cette fois.

Elle serait prête pour la prochaine.

MERCREDI 23 MAI

75

Après une nuit quasiment sans sommeil, Faith se leva, faisant bien attention à ne pas réveiller Todd. Ils s'étaient violemment disputés la veille, après la cérémonie, et chacun était allé se coucher en colère contre l'autre.

Ce matin, Faith n'avait vraiment aucune envie d'une nouvelle confrontation. Pourtant, elle ne pouvait blâmer son mari des horreurs qu'il avait professées après qu'ils eurent pris connaissance du testament de Constance. Elle-même était furieuse contre sa sœur. Et encore, le mot était faible. Mais elle seule avait le droit d'exprimer sa rancœur, personne d'autre.

Une fois au rez-de-chaussée, Faith alla jeter un coup d'œil à sa mère endormie, puis gagna la cuisine. Elle remplit la bouilloire et la posa sur le feu. Le testament était toujours sur la table, à l'endroit où elle l'avait laissé la veille au soir. Elle le reprit et se dirigea vers le salon, s'assit dans un fauteuil et le relut une nouvelle fois.

Les dispositions étaient on ne peut plus claires. Une somme couvrirait les dépenses relatives aux soins de leur mère, jusqu'à sa mort. Une autre serait bloquée sur un compte, qui servirait à payer les études de Ben et de Brendan – il était stipulé que cet argent ne pourrait en aucun cas être utilisé à d'autres fins. Constance avait alloué le même montant aux enfants d'Annabelle Murphy pour régler leurs frais de scolarité. Elle avait légué à sa femme de ménage une somme rondelette, en remerciement pour son dévouement et sa loyauté. Mais le pire était à venir. La majeure partie de sa fortune, soit environ 30 millions de dollars, serait utilisée pour la création d'une école de journalisme et d'une chaire « Éthique et Journalisme » à l'université de Yorktown, en Virginie.

« L'un des grands regrets de ma vie, écrivait Constance, est d'avoir quitté l'université sans diplôme. Après avoir remporté le concours de Miss Virginie, j'ai aussitôt été sollicitée par la télévision, et j'ai accepté le poste. J'avais à l'époque envie de me frotter au monde du travail. Je ne savais pas alors que, jamais, je ne trouverais le temps de terminer mes études. »

Faith pensa aussitôt à l'accrochage que Constance et elle avaient eu le vendredi précédent, lors du déjeuner donné pour son départ par Key News. Elle avait une nouvelle fois lancé à la figure de Constance qu'elle ne possédait aucun diplôme, contrairement à elle. Une arme dont Faith s'était souvent servie par le passé, n'en ayant guère d'autres à sa disposition pour blesser sa sœur. Coup bas, dont elle se mordait amèrement les doigts.

Faith resserra les pans de sa robe de chambre et poursuivit sa lecture.

« À ma sœur, Faith, je lègue mon collier de perles. Chaque fois que tu me voyais avec, tu ne pouvais t'empêcher de t'exclamer que tu le trouvais superbe. Il est à toi, à présent. Pense à moi quand tu le porteras. »

Voilà. On y était. Quelques perles. Et rien d'autre !

Certes Constance avait veillé à l'éducation de ses neveux – un soulagement puisqu'ils pourraient ainsi poursuivre des études supérieures sans avoir à s'endetter –, mais elle avait délibérément exclu sa sœur de son testament.

La bouilloire se mit à siffler. En se levant pour aller éteindre le feu, Faith longea la cheminée, sur le manteau de laquelle trônait l'urne funéraire contenant les cendres de Constance.

Faith fut prise de l'envie irrépressible d'ouvrir la porte-fenêtre et de les répandre dans le jardin. Mais elle se retint.

76

Stuart chercha à tâtons ses lunettes sur la table de chevet. Il les chaussa et resta allongé dans son lit à fixer le plafond, songeant à ce qui s'était passé la veille. Il pensa également aux cendres de Constance, à Faith qui devrait accepter de les lui remettre et au mémorial qu'il s'apprêtait à ériger. Un lieu de repos éternel digne de la reine qu'elle était.

Stuart se leva avec plus d'enthousiasme que les jours précédents et alluma son ordinateur pour échafauder ses premiers plans. Il imaginait un jardin paisible couvert de fleurs, un bassin et des bancs de pierre où l'on pourrait s'asseoir et méditer à l'ombre des arbres. En son milieu serait érigé le columbarium qui contiendrait l'urne. Peut-être serait-il même surmonté d'une flamme qui reste en permanence allumée, comme celle qui brille sur la tombe de John Fitzgerald Kennedy, au cimetière d'Arlington. Stuart rêvait également d'une pièce unique, spécialement créée pour la circonstance. Une œuvre composée de six panneaux de verre coloré, inspirée des tapisseries du musée de Cluny, à Paris, représentant la dame à la licorne. Bien évidemment, l'artiste remplacerait le visage de la dame par celui de Constance. Six panneaux qui figureraient les cinq sens et l'amour, le plus noble de tous les sentiments.

Après avoir payé les architectes, le paysagiste et l'artiste, sans oublier la rémunération des experts des Cloisters, Stuart estima qu'il lui resterait une somme d'environ 5 millions de dollars, suffisante pour l'entretien du jardin durant de longues années.

Maintenant, il ne lui restait plus qu'à convaincre Faith de lui confier les cendres de Constance. Si cette dernière ne voulait pas admettre que sa proposition était la meilleure, il était même prêt à lui offrir une jolie somme, en faisant attention à la manière dont il aborderait ce sujet délicat, pour ne pas la froisser.

Bien que morte, Constance demeurait sa dame de cœur, et lui son fidèle homme-lige. Toujours et à jamais il serait à son service.

Dans son rêve, Eliza sentit la chaleur d'un corps se presser contre le sien. Ses pensées allèrent aussitôt à Mack. Elle se retourna en souriant, ouvrit les paupières et vit deux petits yeux bleus plantés dans les siens.

— Bonjour, maman.

— Ah, bonjour, mon cœur, souffla Eliza, prenant aussitôt conscience que Mack se trouvait à des milliers de kilomètres de là, sans doute en train de déjeuner à l'heure qu'il était, en raison du décalage horaire. Tu as bien dormi ?

— Oui, mais tu m'as manqué, hier soir.

— Toi aussi tu m'as manqué, lui répondit Eliza.

— Est-ce que tu es venue m'embrasser quand tu es rentrée à la maison ?

— Évidemment, comme je te l'avais promis.

Janie vint se blottir contre Eliza.

— Et ce soir, tu rentres tôt ? On passe la soirée ensemble, comme prévu ?

Eliza se mordit la langue. Cette soirée aux Cloisters lui était complètement sortie de l'esprit.

— Oh, Janie ! Je suis vraiment désolée, j'ai encore oublié… Quand je rentrerai, tu seras couchée, dit-elle en essayant de la prendre dans ses bras.

Mais, d'un geste vif, la fillette se dégagea et échappa à son étreinte.

— Tu m'avais promis que tu serais là, ce soir, maman ! C'est pas juste !

— Je sais, Janie. Je t'avais promis d'être à la maison. Et je suis d'accord avec toi, c'est injuste. Mais crois-moi, je suis vraiment désolée. C'est un oubli de ma part. J'ai une obligation professionnelle ce soir, à laquelle je ne peux me soustraire.

— Ça veut dire quoi, soustraire ?

— Que je n'ai pas le choix. Que je suis obligée d'y aller...

— Je déteste ton travail ! s'exclama Janie en se couvrant la tête avec la couverture.

— Il faut que tu essaies de comprendre, chérie, lui dit doucement Eliza en enlevant la couverture pour la regarder. Le travail, c'est très important. C'est ce qui permet aux gens de gagner de l'argent. Et c'est grâce à ce travail, à l'argent qu'on gagne en travaillant que l'on peut se loger, s'acheter de la nourriture, se payer une voiture...

— Et des jouets ?

— Oui, aussi des jouets, que l'on peut offrir à ses enfants, sourit Eliza. Avoir une activité professionnelle permet tout simplement de pouvoir vivre, et aussi de s'octroyer quelques plaisirs, poursuivit-elle en prenant Janie dans ses bras. Mais, tu sais, il n'y a pas que l'argent qui compte dans la vie. Certaines personnes ont la chance d'aimer leur travail. Et elles travaillent parce qu'elles aiment vraiment ce qu'elles font. Moi, je fais partie de ces privilégiées, ma chérie. J'adore mon métier.

— Est-ce que tu l'aimes plus que moi ? lui demanda-t-elle, quasiment au bord des larmes.

— Non, Janie ! Comment peux-tu me poser cette question ? Bien sûr que non. Tu es ce que j'ai de plus cher au monde...

— Alors pourquoi tu vas travailler ce soir plutôt que de rester avec moi ? Alors que moi j'ai envie que tu sois là...

Eliza lui déposa un baiser sur le front, fière de la logique de sa fille, mais attentive également à la réponse qu'elle allait lui donner.

— Parce que j'ai un engagement, mon cœur. J'ai promis à quelqu'un d'assister à une cérémonie ce soir. Et, quand on promet quelque chose à quelqu'un, il faut tenir sa promesse.

— Mais tu m'avais promis, à *moi*, que tu serais à la maison ce soir. Tu dois respecter ta promesse. Tu dois être là ce soir.

Eliza comprit aussitôt que Janie n'en démordrait pas et qu'elle ne s'en sortirait pas si simplement. Aussi décida-t-elle de changer d'approche.

— Écoute-moi, ma chérie. Je suis désolée, j'ai commis une bourde en acceptant cette proposition alors que je devais rester avec toi ce soir. C'est un oubli de ma part. J'en suis vraiment navrée, mais maintenant je n'ai pas le choix. J'espère que tu es à même de me comprendre et de me pardonner…

Janie resta silencieuse quelques instants, analysant toutes les données du problème.

— Ça va, dit-elle enfin, au grand soulagement d'Eliza. Tout le monde peut faire des bêtises. Je t'aime, maman.

78

Il était tôt, très tôt, et Boyd se trouvait à un endroit où il n'avait jamais eu l'occasion de s'asseoir : le canapé réservé aux invités de « Key to America ». D'ordinaire, c'est lui qui les accompagnait jusque-là pour qu'ils s'installent confortablement et se détendent avant le direct.

Lauren Adams l'avait appelé en personne la veille au soir pour le convaincre de participer à l'émission. Il avait trouvé son message sur son répondeur en rentrant chez lui : « Il faut que tu nous accordes l'exclusivité d'une interview, demain matin. Non seulement ce sera un plus énorme pour l'émission, mais tu auras ainsi l'occasion de donner ta version des faits devant plusieurs millions de téléspectateurs. D'expliquer que tu n'es qu'une victime dans cette affaire… »

Pendant la première pause publicitaire, Lauren quitta son pupitre de présentatrice pour se diriger vers Boyd. Elle s'assit en face de lui, dans un fauteuil rembourré.

— Tu es prêt ? lui demanda-t-elle.

Boyd acquiesça d'un signe de la tête.

— Tu te sens bien ?

— Je suppose que oui, répondit-il avant d'enchaîner. Au fait, Lauren, je voulais te remercier pour tout ce que tu as fait pour moi.

Cette dernière agita la main, comme pour balayer le flot de remerciements à venir.

— Ce n'est rien, lui dit-elle. J'ai seulement passé un coup de fil à l'avocat de Key News. Je n'allais tout de même pas laisser mon assistant en garde à vue sans réagir.

Avant que Boyd puisse répondre quoi que ce soit, une voix se fit entendre dans le studio.

— Antenne dans cinq secondes.

D'un geste machinal, Lauren lissa son corsage, regarda en direction de la caméra surmontée d'une lumière rouge et afficha son plus beau sourire.

— Merci de nous retrouver après cette coupure. Comme convenu, nous accueillons maintenant Boyd Irons. Boyd est employé à Key News et, pour la plus grande transparence, je me dois de préciser que Boyd est mon assistant, après avoir été pendant plusieurs années celui de Constance Young. Boyd Irons a été arrêté hier matin par la police après la cérémonie funéraire parce qu'il était en possession de l'amulette à la licorne volée dans les réserves des Cloisters. Ce même bijou que portait Constance, vendredi dernier, quand elle présentait sa dernière émission, en direct de ce studio.

Lauren détourna son regard de la caméra et le porta sur son assistant.

— Bonjour, Boyd. Et merci d'être là ce matin.

— Bonjour, Lauren.

— Je sais que votre avocat vous a conseillé la prudence, mais que pouvez-vous nous dire de cette affaire ? Qu'est-il arrivé, hier ?

— C'est simple. Après la cérémonie, j'ai enfilé mon imperméable. Puis, une fois dehors, j'ai cherché mon mouchoir dans l'une de mes poches et, au moment où je l'en retirais, l'amulette est tombée sur le trottoir.

— Comment s'était-elle retrouvée là ?

— Je n'en ai aucune idée. Mais la seule explication est que quelqu'un l'a glissée dans ma poche au cours de la cérémonie. Mon imper était pendu dans le vestibule, avec tous les autres manteaux.

— Donc, vous maintenez votre version ? Selon vous, quelqu'un a intentionnellement déposé le bijou dans votre poche ?

— Oui, lui répondit-il d'une voix ferme en la regardant dans les yeux.

— Avez-vous une idée de qui il peut s'agir ?

— Bien sûr que non, mais c'est forcément une personne présente hier matin.

À ce stade, une vidéo tournée la veille apparut à l'écran, montrant les personnes quittant la cérémonie.

— On m'aperçoit en compagnie de Linus Nazareth, le producteur exécutif de « Key to America », commenta Lauren en voix *off*. Et voici Eliza Blake avec Mack McBride, le correspondant de Key News à Londres. Boyd, pouvez-vous nous aider à identifier les autres participants ?

— Certainement. Bon nombre de mes collègues travaillant dans l'ombre ont assisté à la cérémonie. On voit ici sortir, B.J. D'Elia, un cameraman, Annabelle Murphy, une productrice. Eh ! tenez, voilà Faith Hansen avec son mari et ses deux fils. Faith est l'unique sœur de Constance. On aperçoit maintenant Stuart Whitaker, le magnat des jeux vidéo, un ami intime de Constance. Et aussi Jason Vaughan…

— Jason Vaughan ? L'homme qui a écrit ce pamphlet sur les médias ? Un livre à charge sur notre regrettée consœur ? demanda Lauren afin de bien clarifier la situation pour les téléspectateurs.

— Oui, c'est bien lui, en effet, confirma Boyd.

La caméra revint au direct et montra Boyd et Lauren, face à face dans le studio de « Key to America ».

— Jason Vaughan s'est montré extrêmement critique envers Constance Young. Pourquoi d'après vous a-t-il tenu à assister à ses obsèques ?

— Je n'en sais rien, répondit Boyd. On ne peut qu'émettre des suppositions.

— Eh bien, nous le lui demanderons. Jason Vaughan attend en ce moment dans une pièce attenante, et nous le retrouverons ici même après cette nouvelle coupure publicitaire. Boyd Irons, je vous remercie d'avoir bien voulu nous accorder cet entretien exclusif.

Lauren fixa la caméra jusqu'à l'extinction de la lumière rouge.

— Merci, Boyd, lui dit-elle. Tu as été parfait.

— Je t'en prie, lui répondit-il en enlevant son micro.

Au moment où Boyd s'apprêtait à quitter le studio, les deux portes battantes s'ouvrirent et il se retrouva nez à nez avec Jason Vaughan.

*

— Merci, monsieur Vaughan, d'avoir accepté notre invitation ce matin.

— Merci à vous de me recevoir dans votre émission.

— Comment se portent les ventes de votre livre ? attaqua Lauren après cet échange d'amabilités.

— Bien ! Très bien, même. Nous allons bientôt savoir, dans quelques heures seulement, si mon essai, *Ne jamais regarder en arrière*, va rejoindre la liste des meilleures ventes du *New York Times*. Mon agent se montre particulièrement confiant sur le fait que nous y serons… Et en très bonne place !

— Félicitations, le congratula Constance en replaçant une mèche de cheveux derrière son oreille. Avant de poursuivre, je tiens à être honnête avec vous. Il y a eu un vif débat au sein de la rédaction quant à l'opportunité de vous inviter ce matin. Non pas à cause du sujet de votre livre, de votre attaque en règle contre les médias, mais plutôt à cause du portrait peu flatteur que vous brossez de notre ex-collègue…

— Eh bien, je suis heureux que vous ayez finalement décidé de me recevoir.

— Juste avant la pause, enchaîna Lauren, nous avons vu quelques images tournées à la sortie de la cérémonie funéraire. Et vous y étiez…

— C'est exact, oui.

— Voilà qui est surprenant ! attaqua Lauren. Vous détestiez Constance Young, et vous ne vous en cachiez pas.

— Peut-être avais-je besoin d'y assister…

— Vous voulez dire que vous rendre aux obsèques d'une personne qui, selon vous, a causé votre perte, vous a apporté une certaine satisfaction ? Vous teniez là votre revanche ?

— C'est terrible d'entendre les faits ainsi énoncés, se défendit Jason.

— Mais est-ce la vérité ?

— En quelque sorte, oui, murmura Jason, mal à l'aise. Écoutez, dit-il pour se défendre. Vous savez tous désormais le tort que Constance Young m'a causé. Mais je n'étais pas le seul à avoir subi ses foudres, ni la seule de ses victimes. Les témoignages sont nombreux dans mon livre, qui attestent de son comportement…

— Votre livre, parlons-en justement, l'interrompit Lauren en le feuilletant. Page 43, vous décrivez la colère noire dans laquelle Constance serait entrée l'année dernière après avoir pris connaissance des scores d'audience. « Daybreak », l'émission qu'elle s'apprêtait à rejoindre, avait réalisé un meilleur Audimat que « Key to America ». Pourtant, vous dites qu'elle était seule dans son bureau quand elle s'est littéralement mise en rage, jetant contre le mur tout ce qu'elle trouvait à portée de main. S'il n'y avait aucun témoin, comment avez-vous eu connaissance de cette scène ?

— Une source confidentielle m'en a fait part, se défendit Jason.

— Il ne peut alors s'agir que de quelqu'un travaillant à Key News ? Quelqu'un qui était très proche de Constance ? De qui s'agit-il ?

— Comme je l'ai déjà dit à certains de vos confrères, je ne dévoilerai pas mes sources. Je leur ai promis l'anonymat.

— Très bien, monsieur Vaughan poursuivit Lauren. Prenons un autre passage de votre livre. Page 114, vous écrivez que l'amour affiché par Constance pour les animaux n'était qu'un amour de façade, un moyen de s'accorder les faveurs du public. Loin des caméras, vous prétendez qu'elle ne leur manifestait aucun intérêt et qu'elle ne s'occupait pas de son chat, qu'elle laissait souvent seul pendant de longues périodes, sans même lui donner à manger.

— Oui, c'est exact.

— Encore une fois, comment avez-vous pu avoir connaissance de cela ? S'agit-il toujours de cette même source, dont vous ne voulez pas nous révéler l'identité ?

— Eh bien, oui, lâcha Jason, visiblement embarrassé.

— Permettez-moi de me montrer sceptique, monsieur Vaughan, enchaîna Lauren. Vous évoquez une colère noire alors qu'aucun témoin n'était présent et ne peut corroborer la scène. Puis vous accusez Constance de maltraitance animale et, là encore, personne pour témoigner… N'auriez-vous pas tout inventé ?

Jason sentit son visage s'empourprer.

— Oh, non ! Ça ne va pas recommencer, gémit Jason. Vous, les journalistes, vous n'allez pas une fois de plus ternir ma réputation. Je peux vous affirmer que plusieurs personnes proches de Constance ne se sont pas fait prier pour me parler d'elle en termes peu élogieux. Quant à cette histoire de chat, je la tiens de quelqu'un qui avait accès à l'appartement de Constance Young et s'y rendait fréquemment pour s'assurer que l'animal ne manquait de rien. Je ne peux pas vous donner son nom. Mais tout ce que j'ai écrit est rigoureusement exact. Toute cette histoire est vraie.

79

La propriétaire de la mercerie gara sa Volvo derrière le magasin. En descendant, elle fut surprise de voir la vieille voiture d'Ursula sur le parking, non loin de là. Pourtant, Ursula ne donnait pas de cours de broderie, aujourd'hui. Elle fut ensuite intriguée de trouver la porte ouverte. Curieux, pensa-t-elle.

— Ursula ? dit-elle à haute voix en entrant dans la réserve. Ursula ? C'est moi.

N'obtenant pas de réponse, sa curiosité se mua en inquiétude. Une fois dans la boutique, elle vit la trousse de couture d'Ursula posée sur la table. Elle se dirigea alors vers la vitrine, espérant qu'Ursula serait dehors en train de s'occuper des fleurs qu'elle avait récemment plantées. Mais il n'y avait personne sur le trottoir, et la porte d'entrée du magasin était fermée à clé.

— Ursula ? appela-t-elle de nouveau.

Toujours pas de réponse. Devait-elle prévenir la police ? se demanda-t-elle. N'était-il pas un peu tôt pour s'affoler ? Ursula s'était sans doute absentée quelques instants pour aller acheter le journal, ou bien elle était partie à la banque ou à la laverie…

Aussi commença-t-elle sa journée. Elle ouvrit un grand carton rempli de pelotes de laine, qu'elle rangea sur les étagères. Puis elle accueillit ses premières clientes de la matinée, aidant l'une à choisir du fil à repriser, conseillant l'autre qui souhaitait tricoter une écharpe pour sa petite-fille. Quand sa troisième visiteuse fut partie, Ursula n'avait toujours pas donné signe de vie.

De plus en plus inquiète, la propriétaire de la mercerie s'apprêtait à appeler la police. La main sur le combiné, elle prit conscience que le commissariat lui demanderait si elle avait bien regardé partout. Or, elle n'était pas descendue à la cave...

80

Quand Eliza entra à Key News, elle tomba sur Lauren Adams, qui attendait l'ascenseur. Les deux femmes montèrent ensemble dans une cabine vide.

— Comment ça va ? demanda Eliza à Lauren.

— Autant que je te le dise tout de suite : je viens de renvoyer Boyd.

— Quoi ! Tu plaisantes ? s'exclama Eliza. Que s'est-il passé ? Hier encore, tu étais la première à monter au créneau pour que Key News s'occupe de sa défense.

— Hélas, non ! Je ne plaisante pas, lui répondit Lauren avec véhémence. Il était hors de question que je travaille avec lui un instant de plus. Jamais plus je ne pourrai lui accorder ma confiance. As-tu vu l'émission ce matin ?

— Quelques passages, seulement, lui répondit Eliza, pensant en son for intérieur qu'elle avait eu mieux à faire en s'occupant de Janie.

— Les interviews de Boyd et de Jason Vaughan, l'auteur de ce brûlot ?

— Non, j'étais occupée à ces moments-là.

— Pour faire bref, Jason Vaughan a admis à demi-mot que Boyd était l'une des sources à lui avoir balancé nombre de vacheries sur Constance. Non mais, tu t'imagines ? S'il s'est comporté ainsi avec Constance, il pouvait très bien agir de la sorte avec moi !

Les portes de l'ascenseur s'ouvrirent à l'étage d'Eliza, qui appuya sur le bouton pour les maintenir ouvertes.

— As-tu la preuve que Boyd a réellement parlé à ce Vaughan ?

— Oh, oui ! Après l'émission, je l'ai convoqué dans mon bureau, je l'ai interrogé et il a tout avoué. Je regrette à présent d'avoir essayé de l'aider. Boyd a trahi la confiance de Constance en parlant à ce Vaughan. Et, s'il la détestait à ce point, il a très bien pu commettre le meurtre et lui dérober le bijou juste après. Maintenant, je me lave les mains de ce qui peut bien lui arriver. Et tu devrais en faire autant, crois-moi.

— Je suis vraiment navrée d'entendre ça, dit Eliza en quittant la cabine de l'ascenseur.

— Un conseil, lui glissa Lauren avant que les portes se referment. Sois prudente. Es-tu certaine que Paige est digne de confiance ? Tu sais, Eliza, vu les fonctions que nous occupons, on doit faire attention…

*

— Oh, patientez un instant, je vous prie ! dit Paige en voyant Eliza entrer. C'est Mack McBride, chuchota-t-elle à l'attention de la journaliste après avoir couvert le combiné de sa main.

— Tu peux parler à voix haute, lui répond Eliza tout sourire. Inutile d'en faire un mystère. Passe-le-moi dans mon bureau.

Eliza referma la porte et décrocha.

— Tu es entier ! Comment s'est déroulé ton voyage ?

— Le vol à proprement parler s'est bien déroulé. À l'inverse de mon état mental. Chaque fois que je regardais la carte électronique affichant notre position, je me sentais de plus en plus dévasté, constatant que je m'éloignais inexorablement de toi…

— Je savais bien qu'il y avait une raison pour laquelle tu avais la réputation d'être l'un des plus brillants correspondants de Key News, mais je ne m'en souvenais pas. Ça vient de me revenir subitement, plaisanta Eliza. Tes mots font toujours mouche !

— Comment ! Seulement *l'un* des meilleurs ? lui demanda-t-il comme s'il était réellement offusqué par sa remarque.

— Contente-toi de cela ! Ne compte pas sur moi pour flatter ton ego déjà surdimensionné… sourit Eliza.

Puis ils échangèrent quelques propos badins, se racontant leurs journées respectives. Mack apprit à Eliza qu'il allait partir pour Rome dans quelques heures.

— Le Vatican vient d'émettre un communiqué sur le Moyen-Orient qui a fait pas mal de vagues dans les milieux diplomatiques. Et c'est moi qui m'y colle…

— Comme si tu étais à plaindre ! J'adore Rome. C'est une ville magnifique.

— Alors, viens m'y rejoindre ce week-end… lui proposa-t-il aussitôt.

Eliza éclata de rire.

— Tu sembles oublier, cher ami, que j'ai une petite fille de six ans à la maison !

— Où est le problème ? répondit Mack sans hésiter. Viens avec Janie. Nous lui ferons découvrir les splendeurs de Rome au printemps.

Se doutait-il qu'il venait de marquer un nombre considérable de points en proposant spontanément que Janie l'accompagne ?

— Je suis désolée, Mack, mais Janie a une pyjama party prévue chez les Hvizdak ce week-end. Et je ne suis pas vraiment sûre qu'elle accepterait de la sacrifier pour une visite du Colisée...

— Eliza, je n'ai pas envie de laisser passer de longues semaines avant de te revoir...

Eliza s'apprêtait à lui répondre, mais elle l'entendit chuchoter à l'autre bout du fil.

— Navré, reprit-il, il faut que je te laisse. La voiture m'attend. Je peux t'appeler demain ?

— Ou même avant, si tu en as l'occasion...

81

Ce fut le correspondant local de l'Associated Press qui, le premier, révéla l'information. La nouvelle se propagea aussitôt dans toutes les rédactions nationales : le corps sans vie de la femme de ménage de Constance Young venait d'être retrouvé dans une mercerie de Bedford, dans l'État de New York. La police ne savait pas encore s'il s'agissait d'un meurtre ou d'un accident.

Eliza était en train de finir de lire la dépêche quand Annabelle Murphy frappa à sa porte.

— Incroyable, non ? lui dit-elle après être entrée. Étrange coïncidence. Si tant est que l'on puisse parler de coïncidence...

Eliza termina l'article avant de lui répondre.

— On a déjà vu des choses plus incroyables... Mais je suis d'accord avec toi, je ne crois pas non plus à la thèse de l'accident. J'ai le pressentiment que toutes ces affaires sont liées.

— J'ai ressorti l'interview d'Ursula Baies que nous avions réalisée l'autre jour. Et je l'ai de nouveau visionnée. Dieu, qu'elle était nerveuse !

— Très bien, on pourra en utiliser quelques extraits, ce soir. Tu vas à Bedford ?

— Oui, B.J. prépare son matériel. On part dans quelques minutes. Je voulais juste savoir si tu nous accompagnais.

— J'aimerais, mais j'ai beaucoup de détails à régler, ici. Vous serez mes yeux et mes oreilles sur place. Rapportez-moi un scoop pour l'émission !

82

B.J. était parti chercher la voiture et Annabelle l'attendait dans le hall de Key News quand elle aperçut Boyd Irons. Il portait un carton et se dirigeait vers la sortie. Boyd s'arrêta à sa hauteur.

— Je suppose que tu as eu vent de la nouvelle ? lui demanda-t-il en posant son carton à terre.

— Oui, les rumeurs circulent à toute vitesse ici. Je suis désolée pour toi, Boyd. Comment te sens-tu ?

— Bof, ça craint ! Mais bon, je l'ai cherché. Je n'aurais jamais dû jouer avec le feu. Je me suis brûlé les doigts, c'est tout. Je savais que je prenais un risque en parlant à Jason Vaughan. Mais, quand il m'a appelé pour son livre, j'étais tellement en colère contre Constance que j'ai accepté de le rencontrer. Cela dit, je n'en veux pas à Lauren de m'avoir viré. À sa place, j'aurais agi de même.

Annabelle compatit en voyant son air abattu.

— Les derniers jours ont été rudes, hein ?

— J'en ai connu de meilleurs, répondit-il, fataliste.

— Et sur le plan judiciaire, comment ça s'annonce ?

— Comme tu le sais, ils m'ont relâché hier. Mais c'est loin d'être terminé. Une audience est fixée le mois prochain. Et je ne sais vraiment pas ce qui va advenir. Je n'y suis pour rien, mais aux yeux de tous c'est comme si j'avais été pris la main dans le sac... Nombreux sont les enregistrements qui prétendument le *prouvent*. Merci, la télé ! conclut-il, amer. Je ne sais vraiment pas comment je vais m'en sortir...

— Ton avocat va te tirer de ce mauvais pas, le réconforta Annabelle. Il va prouver que l'amulette a été glissée dans ta poche par quelqu'un de mal intentionné.

— Mon avocat ? Quel avocat ? Maintenant que je ne fais plus partie de Key News, je serais surpris qu'il accepte de me défendre... Je suis foutu.

— Je ne pense pas que ton avocat t'ait uniquement représenté parce que tu étais employé de Key News... Je crois surtout que c'est parce qu'Eliza le lui a demandé. Et puis, s'il refuse d'assurer ta défense, il n'est pas le seul sur la place...

— Ouais, encore faut-il en avoir les moyens… Tu connais les tarifs ?

— Je sais, lui répondit Annabelle, qui compatissait. Désolée, je dois te laisser, poursuivit-elle après avoir aperçu B.J., qui se garait en double file.

— Où allez-vous ? lui demanda Boyd.

— À Bedford.

— Là où Constance avait sa résidence secondaire ?

— Oui, tu ne vas pas y croire. Sa femme de ménage est morte…

— Ursula Bales ?

— Dans le mille ! Bon, je te quitte, Boyd. Bonne chance pour la suite. Mais, j'y pense, pourquoi n'irais-tu pas dire au revoir à Eliza avant de t'en aller ?

Boyd prit son carton et se dirigea vers les ascenseurs pour gagner le sous-sol.

— Tout est terminé. Je n'ai qu'une envie : partir. Ah, au fait, dit-il en se retournant vers Annabelle. Constance ne t'a pas oubliée…

— Que veux-tu dire ?

— Je ne brise aucun secret, tu vas bientôt en être avertie. Elle t'a couchée sur son testament. Ou plutôt tes enfants. Tu toucheras une belle somme pour qu'ils puissent aller à l'université.

*

Dans la voiture qui quittait New York pour le nord de l'État, Annabelle n'en revenait toujours pas.

— Tu imagines ? Je n'arrive pas à y croire ! Elle a pensé à moi, aux jumeaux. Elle m'a légué une somme pour leurs études…

— C'est une bonne nouvelle, lui répondit B.J.

— C'est incroyable !

— Ça prouve aussi qu'elle n'avait pas si mauvais fond que cela. Chacun, quoi qu'on puisse penser, possède en soi des restes d'humanité... philosopha le cameraman.

Une larme roula sur la joue d'Annabelle, et B.J. eut la délicatesse de faire comme s'il n'avait rien remarqué.

83

Dans son bureau des Cloisters, Rowena Quincy était au téléphone, passablement énervée contre son interlocuteur.

— Écoutez-moi, l'amulette à la licorne est la propriété du musée, dit-elle fermement. Nous exigeons qu'elle nous soit restituée dans les plus brefs délais. Notre exposition ouvre demain. Le vernissage a lieu ce soir et ce bijou est le clou de notre événement. Je vous demande donc une nouvelle fois de bien vouloir nous la rendre immédiatement.

— Désolé, madame. Mais c'est *aussi* une pièce à conviction.

— Comme je vous l'ai déjà dit, nous n'avons pas porté plainte pour vol. L'affaire est donc close, officier.

— Il ne s'agit pas d'un vol mais d'un homicide. Un meurtre...

— Vous ne savez même pas si Constance Young portait ce bijou quand elle a été tuée. Ni même si c'est à cause de lui qu'on l'a tuée. Une dernière fois, je vous demande de nous restituer cette amulette.

— Impossible, madame, comme je vous l'ai déjà dit, *moi aussi*, il s'agit d'une pièce à conviction.

— Si vous le prenez comme ça, vous aurez bien vite affaire à nos avocats.

Et Rowena raccrocha, en colère.

84

Tout était désormais sous contrôle.

Avoir réglé son cas à Ursula Baies signifiait que le témoin du meurtre ne pourrait jamais plus révéler ce qu'il avait vu.

S'être au préalable occupé de l'employé du refuge animalier signifiait également que personne ne pourrait désormais remonter la piste menant jusqu'à la personne ayant adopté le danois pour se livrer à cette expérience grandeur nature.

Un chien.

Une présentatrice vedette.

Un amoureux des animaux.

Une femme de ménage.

Quatre exécutions.

L'une après l'autre.

Obéissant à une logique.

Les deux premières préméditées.

Les deux suivantes, instinctives, pour se préserver...

A priori, on en avait fini. Et heureusement. Tuer était tout sauf un plaisir. Au contraire, même. Une épreuve harassante qui mettait les nerfs à rude épreuve.

Mais l'avenir semblait à présent dégagé, le ciel radieux. Plus de meurtres à l'horizon. Encore que certains nuages risquaient de s'amonceler. L'un d'eux s'appelait Eliza Blake. Sur qui il faudrait veiller.

85

Une fois sur place, il était trop tard. La police était en train de quitter les lieux après avoir interrogé la propriétaire de la mercerie ainsi que le voisinage. Toutes les chaînes concurrentes les avaient déjà précédés. Les équipes techniques de CNN, CBS et ABC étaient devant la boutique, en compagnie de reporters locaux, et tous rangeaient leur matériel.

Pis, le corps d'Ursula Bates avait déjà été enlevé.

— Merde, jura B.J. On a vraiment tout loupé.

— Je vais me renseigner, dit Annabelle. On ne sait jamais, le porte-parole de la police ou la propriétaire de la boutique vont peut-être faire une déclaration.

— C'est trop tard, lui répondit un cameraman de CBS. Le commissaire s'est déjà adressé à la presse. Quant à la femme, elle a dit qu'elle n'avait rien à déclarer. Pas de bol, les gars !

B.J. sortit quand même sa caméra et alla se poster sur le trottoir opposé pour filmer la devanture de la mercerie. Il ruminait encore sa malchance en traversant la rue pour prendre l'enseigne en gros plan, afin que l'on puisse bien identifier l'endroit.

— Comment se fait-il qu'on ait été prévenu si tard sur ce coup-là ? demanda-t-il à Annabelle, qui venait de le rejoindre. Ça m'énerve...

— On ne peut pas gagner à chaque fois, lui répondit-elle, philosophe. Bien sûr, il aurait été préférable d'arriver ici les premiers, mais on ne peut pas réécrire l'histoire. Maintenant, faisons avec les moyens du bord et voyons ce que l'on parvient à grappiller.

Annabelle s'approcha de la dernière voiture de police encore sur place.

— Bonjour, lieutenant, Annabelle Murphy, de Key News. Accepteriez-vous de répondre à quelques-unes de nos questions ?

— Devant la caméra ?

— Oui.

— Alors, ce sera non ! la rembarra le policier. Mon boss a déjà répondu aux questions de la presse et je ne suis pas certain qu'il apprécierait de me voir au journal à sa place. Je n'ai pas envie de lui voler la vedette !

— Mais nous avons manqué la conférence du commissaire, tenta de l'amadouer Annabelle.

— C'est vraiment pas de chance pour vous ! se moqua le policier avant de démarrer en trombe.

— Quelle poisse, glissa B.J. Rien, pas une image valable, pas une interview ! Tout le monde aura au moins les déclarations de la police... Tout le monde, sauf nous...

Annabelle le laissa ronchonner et s'approcha de l'entrée de la boutique. Elle essaya de pousser la porte, mais elle était fermée. Elle tapa au carreau. Aucune réponse.

— Viens, faisons le tour, lui dit-elle.

Une femme était assise sur les marches du perron, l'air perdu, la tête posée entre les mains. Annabelle se présenta.

— Bonjour, vous devez être la propriétaire de la mercerie ? Quelle tragédie ! Je suis Annabelle Murphy de Key News. Moi et mon collègue B.J., ici présent, avions interviewé Ursula Baies, le week-end dernier près de la résidence secondaire de Constance Young, et...

— Oui, elle m'en avait parlé, la coupa-t-elle. Pauvre Ursula. Elle se méfiait tant de la police et des médias depuis la mort de sa sœur. Elle en était devenue paranoïaque. Ursula redoutait un sort identique...

— Peut-être est-ce ce qui lui est arrivé, abonda Annabelle. Peut-être savait-elle quelque chose du meurtre de Constance Young. Et peut-être est-ce la raison pour laquelle on l'a tuée...

— La police ne sait pas encore s'il s'agit d'un meurtre ou si elle est tombée accidentellement dans l'escalier, précisa la propriétaire du magasin.

— Partons de l'hypothèse qu'il s'agit d'un homicide, lui glissa Annabelle. Dans ce cas, nous aurions tous envie de faire ce qui est en notre mesure pour que le coupable soit arrêté, n'est-ce pas ?

— Évidemment, lui répondit la propriétaire de la boutique.

— Il serait alors bénéfique que nous puissions entrer et filmer votre magasin, lui suggéra Annabelle.

Plus nous aurons de matière, plus notre reportage sera intéressant. Et plus le reportage sera intéressant, plus les téléspectateurs seront captivés. Qui sait, l'un d'eux se souviendra peut-être d'un détail *a priori* anodin qui nous mènera sur la piste de l'assassin…

La femme sembla peser le pour et le contre.

— C'est d'accord, entrez, leur dit-elle après quelques instants, visiblement convaincue par la démonstration d'Annabelle.

Avant qu'elle ne change d'avis, B.J., caméra à l'épaule, pénétra à l'intérieur et commença à filmer. D'abord la réserve, puis la porte menant à la cave, l'escalier étroit du haut duquel Ursula avait chuté, la trace de craie dessinée par la police autour du corps…

— Ursula animait hier soir un cours de broderie, c'est exact? demanda Annabelle.

— Oui, c'était sa passion! Et elle savait la transmettre. Elle faisait toujours le plein, tout le monde l'adorait, répondit la propriétaire de la boutique en les menant vers le magasin. Quelle tristesse! Tenez, voici son sac de couture, dit-elle d'une voix qui se brisa.

B.J. zooma aussitôt.

— Croyez-vous que l'on puisse filmer ce qu'il contient? demanda-t-il. Cela rendrait Ursula plus proche de notre public.

— Oui, bien sûr, lui répondit-elle en l'ouvrant elle-même. Tenez, dit-elle ensuite, c'est l'ouvrage sur lequel elle travaillait ces derniers temps. Il lui tenait particulièrement à cœur. Jamais je ne l'avais vue aussi pressée de terminer un canevas. C'était une ode à Constance, me disait-elle, l'hommage qu'elle lui rendait. Il faut dire qu'elle la vénérait...

B.J. prit la pièce dans son ensemble, puis zooma lentement sur chaque strophe, qu'il filma de haut en bas, avec application, jusqu'aux deux dernières :

Ceci s'est déroulé sous mes
Yeux embués.

De retour à leur voiture, Annabelle se tourna vers B.J.

— J'ai comme l'impression qu'Ursula a assisté au meurtre de Constance, qu'elle connaissait son assassin... Pas toi ?

— Si, je me faisais la même réflexion. En tout cas, Constance l'avait véritablement ensorcelée. Non mais tu imagines un peu ! « Jeune femme au charme d'étoile... », « Adulée, lumineuse... » Arrêtons la brosse à reluire ! Elle ne la connaissait pas sous son vrai jour !

— Peu importe ce qu'elle imaginait. L'important est que nous ayons pu filmer sa broderie. Et ça, aucune autre chaîne ne l'aura. Tu vois, parfois, rien ne sert de courir... conclut-elle en ouvrant la portière de la voiture.

86

Tout son corps s'agitait de manière frénétique tandis qu'elle passait l'aspirateur dans le salon. Se défouler ainsi lui faisait du bien, lui permettait d'évacuer sa colère. Faith n'avait toujours pas digéré d'avoir été la grande oubliée du testament de Constance. Le bruit lui permettait également d'échapper quelques instants aux gémissements de sa mère... Quelques instants de répit...

Ayant terminé le salon, Faith éteignit l'aspirateur et s'apprêtait à le ranger quand le téléphone sonna.

— Madame Hansen ?
— Elle-même.
— Stuart Whitaker à l'appareil.

Oh, non ! Pas lui ! Pas maintenant ! pensa Faith en levant les yeux au ciel.

— Monsieur, Whitaker, comment allez-vous ? Que puis-je pour vous ? lui demanda-t-elle pourtant d'une voix aimable.

— Étant donné les circonstances, je vais bien, même très bien. Et vous, chère madame, comment vous portez-vous ?

— J'ai connu de meilleurs moments.

— Comme je vous comprends. Je compatis, croyez-moi.

— Je vous remercie, lui répondit Faith.

— Madame Hansen, j'espère que vous n'allez pas me trouver trop cavalier, maladroit ou empressé, mais accepteriez-vous de m'accompagner ce soir aux Cloisters. Si vous arriviez à vous libérer, j'aimerais que vous veniez ce soir à l'inauguration de cette très belle exposition consacrée au château de Camelot et aux trésors de la cour du roi Arthur. Ce serait bien évidemment pour moi l'occasion de vous faire visiter les lieux, de vous exposer mon projet de mémorial et de vous montrer l'endroit où je projette de réaliser ce jardin dédié à la mémoire de votre sœur. Je pense qu'après cela vous seriez sans doute plus encline à me confier l'urne contenant les cendres de Constance...

Voilà, il s'était jeté à l'eau...

De son côté, Faith se laissa tomber sur le canapé en cuir de son salon. Que cet homme tienne à ce point à s'approprier le souvenir de sa sœur la laissait sans voix. Quant à sa proposition de passer la soirée aux Cloisters en sa compagnie, c'est sans doute la dernière chose dont elle avait envie – à part peut-être des relations sexuelles avec Todd. Cependant, l'idée fit rapidement son chemin. Pourquoi pas après tout ? Cela lui permettrait de s'échapper de la maison. D'oublier un soir sa mère, les enfants, son mari...

— Votre invitation est tentante, monsieur Whitaker, et *j'aimerais*...

— Formidable ! la coupa-t-il aussitôt avant de la laisser finir sa phrase. Je vous envoie un chauffeur.

Faith fut tentée de décliner. Mais, de nouveau, elle analysa rapidement la situation. Pourquoi pas ? se dit-elle à nouveau. Constance aurait-elle refusé qu'on vienne la chercher ? Certainement pas. Et il était temps que Faith prenne un peu soin d'elle, qu'elle aussi profite des bons côtés de l'existence.

Dès qu'elle eut raccroché, elle appela son mari pour l'informer de sa décision. Et dut subir un flot de reproches.

— Écoute, Todd. Tu es furieux que Constance ne nous ait pas laissé plus. Crois bien que je le suis aussi.

Mais au moins a-t-elle pensé à l'avenir de ses neveux. *Tes* fils, dois-je te le rappeler… Quant à ta partie de golf nocturne ? Tu dois l'annuler au dernier moment ? J'en suis navrée, vraiment navrée, mais tu n'as pas le choix. Ce soir, je sors pour me changer les idées !

87

De retour à Key News, Annabelle et B.J. filèrent aussitôt trouver Eliza. Mais cette dernière n'était pas dans son bureau.

— Elle est en réunion avec les responsables de nos différentes agences. Et ça risque de durer encore une heure ou deux, leur apprit Paige.

— Tu m'appelles sur mon portable dès qu'elle sort ? lui demanda Annabelle. C'est important.

Annabelle et B.J. se rendirent ensuite dans une salle de montage, au sous-sol, pour visionner les images prises un peu plus tôt à la mercerie. Quand ils en furent au poème, Annabelle le recopia intégralement sur son carnet.

> *Ceci s'est déroulé sous mes*
> *Yeux embués.*

— Qu'est-ce que ça peut bien signifier, B.J. ? Qu'elle a assisté au meurtre ? Mais encore. Ces deux strophes viennent après celles-ci :

A péri dans une piscine.
Telle une pierre, elle a coulé.
Un dernier plongeon électrique
En guise d'adieu provoqué.

— Oui, elle parle de la noyade. Provoquée par électrocution, c'est une évidence. Mais que veut-elle nous dire ? poursuivit Annabelle, excitée. Je suis sûre qu'il y a un message caché. Quelque chose à décoder. Mais quoi ?

Ils visionnèrent ensuite la courte interview d'Ursula qu'ils avaient réalisée quelques jours plus tôt, sur la route longeant la résidence secondaire de Constance. La pauvre femme était nerveuse et semblait au supplice. Elle donnait l'impression de n'avoir qu'une envie : fuir. Sa voix était hésitante, et un gros plan de B.J. montrait ses mains qui tremblaient.

— Regarde, lança Annabelle. Je suis quasiment certaine qu'elle savait qui était l'assassin de Constance.

— Tu te fais des idées, lui répondit B.J.

— Non ! Et ça expliquerait pourquoi elle était aussi bouleversée.

— Toi aussi, tu aurais été secouée si tu avais découvert un cadavre au fond d'une piscine !

— Je te l'accorde, admit Annabelle. Mais tu as vu ce poème, tu viens de regarder comme moi ces images... Tu ne m'enlèveras pas de l'idée qu'elle en savait plus que ce qu'elle nous a dit...

88

Le générique de « Key Evening Headlines » s'acheva et Eliza apparut à l'écran, vêtue d'une robe bleu ciel sous une veste marine.

— Mesdames, mesdemoiselles, messieurs, bonsoir. Merci de nous retrouver ce soir encore pour votre émission d'information. Pour commencer ce journal, des nouvelles de l'affaire Constance Young. Que lui est-il réellement arrivé ? Depuis son décès, les questions se bousculent. Et nombreux sont les rebondissements...

La photo en incrustation d'une femme d'une cinquantaine d'années apparut au-dessus de l'épaule gauche d'Eliza.

— Le dernier en date est tragique. Nous avons appris aujourd'hui la mort d'Ursula Baies, cinquante-deux ans. Son corps a été retrouvé dans la cave d'une mercerie de Bedford, dans le nord de l'État de New York. Ursula Baies était la femme de ménage de Constance Young.

Les images filmées un peu plus tôt par B.J. prirent le relais. D'abord la façade, puis l'intérieur de la boutique et, enfin, l'escalier menant à la cave jusqu'à la silhouette dessinée à la craie.

— Ursula Baies donnait hier soir un cours de broderie dans cette mercerie, poursuivit Eliza en voix *off*. Une dizaine de femmes y participaient. Elles sont les dernières à l'avoir vue en vie. Ce matin, la propriétaire du magasin a découvert son cadavre dans la cave, au bas de l'escalier, une aiguille à tricoter plantée dans la poitrine. La police ne sait pas encore s'il s'agit d'un meurtre ou d'un accident.

Puis apparut en gros plan l'ouvrage de broderie réalisé par Ursula. En bas à gauche de l'écran clignotaient ces mots : « Exclusivité Key News. »

— Ces images, que nous sommes les seuls à détenir, montrent le canevas qu'Ursula venait tout juste d'achever. Il s'agit d'un poème intitulé « Constance ». Une ode en hommage à notre regrettée consœur, qui s'achève par une terrible révélation. Soyez attentifs...

Et Eliza lut à haute voix les strophes composées par Ursula.

— La jeune femme / Au charme d'étoile, / Déterminée et si sûre, / Adulée, lumineuse / Mais si seule, / Solitaire dans sa bulle, / A péri dans une piscine. / Telle une pierre, elle a coulé. / Un dernier plongeon électrique / En guise d'adieu provoqué. / Ceci s'est déroulé sous mes / Yeux embués.

Les deux dernières strophes se détachèrent. Eliza les répéta lentement.

— Ceci s'est déroulé sous mes yeux embués... Terrible révélation, comme je vous l'annonçais. Qui laisse présager qu'Ursula Baies a été témoin du meurtre de Constance Young. Pourquoi n'a-t-elle pas alors alerté la police et dénoncé l'assassin ? Key News a trouvé l'explication. Il y a quelques années, la propre sœur d'Ursula Baies a été tuée alors qu'elle devait témoigner dans un procès pour une affaire de trafic de stupéfiants. La pauvre femme redoutait qu'un même sort lui soit réservé.

Les images suivantes montrèrent Ursula, aux abords de la résidence secondaire de Constance Young, le samedi précédent.

— Ursula Baies, poursuivit Eliza, a appelé la police samedi matin, après avoir prétendument découvert le corps. À aucun moment, elle n'a laissé entendre qu'elle avait assisté au meurtre, la veille au soir…

On la voyait à présent qui répondait aux questions de Lauren Adams, les yeux embués.

— Eh bien, ensuite je suis ressortie pour récupérer le peignoir et la serviette que j'avais vus sur une chaise longue. Et c'est en me penchant pour les ramasser que j'ai aperçu cette masse sombre au fond de la piscine… Au début, je n'ai pas… Mais… bien vite j'ai su… que c'était Mlle Young… dans son maillot de bain noir…

Eliza fit son retour à l'antenne, le regard fixant la caméra.

— Un peu plus tôt dans la semaine, c'est un danois qui avait été retrouvé sur la propriété de Constance Young. Le chien, d'une corpulence équivalente à celle de notre consœur, avait lui aussi été électrocuté dans la piscine, ce qui laisse à penser que l'assassin avait prémédité son acte et procédé à une répétition grandeur nature pour être certain que son plan fonctionnerait. Ce danois, faut-il le rappeler, avait été adopté dans un refuge canin de New York peu de temps auparavant. Malheureusement, l'employé du chenil qui aurait pu permettre l'identification de la personne l'ayant adopté a lui aussi été assassiné, réduisant à néant les chances de remonter jusqu'au coupable. Vinny Shays, trente-sept ans, a été assommé avant de recevoir une injection mortelle de pentobarbital de sodium, un produit utilisé pour euthanasier les animaux.

Le réalisateur de l'émission appuya sur un bouton de sa console, et une photo de l'amulette à la licorne apparut à l'écran.

— L'une des hypothèses privilégiées par la police, poursuivit Eliza, est que Constance Young a été tuée à cause de ce bijou inestimable, pièce unique d'ivoire, d'or et d'émeraude dérobée dans les réserves des Cloisters, ce musée new-yorkais dédié à l'art médiéval. Stuart Whitaker, magnat des jeux vidéo, généreux donateur du musée et ami très proche de Constance, a admis avoir *emprunté* l'amulette à la licorne pour en faire exécuter une copie qu'il souhaitait offrir à notre regrettée collègue. Toujours est-il que le midi même du jour où elle a été assassinée, Constance portait ce bijou autour du cou. Depuis, il était introuvable. Jusqu'à ce qu'il fasse sa réapparition le jour de ses funérailles…

Une vidéo montrant les personnes quittant le funérarium fut diffusée à cet instant.

— Un employé de Key News, Boyd Irons, l'assistant personnel de Constance Young, a laissé échapper le précieux bijou en sortant un mouchoir de sa poche. Pour la police, il fait désormais figure de suspect numéro 1. S'il n'avait pas tué notre consœur, comment se serait-il procuré le bijou ?

L'on revint au direct sur le plateau. Eliza fixait la caméra.

— Pourtant, à Key News, on ne se satisfait pas de cette piste. Plus l'enquête avance, et plus nombreuses sont les questions. Sans que les réponses apportées soient concluantes. Constance Young a passé de nombreuses années à nos côtés, et croyez bien, chers téléspectateurs, que nous ferons tous ce qui est en notre pouvoir pour lever le voile sur cette affaire, dont nous vous tiendrons informés heure par heure…

89

La voiture s'arrêta devant l'entrée des Cloisters. Les flashs crépitèrent quand Eliza Blake en descendit. Vêtue d'une robe de cocktail en soie de couleur champagne, elle fut aussitôt accueillie par Rowena Quincy.

— Je suis ravie de vous revoir, lui dit-elle en lui donnant une poignée de main vigoureuse. Vous n'avez pas eu le temps de voir grand-chose dimanche dernier, voulez-vous que je vous fasse visiter les lieux avant que les festivités commencent ?

— Avec plaisir, lui répondit Eliza.

Et Rowena l'entraîna à l'intérieur du musée. Elles pénétrèrent d'abord dans une immense salle où de nombreuses arches en pierre étaient exposées, présentant l'évolution de l'art médiéval.

— Donc, si je vous suis bien, Rowena, les arches romanes sont arrondies tandis que les gothiques sont pointues, ponctua Eliza.

— C'est tout à fait exact.

Eliza admira ensuite de nombreuses fresques et sculptures, ainsi qu'une majestueuse paire de lions qui encadraient la porte donnant sur la salle suivante.

— On trouvait souvent de telles sculptures à l'entrée des églises, au Moyen Âge, commenta Rowena. Les lions étaient réputés pour ne jamais dormir les yeux fermés. Ils symbolisaient ainsi la vigilance de la chrétienté.

Tandis qu'elles déambulaient de salle en salle, Eliza voyait la foule grossir, de généreux donateurs qui n'avaient pas hésité à sortir leur carnet de chèques pour assister à cet événement privé.

Elles pénétrèrent dans la salle la plus visitée du musée, où étaient exposées les tapisseries de la chasse à la licorne.

— Je les avais déjà vues en photo, dit Eliza, fascinée par le spectacle. Mais elles sont bien plus impressionnantes quand on les voit grandeur nature. Elles sont magnifiques. Et si bien conservées.

— Oui. Et cela relève du miracle, précisa Rowena. Imaginez que, pendant la Révolution française, elles ont été décrochées des murs d'un château par des paysans qui s'en sont servi, plusieurs générations durant, pour protéger leurs plants de légumes du gel !

— C'est en effet fascinant, ponctua Eliza. Je suppose que l'amulette à la licorne a elle aussi connu une histoire mouvementée ? En tout cas, ce qui vient de se produire ne fera que renforcer sa légende. De la reine Guenièvre à Constance Young. Quel périple incroyable !

— Oui, en effet. Et par chance, les autorités nous l'ont restituée à temps. Sans elle, notre exposition n'aurait pas eu le même intérêt.

90

Certains médecins new-yorkais ne travaillaient pas le mercredi. Ce n'était pas le cas de Margo Gonzalez, pour qui le mercredi était au contraire une journée bien chargée. Après la matinée et l'après-midi passés à l'Institut psychiatrique de New York, elle consultait en fin de journée dans son cabinet privé.

Une fois son dernier patient parti, Margo enleva ses chaussures et s'assit devant son ordinateur pour prendre connaissance des messages électroniques qui s'étaient accumulés depuis la veille et répondre à certains. Puis elle se connecta sur le site Internet de Key News et cliqua sur l'icône de « Key Evening Headlines » pour regarder l'émission diffusée un peu plus tôt. De toute la journée, elle n'avait pas pris connaissance des informations.

Margo fut choquée et attristée en apprenant la mort d'Ursula Baies. Elle écouta le récit d'Eliza, observa avec attention la broderie et regarda, émue, l'interview de la femme de ménage de Constance, accordée quatre jours plus tôt. Ainsi, elle aurait été témoin du meurtre...

Margo ne regarda pas la fin de l'émission mais de nouveau ce reportage. Et se le passa ainsi en boucle plusieurs fois d'affilée. Un détail la dérangeait. Mais lequel ?

91

Eliza fut littéralement assaillie par la foule présente au vernissage. De très nombreuses personnes, désireuses de l'approcher, venaient lui serrer la main ou lui glisser quelques banalités. Eliza s'efforçait de répondre poliment à chacun, le sourire aux lèvres, bien que ce manège ne l'amusât guère. Dès que quelqu'un s'éloignait, quelqu'un d'autre prenait sa place.

— Bonsoir, Eliza.

— Oh, Boyd! répondit-elle, surprise. C'est bien le dernier endroit où je m'attendais à te voir.

— À l'origine, tu le sais, c'est Constance qui devait être là, ce soir, et le musée avait envoyé plusieurs invitations, dont une à mon nom... Je n'avais pas l'intention de venir, mais, quand j'ai lu dans le journal que tu présidais la cérémonie, je me suis dit que ce serait l'occasion de te parler, dit-il, le visage soudain sérieux. Après ce qui s'est produit, le service de sécurité de Key News ne me laissera jamais plus entrer... Et je tenais à te remercier d'avoir intercédé en ma faveur auprès du service juridique. Ça m'a vraiment touché.

— Je t'en prie, c'est tout naturel... Pour Key News, j'ai effectivement appris que Lauren t'avait renvoyé, enchaîna-t-elle. J'en suis navrée.

— Je ne lui en veux même pas. J'ai été stupide de me confier à ce Vaughan, c'est tout.

Un serveur passa, un plateau à la main.

— Veux-tu une coupe? demanda Boyd.

— Merci, non. Je dois prononcer un petit discours dans quelques minutes. Je préfère garder les idées claires.

Boyd but une gorgée de champagne.

— As-tu déjà une idée de ce que tu comptes faire? reprit Eliza.

— Non, pas encore, j'attends que mes ennuis judiciaires soient terminés avant de faire le point. De toute manière, j'imagine mal un employeur m'embaucher en ce moment avec les charges qui pèsent contre moi. Je suis quand même suspecté de meurtre…

— Il n'y aura pas de procès. Tout s'arrangera avant, le réconforta Eliza.

— J'aimerais avoir ton optimisme. Mais c'est vrai, même si l'amulette a été retrouvée sur moi, cela ne signifie pas que c'est moi qui l'ai volée à Constance le soir de sa mort. Ni même qu'elle portait le bijou ce soir-là. Il faut plus de preuves pour m'inculper. D'un autre côté, si quelqu'un est en train d'essayer de me faire porter le chapeau, qui sait de quoi il est capable…

92

Annabelle venait tout juste de sortir deux yaourts du réfrigérateur pour le dessert des jumeaux quand le téléphone sonna. C'était Margo Gonzalez.

— J'ai essayé de joindre Eliza au siège, mais on m'a dit qu'elle était déjà partie. Et injoignable ce soir. Aussi ai-je décidé de t'appeler, se justifia Margo, comme pour s'excuser de son coup de fil tardif. Il y a un détail troublant qui me taraude, et dont il faut absolument que je parle…

— Tu as bien fait, l'encouragea Annabelle. Je te demande juste un instant.

Annabelle mit un index devant sa bouche pour intimer aux jumeaux de se tenir tranquilles puis se dirigea vers sa chambre à coucher, dont elle referma la porte. Elle s'assit sur son lit et reprit la conversation.

— Je t'écoute. Quel est ce détail qui te tracasse ?

Margo lui parla de l'interview d'Ursula Baies, qu'elle venait de visionner à plusieurs reprises, en particulier du comportement de la femme de ménage, qu'elle trouvait étrange. Annabelle se remémora la scène.

— Oui, je me souviens de son extrême nervosité, ponctua Annabelle. Mais elle est somme toute compréhensible.

— Je ne te parle pas de nervosité, mais de terreur. J'ai attentivement observé ses yeux. Ses pupilles en particulier. Elles étaient dilatées. Et pas à cause du choc – n'oublie pas qu'elle n'avait pas découvert le corps le matin même, contrairement à ce qu'elle a affirmé, elle avait assisté au meurtre la veille au soir… Ce n'était donc ni la nervosité ni le chagrin. Mais la peur. Ses pupilles étaient celles de quelqu'un de terrorisé.

— Peut-être avait-elle encore en tête les images du meurtre… Ça doit être effrayant d'assister à un meurtre.

— Oui, peut-être…

Et les deux femmes raccrochèrent.

93

Eliza réussit à s'échapper un instant et trouva refuge dans un couloir désert, à l'abri des regards. Elle sortit son téléphone de son sac à main de soirée et appela chez elle.

— Janie ? C'est moi, ma chérie.

— Ah, maman, bonsoir.

— Je voulais juste te faire un gros bisou avant que tu ailles au lit.

— Mais je ne vais pas me coucher tout de suite, lui répondit la fillette. Mme Garcia m'a dit qu'on allait d'abord finir la partie.

— Et à quoi jouez-vous, Janie ?

— À Candy Land.

— Ça m'a l'air formidable...

— Bon, je te laisse. Au revoir, maman.

Et Janie raccrocha.

Eliza resta un instant le combiné contre l'oreille, à écouter la tonalité. Le matin, il lui avait semblé que Janie quémandait sa présence, son attention, et là elle avait écourté la conversation, désireuse de reprendre au plus vite sa partie.

Ne jamais surestimer son importance ! pensa Eliza en se moquant d'elle-même.

Heureuse d'avoir constaté que Janie se portait comme un charme, et peu désireuse d'être interrompue pendant qu'elle prononcerait son discours, Eliza éteignit son téléphone.

94

Dehors, il faisait de plus en plus sombre. Faith Hansen suivait Stuart Whitaker vers le jardin où le magnat des jeux vidéo voulait que Constance repose. Ils surplombaient l'Hudson et apercevaient les lumières du pont George-Washington. Un peu plus au sud, une seconde guirlande lumineuse indiquait la position d'un autre pont, le Tappan Zee.

— Nous y sommes, annonça fièrement Stuart. C'est ici !

Au même moment, les lumières du musée s'allumèrent, éclairant le lieu. C'est ici que le mémorial en l'honneur de Constance Young sera érigé.

— Cet endroit est magnifique, monsieur Whitaker, commenta Faith en regardant les azalées et les rhododendrons en fleurs. Vraiment splendide.

Stuart Whitaker s'agita alors, lui exposant avec emphase tout ce qu'il avait imaginé, allant d'un coin à l'autre.

— Ici se trouvera le bassin. Et là, les six panneaux de verre que je compte faire réaliser par un artiste de renom. Ils seront inspirés par les célèbres tapisseries du musée de Cluny, à Paris. Mais sur chacun d'eux, le visage de la dame à la licorne sera remplacé par celui de Constance.

Faith fut impressionnée.

— Vous vous êtes donné beaucoup de mal, monsieur Whitaker, je me trompe ? lui demanda-t-elle.

— Non, vous avez raison, très chère. Ce projet me tient vraiment à cœur. J'y pense jour et nuit. Mais, pour être tout à fait honnête avec vous, il m'a aussi servi de dérivatif. Sans cela, j'aurais ruminé la disparition de votre sœur, et j'aurais été dévasté, incapable d'avancer...

— Vous l'aimiez donc à ce point ? lui demanda Faith, avec douceur.

— Plus que tout au monde, chuchota-t-il en regardant le sol. C'est pourquoi je veux aussi qu'une flamme brûle en permanence au-dessus de son columbarium, symbole de l'amour éternel que je lui porte.

Quel homme étrange, pensa Faith en le regardant dans son costume de prix. Malgré sa fortune, il était seul au monde. Pas d'enfants, personne à aimer, personne à protéger. Faith eut pitié de lui. Même si s'occuper de sa mère était un fardeau, Faith, en se dévouant ainsi, en tirait tout de même des satisfactions. Et même si son mariage battait de l'aile, les enfants nés de cette union étaient sa plus grande fierté, son bonheur. Ils représentaient tout pour elle. Les garçons aimaient leur père, et ce n'est pas elle qui les priverait de sa présence.

Faith regarda de nouveau Stuart Whitaker. Malgré sa réussite professionnelle et sa fortune, ce qu'il avait désiré le plus ne pouvait s'acheter. Stuart aurait voulu que l'amour inconditionnel qu'il portait à Constance soit réciproque. À présent qu'elle n'était plus là, il voulait s'ériger en gardien de sa mémoire. Que Dieu lui vienne en aide ! pensa Faith.

95

Eliza consulta sa montre. L'heure de son discours approchait. Tandis qu'elle scrutait la foule du regard, à la recherche de Rowena Quincy, elle fut abordée par un homme accompagné d'une femme vêtue d'une simple robe de cocktail, noire, sans manches.

— Madame Blake ?

— Bonsoir, monsieur Vaughan, lui répondit-elle, l'ayant aussitôt reconnu.

— Vous savez qui je suis ? lui demanda-t-il, à la fois surpris et flatté.

— Même si je ne vous ai pas reçu personnellement dans mon émission, vous faites en ce moment la une des médias avec votre livre…

— Je vous présente mon épouse, Nell… Enfin, mon ex-femme.

— Ravie de vous rencontrer, lui dit Eliza en lui tendant la main.

— Tout le plaisir est pour moi, rougit Nell.

— Quel bel événement, n'est-ce pas ? lui dit-elle poliment.

— Oh, oui ! J'ai hâte de voir l'amulette.

Eliza se tourna alors vers Jason.

— J'ai cru comprendre que votre livre marchait bien…

— Touchons du bois, lui répondit ce dernier. J'ai appris cet après-midi que *Ne jamais regarder en arrière* allait se retrouver en troisième position des meilleures ventes du *New York Times*. Espérons que ce n'est qu'un début.

— Félicitations, le congratula Eliza. Et qu'est-ce qui vous amène ici, ce soir ? lui demanda-t-elle par curiosité.

— À la fois le plaisir, bien sûr, je voulais que Nell puisse venir assister à cette avant-première, mais aussi le travail, pour ne rien vous cacher.

— Et en quoi consiste-t-il ? lui demanda Eliza, plus par réflexe professionnel que par réel intérêt.

— Eh bien, je commence un nouveau livre.

— Quel en sera le sujet ?

— La mort mystérieuse de Constance Young.

— Ah, je vois ! lui répondit Eliza, qui chercha aussitôt un prétexte pour s'éclipser.

— Oui, et c'est pourquoi il m'a semblé naturel d'être là ce soir, s'enflamma Jason Vaughan. L'amulette pour laquelle Young a été tuée est de retour au musée. La boucle est bouclée, en quelque sorte…

— Comment pouvez-vous être certain que Constance a été assassinée à cause de ce bijou ?

— En fait, je ne le suis pas. C'est juste une hypothèse parmi d'autres. Du reste, pourrions-nous nous rencontrer afin que je vous pose quelques questions pour mon livre ?

— Quel genre de questions ? s'enquit Eliza.

— Eh bien, vous étiez sa collègue et vous êtes vous-même présentatrice, c'est à ce titre que j'aimerais connaître votre sentiment sur la mort de Constance. Pensez-vous par exemple qu'elle n'a obtenu que ce qu'elle méritait ?

— Personne ne mérite de mourir assassiné, monsieur Vaughan ! lui répondit-elle sèchement.

Eliza salua Nell Vaughan et tourna les talons.

— Qui sème le vent récolte la tempête, madame Blake, entendit-elle Jason proférer dans son dos.

96

Les jumeaux dormaient à présent et Mike était à la caserne, où il était de garde cette nuit. Annabelle se prépara une tisane puis s'installa confortablement dans le sofa du salon. Elle commença à feuilleter un magazine, mais son attention était distraite par la conversation qu'elle avait eue un peu plus tôt avec Margo.

Se pouvait-il qu'Ursula Baies ait réellement été terrifiée quand ils l'avaient interrogée? Si oui, qu'est-ce que cela signifiait-il alors?

Annabelle abandonna son magazine, se dirigea vers son bureau et alluma son ordinateur portable. Elle se connecta à un moteur de recherche et entra le nom d'Ursula Baies. Elle lut tous les articles la concernant. Des plus récents, relatant la découverte de son corps, au plus ancien, où son nom était cité après l'assassinat de sa sœur.

Annabelle n'apprit rien de nouveau. Aussi décida-t-elle de se concentrer sur le poème. Les deux derniers vers leur avaient appris qu'Ursula avait assisté au meurtre de Constance. Mais Annabelle pressentait que le poème recelait un indice, un message caché...

Annabelle sortit de son sac à main le carnet sur lequel elle avait recopié les douze strophes de l'ode à Constance.

La jeune femme / Au charme d'étoile, / Déterminée et si sûre, / Adulée, lumineuse / Mais si seule, / Solitaire dans sa bulle, / A péri dans une piscine. / Telle une pierre, elle a coulé. / Un dernier plongeon électrique / En guise d'adieu provoqué. / Ceci s'est déroulé sous mes / Yeux embués.

Elle relut le poème à plusieurs reprises, mais n'y décela rien qui pût la mettre sur une quelconque piste. Aussi décrocha-t-elle son téléphone.

— B.J., c'est moi. J'ai l'intuition que le poème est un message codé, mais je n'arrive pas à trouver la clé de l'énigme. Est-ce que tu pourrais l'étudier de ton côté. À deux, on aura sans doute plus de chance de parvenir à le déchiffrer.

97

Il n'était pas loin de 21 heures quand Eliza monta sur le podium et prit place derrière le micro. Plusieurs écrans, disséminés dans la pièce pour permettre aux personnes éloignées des premiers rangs de ne rien manquer de son intervention, affichaient son visage en gros plan.

— Bonsoir à tous, débuta-t-elle, et merci de votre présence ce soir pour l'inauguration de cette magnifique exposition dédiée aux trésors du château de Camelot, qui ouvrira demain, ici, dans ce magnifique musée des Cloisters. Au nom des organisateurs, je suis heureuse de vous accueillir.

Des applaudissements enthousiastes saluèrent cette entrée en matière. Eliza observa la foule et reconnut quelques visages. Linus Nazareth et Lauren Adams, Boyd Irons, Nell et Jason Vaughan, Stuart Whitaker et Faith Hansen…

Dès que le silence fut revenu, Eliza jeta un œil sur ses notes, puis regarda de nouveau l'assemblée.

— Comme vous n'êtes pas sans le savoir, les derniers jours ont été particulièrement éprouvants. Pour la famille, les amis et les collègues de Constance Young, pour ses nombreux admirateurs, qui tous ont été choqués par sa disparition brutale. Les derniers jours ont également été pénibles pour la direction de ce musée, qui jusqu'à cet après-midi ne savait toujours pas si la pièce maîtresse de son exposition pourrait être présentée ce soir…

Eliza se tourna légèrement et d'un geste de la main montra une vitrine recouverte d'un élégant drap de velours bleu marine.

— Selon la légende, l'amulette à la licorne, que vous aurez le privilège d'admirer dans quelques instants, a été offerte à la reine Guenièvre par le roi Arthur. Elle a ensuite traversé les âges pour parvenir jusqu'à nous, un long voyage, souvent tumultueux.

Eliza décida de marquer une pause.

— Mais l'essentiel est qu'elle soit parvenue jusqu'à nous. Et, ce soir, nous avons le privilège de l'admirer en avant-première. Je vous souhaite à tous une très bonne soirée et une très belle visite de cette exposition unique.

Les applaudissements reprirent, qui doublèrent d'intensité quand Rowena Quincy ôta la pièce de velours qui recouvrait la vitrine, dévoilant aux yeux de tous le précieux joyau. Une caméra zooma sur le bijou d'or, d'ivoire et d'émeraude, permettant à chacun d'en admirer les moindres détails.

B.J. avala une dernière gorgée de bière, régla l'addition et parcourut à pied les quelques centaines de mètres qui le séparaient du siège de la chaîne. À l'exception du réceptionniste derrière son comptoir et d'un agent de sécurité, le hall d'entrée était vide, loin de l'agitation frénétique de la journée. B.J. passa son badge devant la cellule photoélectrique, et les portes coulissèrent devant lui.

Le calme régnait dans les couloirs déserts de Key News. B.J. se rendit directement dans une salle de montage, au sous-sol, et visionna de nouveau les images enregistrées un peu plus tôt dans la journée, à Bedford. Il procéda à quelques retours en arrière jusqu'à retrouver la broderie que confectionnait Ursula Baies au moment de sa mort. Il lut rapidement quelques vers, qui ne lui apprirent rien de nouveau. Puis il fit une mise au point afin que le poème apparaisse à l'écran dans sa totalité. Il appuya alors sur la touche pause et le relut calmement.

> *La jeune femme*
> *Au charme d'étoile,*
> *Déterminée et si sûre,*
> *Adulée, lumineuse*
> *Mais si seule,*
> *Solitaire dans sa bulle,*
>
> *A péri dans une piscine.*
> *Telle une pierre, elle a coulé.*

*Un dernier plongeon électrique
En guise d'adieu provoqué.*

*Ceci s'est déroulé sous mes
Yeux embués.*

99

Eliza se tenait à côté de Rowena Quincy devant la vitrine contenant l'amulette tandis que les photographes les mitraillaient.

— Vas-y, profites-en, dit Linus Nazareth à Lauren Adams en la poussant vers le feu des projecteurs. C'est le moment ou jamais…

Lauren se faufila à côté d'Eliza, éclipsant Rowena. Elle glissa un mot à l'oreille de sa consœur, permettant ainsi aux photographes de prendre de nouveaux clichés.

— Regarde ces éclats, dit Lauren à Eliza en tapotant du doigt la vitrine de verre. Ces yeux d'émeraude lancent de véritables éclairs.

— Oui, c'est tout simplement fascinant, approuva Eliza. L'éclairage de la pièce est parfait.

— Et regarde cette corne, et la couronne en or sur la tête de l'animal. Attention à ses pointes, elles peuvent se révéler dangereuses. Bon, conclut Lauren, on dirait que l'amulette est en sécurité, cette fois.

Quand les flashs eurent cessé, Eliza se dirigea vers Rowena.

— Je ne vais sans doute pas m'attarder, lui dit-elle. Je préfère donc vous dire au revoir tout de suite, au cas où nous ne nous reverrions pas.

— Encore une fois, un grand merci d'avoir accepté à la dernière minute de présider cette soirée. Vous avez vraiment sauvé notre inauguration.

— Je vous en prie, lui répondit Eliza. Ce fut un plaisir. Vraiment.

100

B.J. étudiait toujours à l'écran le poème d'Ursula quand il se souvint d'un exercice effectué en primaire à l'occasion de la fête des mères. Les strophes qu'il avait offertes à sa maman cette année-là étaient encore encadrées dans la cuisine de la vieille femme.

> *Ma maman*
> *A le plus beau des sourires.*
> *Mais j'aime surtout,*
> *Avec tout mon cœur,*
> *Nos bisous partagés.*

Et c'est alors qu'il prit conscience qu'Ursula ne décrivait pas uniquement le meurtre auquel elle avait assisté. Elle révélait aussi le nom de l'assassin...

B.J. sortit aussitôt son téléphone portable de sa poche et composa le numéro d'Annabelle.

Eliza essaya de s'éclipser, mais de nombreux invités souhaitaient la saluer et échanger un mot avec elle. Stuart Whitaker fut l'un d'eux. Son visage était barré par un sourire béat.

— Madame Blake, il faut que je vous annonce la grande nouvelle. Mme Hansen vient de me donner son accord. Elle a accepté de me confier les cendres de Constance. Le mémorial en son honneur va voir le jour dans l'un des jardins des Cloisters. C'est formidable !

Eliza fit tout son possible pour ne pas doucher son bel enthousiasme.

— Formidable, en effet. Vous devez être content.

— Content ? L'adjectif est trop faible. Je suis comblé. Il faut désormais que le monde entier apprenne la nouvelle. Et je pensais que vous alliez sans doute pouvoir m'y aider.

— Et comment pourrais-je vous être utile ? lui demanda-t-elle.

— Mais en l'annonçant dans votre émission, bien sûr !

— Ah, je vois, lui répondit-elle, un peu gênée. Je suis navrée, monsieur Whitaker, mais j'ai bien peur qu'une telle information, si importante soit-elle à vos yeux, ne puisse faire l'objet d'un sujet à part entière dans « Key Evening Headlines ».

Le sourire béat de Stuart Whitaker se figea immédiatement.

— En revanche, laissez-moi réfléchir, poursuivit Eliza. Cela pourrait sans doute trouver sa place dans une autre émission... Tenez, j'y pense à l'instant ! « Key to America » sera diffusée demain matin même en direct des Cloisters. Pourquoi ne pas aller trouver Linus Nazareth, le producteur exécutif de l'émission, et lui soumettre l'idée ? Il sera peut-être intéressé...

Stuart Whitaker retrouva aussitôt le sourire.

102

Annabelle glissa la tête dans la chambre des jumeaux pour vérifier que tout allait bien. Mais ils avaient un sommeil agité, et Annabelle réajusta la couverture de Tara, qui avait glissé, avant de remettre sous la couette le petit pied de Thomas qui s'en était échappé. Cela fait, elle retourna à son bureau, dans le salon, et lut une nouvelle fois le poème. Toujours rien, aucune illumination.

Annabelle repensa alors à sa conversation avec Margo. Ursula avait assisté au meurtre, certes. Mais un autre élément aurait-il pu provoquer la terreur que la psychiatre avait cru déceler dans le regard de la femme de ménage pendant qu'ils l'interviewaient ? Et si oui, lequel ?

Que s'était-il passé cet après-midi-là, aux abords de la propriété de Constance ? B.J. avait fixé un micro à la femme de ménage avant de pointer sa caméra sur elle pour la filmer. Lauren lui avait tendu un micro pour qu'elle réponde à ses questions. Annabelle, de son côté, s'était tenue un peu en retrait, pour ne pas entrer dans le champ de la caméra, et avait pris des notes.

Ursula aurait-elle pu être effrayée par l'un de nous trois ? se demanda Annabelle.

Prise d'une impulsion subite, elle effectua une nouvelle recherche sur son ordinateur. Quand elle eut entré le nom, le résultat afficha plusieurs dizaines de milliers de pages. Elle affina sa requête en accolant le mot « mort » au nom qu'elle venait d'entrer.

Elle était absorbée par sa lecture quand B.J. appela.

— Tu ne vas pas me croire ! lui dit-il d'emblée.

— Oh que si, lui répondit-elle.

103

Eliza trouva enfin Linus Nazareth, à qui elle présenta Stuart Whitaker. Elle lui indiqua brièvement que les cendres de Constance seraient conservées aux Cloisters, dans un lieu spécialement créé en sa mémoire.

— Est-ce qu'une interview de Stuart Whitaker pourrait t'intéresser dans le cadre de l'émission de demain matin ? demanda Eliza à Linus.

Nazareth ne fut pas long à se décider.

— Ouais, ça me semble jouable. Oui, on doit pouvoir l'exploiter. On tient même là un très bon sujet, s'emballa-t-il. Je vois bien Lauren marchant dans ce jardin, présentant aux téléspectateurs les plans que vous avez échafaudés concernant la dernière demeure de Constance. Ça peut faire un très bon score.

— Vous m'en voyez ravi, exulta Stuart.

— Vous êtes disponible demain matin ? lui demanda Linus. On se retrouve ici à l'aube et…

— Hélas, non, lui répondit Stuart, au bord du désespoir. J'ai un conseil d'administration. Et, vu l'heure, il m'est impossible de l'ajourner.

— Et pourquoi ne pas procéder au tournage ce soir? proposa Eliza.

— Bonne idée! répondit Linus. Nous avons une équipe sur place. Laissez-moi voir avec Lauren. Je reviens dans un instant.

Il parlementa un court instant avec la coprésentatrice de « Key to America » et revint vers eux en compagnie de Lauren.

— C'est arrangé, leur dit-il. Lauren va vous interviewer dès ce soir, monsieur Whitaker.

Ce dernier semblait aux anges.

— Bon, je vous laisse. Je dois être ici aux aurores demain matin. Je rentre me coucher, conclut Linus.

— Mais comment vais-je faire pour rentrer si tu prends la voiture? gémit Lauren.

Linus ne répondit rien.

— Écoute, lui proposa Eliza. Il y a encore quelques personnes qui souhaitent me parler. Si ton interview avec M. Whitaker commence sans tarder, je peux t'attendre et te déposer en ville avant de rentrer chez moi.

104

— Et écoute ça! s'exclama Annabelle.

B.J. était toujours en ligne. Annabelle lui lut l'article qu'elle venait de trouver sur Internet.

— Je l'ai déniché sur le site d'un quotidien du Kentucky, le *Louisville Courier Journal*. Ouvre grand tes oreilles, c'est parti : « Lauren Lee Adams, de Frankfort, a reçu hier, au cours d'une petite cérémonie qui s'est tenue à Louisville, la couronne de Miss Kentucky. Mlle Adams, qui s'était à l'issue de la compétition classée première dauphine, succède à Mlle Goodwin, décédée le mois dernier. » Maintenant, le meilleur, poursuivit Annabelle : « Les circonstances exactes de la mort de Mlle Goodwin n'ont pu être déterminées, mais l'autopsie a révélé des traces de pentobarbital de sodium... » Tu entends ça, B.J. ? Le même produit utilisé pour se débarrasser de Vinny Shays...

Avant même que B.J. puisse répondre, Annabelle lui coupa la parole.

— Je raccroche, B.J., il faut que j'appelle Eliza.

105

La foule avait considérablement diminué, et Eliza put enfin souffler. Tous ceux qui avaient souhaité lui parler étaient désormais partis. Elle sortit son téléphone portable de son sac à main, le ralluma et appela Mme Garcia.

— Janie est endormie, tout va bien, l'informa cette dernière.

— Parfait, lui répondit Eliza. Je voulais vous prévenir que je serais sans doute rentrée dans une heure, peut-être un peu plus. Il faut que je dépose quelqu'un en ville.

— Prenez votre temps, la rassura Mme Garcia. À tout à l'heure.

Alors qu'elle s'apprêtait à refermer son téléphone, Eliza remarqua plusieurs messages en absence. Mais elle les ignora, préférant trouver Lauren au plus vite. Elle aurait tout le temps de les écouter plus tard, confortablement installée dans la voiture.

Elle regarda autour d'elle, à la recherche de Lauren, de Stuart et du cameraman, s'adressant le reproche de ne pas leur avoir demandé où se tiendrait l'interview ou de ne pas avoir fixé avec Lauren un point de rendez-vous. Eliza avisa enfin un assistant de Key News, qui put la renseigner. Oui, il avait vu Lauren s'éloigner dans les jardins, vers la rivière, en compagnie d'un « type bizarre ».

Eliza s'enroula dans son châle et prit la direction indiquée. Elle continua ainsi quelques dizaines de mètres avant de tomber sur Stuart Whitaker.

— Ça y est, c'est dans la boîte ? lui demanda-t-elle.

— Oui, l'interview est terminée. Et elle s'est très bien déroulée. Mlle Adams a fort apprécié que je lui fasse visiter le jardin et que je lui expose mes préparatifs dans leurs moindres détails. L'endroit où...

— Alors, je suis contente que vous soyez heureux, le coupa Eliza. Où puis-je trouver Lauren ?

— Elle est restée dans le jardin avec son cameraman, répondit-il en lui indiquant le chemin à suivre. Elle voulait encore effectuer quelques prises de vues.

106

Après plusieurs essais infructueux pour joindre Eliza, Annabelle rappela B.J.

— Eliza ne répond pas, lui dit-elle paniquée. J'ai l'impression qu'elle a coupé son portable. J'appelle le 911 et continue d'essayer de l'alerter du danger.

— OK, lui répondit B.J. De mon côté, je file aux Cloisters.

— Est-ce que je préviens aussi le service de sécurité du musée ? lui demanda-t-elle.

— Deux précautions valent mieux qu'une !

Puis il raccrocha et quitta la salle de montage au pas de course.

107

— La vue est vraiment superbe d'ici ! s'enthousiasma Eliza qui venait de pénétrer dans le jardin où Lauren se trouvait encore. New York la nuit est vraiment resplendissant. Surtout de ce point de vue.

— N'est-ce pas ? lui répondit-elle. Un très bel endroit pour passer l'éternité…

Derrière un petit muret surplombant le vide, les deux femmes admirèrent un instant les lumières de la ville. Bien vite cependant, Eliza sentit une petite brise monter de la rivière. Elle frissonna.

— Tu es prête ? On peut rentrer ? demanda-t-elle à Lauren.

— Tu m'en veux si je reste encore ici quelques instants ? J'ai besoin de m'imprégner du lieu, d'autant que demain je serai en direct d'ici. Il est tard, je sais, mais je me sentirais plus à l'aise si je pouvais effectuer encore quelques repérages...

— Je sais ce que c'est, lui accorda Eliza, qui n'avait pourtant qu'une envie : partir au plus vite. Je me souviens de mes premières émissions. De mes premiers directs. Et comme il était difficile de bien dormir avant... Je t'accorde quelques minutes.

— Merci mille fois ! Tu es adorable.

Puis, s'adressant au cameraman qui déjà remballait son matériel :

— Tu peux partir, Bob. Je n'ai plus besoin de toi.

108

Alertés par l'appel d'Annabelle, les membres du service de sécurité des Cloisters se mirent aussitôt à la recherche d'Eliza. Ne la trouvant nulle part à l'intérieur du musée, ils allèrent en référer à Rowena Quincy.

— Elle m'a dit qu'elle n'allait pas s'attarder, elle est sans doute déjà partie. Allons voir à l'accueil.

Tous gagnèrent l'entrée principale du musée. Mais personne ne put leur affirmer qu'Eliza avait déjà quitté les Cloisters. Dehors, Rowena aperçut une limousine, qui stationnait près de l'entrée. Elle se dirigea vers elle.

— Auriez-vous aperçu Eliza Blake quitter le musée ? demanda-t-elle au conducteur. Environ un mètre soixante-quinze, brune, très jolie, elle portait une robe…

— Inutile de me la décrire, madame, je suis son chauffeur… Et si je suis toujours là à l'attendre, c'est que la réponse est non. Eliza Blake n'est pas encore sortie !

109

La robe d'Eliza était battue par le vent tandis qu'elle attendait Lauren. Cette dernière déambulait dans le jardin, répétant les paroles qu'elle prononcerait le lendemain matin dans les conditions du direct, et sous l'œil d'une caméra, cette fois. Eliza dut admettre que la nouvelle coprésentatrice de « Key to America » ne laissait rien au hasard et mettait tous les atouts de son côté pour réussir. Un bon point pour elle.

Lauren sembla finalement satisfaite de sa prestation imaginaire et rejoignit Eliza, un grand sourire aux lèvres.

— Je suis prête. Tout va bien se passer, dit-elle à Eliza.

Lauren se pencha pour ramasser son sac à main de soirée, qu'elle avait posé sur un banc. Quand elle se releva, une rafale de vent lui rabattit les cheveux sur le visage. D'un geste machinal, elle les rejeta en arrière avec le dos de la main.

Eliza vit alors, au milieu de la paume de sa main, cinq éraflures, dont l'une était plus profonde que les quatre autres...

— On dirait les mêmes égratignures que celles...

Eliza ne finit pas sa phrase.

Elle venait de rencontrer le regard de Lauren.

Elle venait de comprendre...

110

La voiture de B.J. filait sur la West Side Highway. Heureusement, la circulation était fluide et ce dernier progressait rapidement. Sous le pont George-Washington, il ralentit et regarda attentivement les panneaux indiquant les sorties pour ne pas manquer celle menant à Fort Tyron Park et aux Cloisters.

Après avoir quitté l'autoroute, il emprunta une route sinueuse qui montait vers le musée. Il croisa quelques rares voitures qui descendaient. Une fois sur le parking, il fut soulagé de voir les lumières bleues et rouges des gyrophares de plusieurs voitures de police trouer la nuit.

111

Lauren observa la paume de sa main, striée de cinq éraflures.

— Tu n'aurais jamais dû voir cela, dit-elle à Eliza d'un ton étrangement calme. Crois bien que je suis navrée que tu aies aperçu cette plaie... Vraiment, je suis désolée pour ce qui va se produire...

— Mon Dieu, Lauren! Mais qu'as-tu fait? lui demanda Eliza, incrédule.

— Tu es l'une des plus brillantes journalistes de Key News, la meilleure de nos présentatrices, lui lança-t-elle, sarcastique. Essaie donc de deviner!

— Tu as froidement assassiné Constance, tu lui as volé l'amulette... Et, ensuite, tu es allée la placer discrètement dans la poche de Boyd pour le faire accuser... Mais que t'est-il passé par la tête, Lauren? lui demanda-t-elle, incrédule, tout en essayant de reconstituer à toute vitesse le puzzle. Pourquoi? Pourquoi en es-tu arrivée à cette extrémité?

— Constance représentait une menace pour moi. Elle était ma rivale!

— Mais que racontes-tu? Constance allait quitter Key News. Son départ était prévu de longue date! Et c'est toi qui avais été choisie pour la remplacer. Tout cela avait été décidé... Où est la menace, où est la rivalité? Tu n'es pas sérieuse?

— Oh si, je suis sérieuse! Et même extrêmement lucide. Constance part, soit. Je prends sa place, d'accord. Je suis enfin dans la lumière, là où je mérite d'être. Mais où va-t-elle? Elle part pour « Daybreak », une émission concurrente, sur une chaîne concurrente... Que vont alors faire les téléspectateurs? Ils vont changer de chaîne, ils vont la suivre... Plus personne ne va regarder « Key to America », plus personne ne va *me* regarder ! L'audience va chuter... Et qui en sera tenue responsable ? Moi. Uniquement moi. On va alors me remplacer par une autre. Me virer... Et ce sera désastreux... Pour mon image, pour ma carrière.

— Je ne parviens pas à croire ce que j'entends, lâcha Eliza.

— Ma carrière, mon image, c'est tout ce que j'ai... Il me faut les préserver. Coûte que coûte !

— Mais reviens sur terre, l'exhorta Eliza. Carrière ! Image ! Comment comptes-tu les préserver après ce que tu as commis ? Tout est fini, Lauren. Tu n'as pas encore compris ?

— Oh, non ! Détrompe-toi, lui répondit-elle en sortant une seringue de son sac.

Eliza recula d'un pas.

— Tu es folle ! Complètement folle, lui lança-t-elle.

— Tu ne souffriras pas si tu restes calme, lui dit Lauren en avançant. C'est ce que j'ai constaté avec les chevaux. Tant qu'ils restent calmes, tant qu'on ne les effraie pas, ils connaissent une fin paisible...

Eliza analysa les différentes options. Derrière elle, le vide. Face à elle, Lauren et sa seringue menaçante... Si elle essayait de foncer droit devant, elle serait forcément à portée de main de Lauren, qui la piquerait au passage. Mais, si elle reculait, c'était la chute assurée... Continuer à parler pour gagner du temps avant qu'une solution apparaisse. Voilà tout ce qui lui vint à l'esprit pour le moment.

— C'est donc toi qui as tué le pauvre employé du refuge canin.

La phrase était plus un constat qu'une interrogation. Lauren n'émit aucun commentaire.

— Et Ursula Baies ? la questionna cette fois Eliza. Elle aussi, tu lui as réglé son sort ?

— Ils ne faisaient pas partie de mon plan, Eliza. Ils ont eu le tort de se mettre au milieu de mon chemin. Il fallait que je réagisse, et vite. Que je prenne les décisions qui s'imposaient. Tous deux auraient pu m'identifier, me confondre, témoigner contre moi... Tout comme toi, conclut-elle.

Lauren avança encore d'un pas. Instinctivement, Eliza recula, essayant de calculer mentalement la distance qui la séparait du précipice. Quelques dizaines de centimètres, tout au plus...

— Lauren, repose cette seringue, lui intima Eliza. Pose-la avant de commettre une nouvelle erreur. S'il te plaît, Lauren, tenta-t-elle de la convaincre. On peut encore t'aider.

Lauren éclata de rire.

— Mais je n'ai besoin d'aucune aide ! Qui a pu te faire croire ça ? Tout se déroule à la perfection.

— Réfléchis, plaida Eliza. Si je meurs, ici, ce soir, tout le monde va savoir que c'est toi qui m'as tuée. Ton cameraman nous a laissées seules toutes les deux. Stuart Whitaker, que j'ai croisé en chemin, témoignera lui aussi que je m'apprêtais à te rejoindre. Tu ne pourras pas t'en sortir.

— Tu oublies un détail de taille, pérora-t-elle. Je suis une menteuse hors pair... J'expliquerai, en larmes, que tu as glissé. Qu'il s'agit d'un terrible accident... D'un accident tragique... Imagine l'Audimat qu'on va faire demain matin. On va battre tous les records !

112

B.J. alla aussitôt trouver les forces de police massées sur le parking afin de se joindre aux recherches. Alors qu'il allait entrer dans le musée, il aperçut l'un de ses collègues de Key News, qui rangeait son matériel dans le coffre de sa voiture.

— Hé, Bob ! l'interpella-t-il. As-tu vu Eliza ?

— Oui, je viens de la quitter, il y a quelques minutes a peine. Elle était avec Lauren.

— Où ça ? lui demanda B.J.

— Dans le jardin que l'autre naze veut transformer en mausolée en l'honneur de Constance... A-t-on idée ?

Sans même le remercier pour l'information, B.J. se rua à l'intérieur des Cloisters.

113

Lauren avança, menaçante, la seringue à la main.

— N'essaie pas de te défendre, Eliza. Tu n'as aucune chance. Les choses n'auraient pas pu mieux se dérouler pour moi, même si je les avais planifiées. Quelle chance ! Au moment même où tu découvres la vérité, nous sommes seules, toutes les deux, dans ce jardin… Et je suis armée ! J'avais cette seringue dans mon sac sans aucune intention de m'en servir, juste par précaution. Mais, désormais, c'est elle qui va me tirer de ce mauvais pas. Laisse-toi faire, juste une petite piqûre et ensuite je te pousse dans le vide… Tu ne sentiras rien. Tends-moi ton bras…

Eliza tenta de garder son calme.

— Mais réfléchis, Lauren ! Lors de mon autopsie, on détectera le pentobarbital de sodium – car je suppose que c'est de cela qu'il s'agit… Et alors on fera immanquablement le rapprochement avec le meurtre de l'employé du chenil. Et tu n'y couperas pas, tu seras arrêtée…

Lauren prit quelques instants avant de répondre, semblant analyser la situation, peser le pour et le contre avant d'arrêter sa décision. Quelques instants qui durèrent une éternité aux yeux d'Eliza.

— Tu as raison, dit-elle enfin. Tu as complètement raison. Mais, dans la vie, il faut prendre des risques. Et ce risque, je suis prête à le prendre. Si je te pousse dans le vide sans t'avoir au préalable piquée, il reste une chance pour que tu t'en sortes. Je parle de chance ! Comme c'est grotesque, tu passerais le restant de tes jours dans un fauteuil roulant. Et ça, je ne te le souhaite pas… Je n'ai pas envie que tu souffres. Allez, tends-moi ton bras ! Comme je te l'ai dit, je suis une excellente menteuse et je trouverai…

Lauren ne put finir sa phrase.

Eliza bondit en avant, tête la première, autant pour éviter la seringue que pour tenter de déséquilibrer sa consœur. Elle heurta Lauren au niveau de la poitrine. Cette dernière recula de plusieurs mètres avant de trébucher et de lâcher son arme de fortune, qui virevolta dans les airs.

Eliza eut un mouvement de recul, puis se figea, attentive à la trajectoire de la seringue. De son côté, Lauren se releva aussitôt et se précipita sur Eliza, ne quittant pas non plus la seringue des yeux, persuadée qu'Eliza voulait s'en emparer.

Au moment où Lauren allait agripper Eliza, la seringue infléchit son vol et commença à retomber, aiguille la première. Elle se planta sur le dos de la main de Lauren avant de rouler sur le sol. Eliza s'en empara aussitôt mais Lauren la ceintura et les deux femmes tombèrent sur la pelouse, où elles se livrèrent à une lutte acharnée.

Lauren prit rapidement le dessus. Assise à califourchon sur Eliza, elle l'immobilisa au sol en lui tenant les poignets et lui laboura les côtes de coups de genou, arrachant à Eliza des cris de douleur.

Utilisant toute sa force, décuplée par la rage de s'en sortir, Eliza parvint cependant à se redresser et à déséquilibrer Lauren, suffisamment pour lui assener un violent coup de pied dans le ventre. Lauren en eut le souffle coupé. Eliza se remit debout et se mit aussitôt à courir. Mais, désorientée, elle se précipita vers le parapet au lieu de fuir vers la sortie du jardin.

Eliza s'arrêta à deux mètres du précipice et se retourna. Il était déjà trop tard pour faire demi-tour. Lauren s'était elle aussi relevée et fondait sur elle.

Au moment où Lauren allait la percuter, Eliza fit un pas de côté et esquiva l'impact. Emportée par son élan,

Lauren ne put s'arrêter. Au moment où ses pieds rencontrèrent le vide, elle poussa un cri de terreur. Puis elle toucha lourdement le sol et dégringola jusqu'en bas sur une centaine de mètres, son corps désarticulé rebondissant sur les pierres et les taillis comme une poupée de chiffon.

JEUDI 24 MAI

Épilogue

— Mesdames, mesdemoiselles, messieurs, bonjour ! Nous sommes aujourd'hui le jeudi 24 mai et je vous présente exceptionnellement « Key to America » en direct du musée des Cloisters de New York, théâtre hier soir d'un dramatique événement, qui marque également la conclusion de l'affaire Constance Young.

Eliza se tenait face à la caméra. Elle portait toujours, comme Linus le lui avait expressément demandé, la robe de cocktail de la veille, tachée et déchirée à certains endroits.

— Ça fera le même effet sur le public que la robe rose éclaboussée de sang de Jackie Kennedy ! s'était enflammé le producteur exécutif. Celle qu'elle portait à son retour à Washington après l'attentat de Dallas. On va apporter l'horreur dans chaque foyer, avait-il conclu non sans cynisme. Et, grâce à ça, on va atomiser la concurrence…

Rien ne semblait l'arrêter. Lauren Adams, la coprésentatrice vedette de son émission, avait été transportée à l'hôpital en ambulance, grièvement blessée. Si elle en réchappait, la femme qu'il aimait – ou du moins celle avec qui il partageait sa vie – serait jugée pour trois meurtres. Force était de constater que Linus s'était trompé en croyant pouvoir l'imposer comme une nouvelle vedette de la télévision.

Mais ne comptait pour lui que le présent. Et, depuis l'aube, Linus aboyait ses ordres à tous les membres de l'équipe de « Key to America » pour que le show continue...

Le plus important à ses yeux était qu'en ce moment l'immense majorité des téléviseurs du pays étaient branchés sur Key News. Excellent pour l'audience, et excellent pour les recettes publicitaires qui en découleraient. Il fallait mettre le paquet ce matin pour attirer de nouveaux téléspectateurs, qui par la suite deviendraient des fidèles de l'émission.

Eliza résuma aux téléspectateurs les événements de la soirée passée. De l'inauguration de l'exposition à la décision d'ériger un mémorial en l'honneur de Constance Young dans l'un des jardins du musée, sans oublier, bien sûr, la chute de Lauren Adams, et leur lutte qui avait précédé. Sachant qu'elle serait entendue comme témoin au cours de l'enquête, puis citée à comparaître lors du procès de Lauren, si cette dernière survivait à ses blessures, Eliza se montra extrêmement prudente, utilisant même le conditionnel pour désigner Lauren comme l'assassin de Constance Young, Vinny Shays et Ursula Baies. Un mot de trop, et les avocats de Lauren s'engouffreraient dans la brèche pour la disculper.

— Vous qui suivez Key News régulièrement savez que nous avons retrouvé dans les affaires de couture d'Ursula Baies, la défunte femme de ménage de Constance Young, l'ouvrage sur lequel elle travaillait avant sa mort.

Le canevas apparut à l'écran. Eliza lut à haute voix chacune de ses strophes.

> *La jeune femme*
> *Au charme d'étoile,*
> *Déterminée et si sûre,*
> *Adulée, lumineuse*
> *Mais si seule,*
> *Solitaire dans sa bulle,*
>
> *A péri dans une piscine.*
> *Telle une pierre, elle a coulé.*
> *Un dernier plongeon électrique*
> *En guise d'adieu provoqué.*
>
> *Ceci s'est déroulé sous mes*
> *Yeux embués.*

— Ursula Baies ne pourra jamais plus venir à la barre lors d'un quelconque procès. Mais ce poème acrostiche qu'elle nous a laissé vaut à lui seul tous les témoignages. Prenez la première lettre de chaque vers. Que lisons-nous alors ? L. Adams a tué C.Y.

*

— Ah ! te voilà, Kimba, dit Boyd en voyant le chat grimper sur ses genoux. Tu as faim, ma belle ?

Boyd caressa l'animal puis se dirigea vers la cuisine, où il lui versa un peu de lait dans une soucoupe. Puis Boyd regagna rapidement son salon et fixa de nouveau son attention sur le téléviseur. Quel soulagement d'apprendre de la bouche même d'Eliza Blake qu'il avait été accusé à tort. Le monde entier savait à présent qu'il était innocent.

Le téléphone sonna et Boyd décrocha prestement, espérant qu'il s'agissait de sa mère. La pauvre femme s'était montrée si inquiète pour lui au cours des derniers jours.

— Hello, Boyd! l'accueillit une voix masculine. Félicitations!

— Qui est à l'appareil?

— C'est moi, Jason. Jason Vaughan.

Le visage de Boyd se crispa.

— Je n'ai rien à vous dire. À cause de vous, j'ai perdu mon job.

— Attends une minute. J'ai une proposition à te faire. Ça va t'intéresser.

— J'en doute!

— Écoute-moi, poursuivit Vaughan. Je suis en train d'écrire un nouveau livre. Sur la mort de Constance Young, cette fois. Et on peut dire que tu étais aux premières loges. Tu as même fait figure de suspect numéro 1. J'aimerais te donner l'opportunité de donner ton point de vue, de raconter ce que tu as ressenti, d'exposer comment tu as vécu l'affaire. Tu verras, tu auras le beau rôle, ça va te donner un sérieux coup de pouce...

— Allez vous faire foutre, lui répondit le jeune homme avant de raccrocher.

Boyd conservait malgré tout un mince espoir de réintégrer Key News. Et ce n'est certainement pas en se livrant à ce Jason Vaughan qu'il augmenterait ses chances de succès. Bien au contraire. Il avait retenu la leçon…

*

Après la première demi-heure de l'émission, Harry Granger prit le relais depuis le studio de Key News pour présenter les autres nouvelles importantes de la matinée. Eliza profita de cette pause pour appeler chez elle.

— Janie est-elle levée ? s'enquit-elle auprès de Mme Garcia. Parfait, poursuivit-elle après avoir écouté sa réponse. Dans ce cas, laissez-la dormir. Quand elle se réveillera, dites-lui qu'elle n'ira pas à l'école ce matin. Dès que l'émission est terminée, je rentre à la maison pour passer la matinée avec elle. Je l'accompagnerai à l'école en début d'après-midi.

— D'accord, c'est bien noté. Et vous, comment vous sentez-vous ?

— Je vais bien, Mme Garcia. Je vais bien, merci. À tout à l'heure. Au fait, j'allais oublier, n'allumez pas le poste devant Janie. Je ne veux pas qu'elle apprenne ce qui m'est arrivé par la télévision. Je le lui expliquerai moi-même…

En raccrochant, Eliza se demanda comment elle allait s'y prendre.

*

— Je vais devenir folle! dit Faith à haute voix en entendant de nouveau le téléphone sonner. Cette fois, je ne réponds pas.

Elle lâcha un soupir de résignation en voyant Ben décrocher.

— Maman, c'est un monsieur qui veut te parler, dit-il en lui tendant le combiné.

— J'écoute.

— Madame Hansen, Stuart Whitaker à l'appareil. J'espère que je ne vous dérange pas?

— Non, monsieur Whitaker, je vous en prie.

— Je viens d'apprendre la nouvelle. Le moment doit être extrêmement pénible pour vous... Malgré les évidences qui s'accumulaient, je me raccrochais encore à l'idée qu'il s'agissait d'une mort accidentelle, et non d'un meurtre. Et j'imagine que de telles pensées vous agitaient vous aussi.

— Je vous demande un instant, monsieur Whitaker.

Faith couvrit le combiné de sa main pour s'adresser à son fils.

— Dépêche-toi, Brendan. Tu vas manquer le bus!

Puis elle s'assit à la table de la cuisine avant de reprendre sa conversation.

— Vous savez, monsieur Whitaker. Peu m'importent en fait les circonstances de la mort de Constance. Qu'elle ait été assassinée ne change rien. Elle n'est plus là, c'est hélas le seul constat que nous puissions faire. À ce sujet, je tenais à vous remercier pour la soirée d'hier. Et surtout pour le mal que vous vous donnez. Grâce à vous, elle reposera dans un jardin magnifique.

— C'est vous que je dois remercier, madame Hansen, d'avoir accepté que Constance puisse passer l'éternité ainsi, telle la reine qu'elle était...

*

Linus se dirigea vers Eliza et lui demanda de couper son micro, afin qu'ils puissent parler en toute discrétion. Elle s'exécuta.
— J'ai une proposition à te faire, attaqua-t-il sans préambule. Je veux que tu reviennes présenter « Key to America ».
Eliza ne rejeta pas d'emblée l'offre que venait de lui soumettre Nazareth, bien qu'elle préférât travailler avec Range Bullock qu'avec lui, qui se montrait souvent grossier et irascible. L'idée de revenir travailler sur une tranche matinale était tentante. D'abord, elle pourrait mieux profiter de Janie. Certes, elle ne serait plus là le matin pour petit-déjeuner avec elle, mais elle aurait tout son temps en fin d'après-midi pour s'occuper d'elle ; elle pourrait aller chercher sa fille à la sortie de l'école et l'aider à faire ses devoirs. Et puis, chaque matin, c'était une telle course qu'elle en profitait à peine... Ensuite, même si présenter « Key Evening Headlines » était professionnellement plus prestigieux que d'animer « Key to America », l'émission matinale possédait un ton plus léger. Au milieu des sujets graves de l'actualité se glissaient des reportages plus badins, plus joyeux. Enfin, il est vrai qu'elle gardait un très bon souvenir de ses années passées à présenter l'émission...

— Alors, c'est bon, tu acceptes ? revint à la charge Linus, qui la voyait réfléchir.

— Je vais au moins considérer ta proposition, lui répondit-elle. Mais, quoi qu'il en soit, je ne pourrais pas me libérer tout de suite. Mon contrat avec…

— Ce n'est pas un problème, la coupa Linus. Je m'arrangerai avec Range et la direction. Si tu décides de venir, on trouvera une solution pour te remplacer. Fais-moi confiance.

— Il n'y a pas que ça, Linus, reprit Eliza. J'aime vraiment les gens avec qui je travaille. Nous formons une équipe soudée…

— Qu'à cela ne tienne. Donne-moi les noms de ceux avec qui tu as envie de travailler et je les ferai venir. Là non plus, ça ne posera pas de problème, je m'occupe de tout.

— Même si je te demande de réintégrer dans l'équipe de « Key to America » B.J. D'Elia et Annabelle Murphy ?

— Aucun souci, lui assura de nouveau Linus. S'il n'y a que ça pour te convaincre de venir, considère que c'est acquis !

— Mais tu les as toi-même remerciés récemment !

— C'est Lauren qui voulait se débarrasser d'eux. Pas moi ! Elle a vraiment insisté.

Eliza le regarda dans les yeux, un sourire sarcastique aux lèvres.

— Je te connais depuis longtemps, Linus. Et tu ne vas pas me faire croire que Lauren t'a obligé à faire quelque chose que tu n'avais pas envie de faire…

— Peu importe, grommela ce dernier. C'est le passé désormais. Réfléchis bien à mon offre, Eliza. Et considère que B.J. et Annabelle font déjà partie de l'équipe, si c'est ce que tu souhaites…

*

En fin d'émission, Eliza interviewa le docteur Margo Gonzalez afin qu'elle livre son avis d'expert psychiatrique et explique aux téléspectateurs les ressorts psychologiques en action chez une personne capable de commettre de tels meurtres. Toutes deux firent bien attention de ne jamais citer le nom de Lauren.

Une fois l'échange terminé et l'antenne rendue, Margo passa son bras autour des épaules d'Eliza.

— Comment te sens-tu ? Tu tiens le coup après ce choc ?

— Oui, ça va, lui répondit Eliza. Mais j'ai envie de serrer ma fille dans mes bras puis de prendre un bain chaud.

En retrait pendant l'émission pour ne pas apparaître dans le champ des caméras, B.J. et Annabelle – qui avait accouru aux Cloisters dès le retour de Mike après sa nuit à la caserne – vinrent rejoindre les deux femmes.

— Si seulement on avait découvert la vérité plus tôt, on aurait pu empêcher le cauchemar que tu as vécu cette nuit, dit Annabelle à l'attention d'Eliza. Si tu savais comme je m'en veux de ne pas avoir effectué plus tôt mes recherches sur Lauren.

— Et moi donc ! J'aurais dû comprendre, en observant le regard d'Ursula répondant aux questions de Lauren, que la pauvre femme était effrayée parce qu'elle était, justement, en face de l'assassin de Constance.

— Un gamin de six ans aurait déchiffré le poème en moins de deux minutes ! poursuivit B.J. Je l'avais sous les yeux, mais il m'a fallu du temps pour le déchiffrer. Je cherchais quelque chose de plus compliqué…

— Arrêtez de vous autoflageller ! les supplia Eliza. On cherchait tous quelque chose de plus compliqué. Et n'oublions pas non plus que Lauren était au-dessus de tout soupçon ! L'essentiel est que l'histoire soit terminée et que je sois toujours en vie. Nous avons tous fait ce que nous pouvions. Je voudrais du reste profiter de cette occasion pour vous dire que vous êtes les meilleurs. Ensemble, nous avons réussi à résoudre le mystère. Nous formons vraiment une belle équipe. À ce sujet...

Eliza baissa la voix et regarda autour d'elle. N'apercevant nulle part Linus, elle poursuivit :

— Linus vient de me proposer de revenir présenter « Key to America ».

— Ce type n'a vraiment peur de rien ! s'exclama Annabelle.

— Et tu es tentée ? lui demanda B.J.

— Oui, je crois. Mais, si je retourne travailler pour « Key to America », je veux que vous tous veniez avec moi.

— Tu oublies qu'il nous a virés comme des malpropres ! lança Annabelle. Je l'imagine mal revenir sur sa décision. Il a trop d'orgueil !

— J'en fais mon affaire, lui sourit Eliza. En fait, c'est même déjà réglé. Il a accepté cette condition. Alors, qu'en dites-vous ? Partants ?

*

La voiture roulait à vive allure sur le pont George-Washington. Eliza, confortablement installée sur la banquette arrière, ferma les yeux et ne tarda pas à s'assoupir. Elle fut réveillée en sursaut par la sonnerie de son téléphone.

— Je viens juste d'apprendre la nouvelle ? Comment te sens-tu ?

— Bien, Mack. Je me porte comme un charme.

— Mon Dieu ! Je ne sais pas comment j'aurais réagi s'il t'était arrivé quoi que ce soit...

— C'est terminé, Mack. Tout est fini à présent.

— Je n'ai jamais beaucoup apprécié Lauren, mais je ne conçois toujours pas qu'elle ait pu assassiner Constance, ni les deux autres... C'est inconcevable. Quelles étaient ses motivations ?

— Elle a tué Constance, car elle avait peur qu'elle ne lui fasse de l'ombre. Tout le monde, d'après elle, allait regarder « Daybreak ». Elle a commis les deux autres meurtres pour couvrir le premier...

— Elle est complètement malade...

Bien que fatiguée et éprouvée, Eliza ne voulait pas raccrocher.

— Quel temps fait-il ? lui demanda-t-elle.

— Magnifique. Rome est baignée de soleil.

Eliza regarda le ciel à travers la vitre, bleu et dégagé de tout nuage.

— Ici aussi, le temps est splendide.

— Espérons alors que ça dure. Je serai à New York le week-end prochain...

Composition réalisée par Datagrafix

Achevé d'imprimer en juin 2011 en Espagne par
BLACK PRINT CPI IBERICA, S.L.
08740 Sant Andreu de la Barca (Barcelona)
Dépôt légal 1re publication : juillet 2011
LIBRAIRIE GÉNÉRALE FRANÇAISE
31, rue de Fleurus – 75278 Paris Cedex 06

31/5853/2